Dream Lake
by Lisa Kleypas

忘れえぬ夢の湖で

リサ・クレイパス
水野 凜［訳］

ライムブックス

忘れえぬ夢の湖で

主要登場人物

ゾーイ・ホフマン……………〈アーティスト・ポイント〉の料理人
アレックス・ノーラン…………開発業者《ディベロッパー》
亡霊…………………………アレックスだけに見える男
マーク・ノーラン……………アレックスの長兄
サム・ノーラン………………アレックスの次兄
ジャスティン・ホフマン………ゾーイのまたいとこ
エマ・ホフマン………………ゾーイの祖母
ダーシー………………………アレックスの元妻
クリス・ケリー………………ゾーイの元夫

1

亡霊はこれまでに何度となく家から外に出ようと試み、そのつど失敗してきた。玄関を通り抜けようとしたり、窓から身を乗りだそうとしたりするたびに、体が霧のごとく消えてなくなってしまうような感覚に陥るのだ。いつか二度ともとの姿に戻れなくなるのではないかと不安だった。過去の記憶はないのだが、この家に閉じこめられているのは、もしかして何かの罰なのだろうか？　もしそうだとしたら、いったいいつまで続くのだろう？

このヴィクトリア朝様式の家はレインシャドー・ロードの突きあたりにあり、ダンスに誘われるのをひとり寂しく待つ壁の花のように、フォルス湾をぽつねんと見渡している。外装は下見板張りの羽目板が潮風で傷み、内装は代々の住人たちによって無残に改装されていた。高級木材の床には安物のカーペットが敷かれ、部屋は薄い合板でいくつにも仕切られ、窓枠や戸枠には幾重にもペンキが塗られている。

朝になると、亡霊は小麦色の靄《もや》に包まれた入り江を見おろし、潮だまりにいる豊富な餌をついばむイソシギやキアシシギ、チドリやチュウシャクシギなどの海鳥を眺めた。夜が来ると空を見あげ、星座や、彗星や、おぼろ月や、ときどき北の空に現れるオーロラをぼんやりと見つめた。

　いつからこの家にいるのかは定かでない。命のない身には、時の流れがわからないからだ。気がつけば、実体がなく、名前も素性も思いだせない状態でここにいた。どこで、どんなふうにして死んだのかも覚えていない。だが、あやふやな記憶ならいくらかある。たとえば、このサンフアン島に住んだことがあるのは間違いない気がしている。もしかすると漁師か、あるいはなんらかの形で船に乗る仕事をしていたのかもしれない。フォルス湾を見ていると、このあたりの海を思いだす。サンフアン諸島の島々をつなぐ水路だとか、バンクーバー島とのあいだにある狭い海峡だとか、ピュージェット湾の入り組んだ形状だとか、そのいちばん奥にある都市オリンピアまでの航路だとかが頭に浮かぶのだ。

　歌もたくさん覚えていた。歌詞はもちろん、なかには前奏まで思いだせるものもある。だから静寂に耐えられなくなったときは、ひとりで歌いながら、誰もいない部屋から部屋へと歩きまわった。

　たとえ人間ではなくてもいいから、何か生き物と関わりあいたかった。だが、床を歩いている虫でさえ亡霊に気づくことはなく、さっさとそばを通り過ぎた。ならば、せめて人の気配だけでも感じたかった。それさえ無理なら、誰かのことを思いだすだけでもかまわない。だが、人間に関する記憶は固く閉ざされたままだった。ところがある日、ついに奇跡が起きた。このときから、亡霊の過去が少しずつ明らかにされることになる。

　その朝、家に人間が来た。

　車が近づいてくるのに気づき、亡霊ははっとした。車は雑草に覆われた砂利道に轍《わだち》をつけながら、こちらへ向かってきた。玄関の前で停まり、ふたりの人間が降りてきた。ひとりは黒髪の若い男。もうひとりは中年の女で、ピンク色のジャケットにジーンズ、かかとの低い靴という姿だった。

「この家を相続するとわかったときにはびっくりしたわ」女が言った。「人手に渡っていたものを七〇年代にいとこが買い戻したの。自分で修繕するつもりだったらしいんだけど、結局は何もせずじまいよ。土地はともかく、この家に不動産価値はないわ。取り壊すしかない代物だから」

「見積もりを取ったことは？」

「土地の？」

「いいえ、家の改装費用ですよ」

「まさか。もう構造がだめになっているもの。建てなおしたほうが早いわ」

若い男は興味深そうに家を見あげた。「なかを見せてもらってもいいですか？」

中年の女は眉をひそめた。「サム、危ないわよ」

「気をつけますから」

「怪我でもされたりしたら、わたしには責任の取りようがないもの。床が抜けるかもしれないし、梁《はり》が落ちてくるかもしれないし。それにネズミや害虫だっているに決まって――」

「大丈夫ですよ」サムと呼ばれた男は安心させるように言った。「五分だけ。ひととおり見てまわるだけです」

「とてもじゃないけど、どうぞとは言えないわ」

サムはとびきりの笑顔を見せた。

「いいえ、きっと言いますよ。だって、あなたはぼくに頼まれたら断れないんですから」

中年の女は仕方がないわねという顔でほほえんだ。

自分もかつてはこんな若者だったと亡霊は思い、ぼんやりと記憶が戻ってきたことに驚いた。遠い昔、娘たちとたわむれたり、夕暮れの玄関ポーチで一緒に過ごしたりしたことがある。相手が若かろうが年配だろうが女性を笑わせるのは得意だった。そういえば甘い紅茶の香りがする吐息を唇でふさいだり、いい香りの粉をはたいた首筋や肩に口づけたりしたこともあった……。

サムは固くて開きにくくなっているドアをがっしりとした肩で押し開けた。玄関ホールに足を踏み入れると、何かが飛びかかってきそうな気がするとばかりに警戒した顔で振り返った。一歩進むたびに床にたまった埃が舞いあがり、サムはくしゃみをした。

なんという人間らしい反応だろうと亡霊は思った。くしゃみをする感覚など、自分はもうすっかり忘れている。

サムが朽ち果てた壁を見まわした。その瞳の色は薄暗いなかでもはっきりわかるほど青みがかったグリーンで、目尻にはかすかにしわがある。典型的なハンサムではないが、意志の強そうな、それでいて穏やかそうな好ましい顔だ。戸外で過ごす機会が多いらしく、よく陽に焼けている。その肌を見ていると、じりじりと照りつける日光の熱さを思いだせそうだ。

中年の女は恐る恐る戸口に近寄り、家のなかをのぞきこんだ。外の明るさが銀色の後光のように頭を縁取っている。女は揺れる地下鉄で手すりにつかまるかのように、戸枠を握りしめた。「ずいぶんと暗いわね。これ以上、奥に入るのはやめておいたほうが――」

「とても五分じゃすみそうにないな」サムはキーホルダーについたペンライトの明かりをつけた。「よかったらコーヒーでも飲みに行ってきてください。そうだな……三〇分後ぐらいでどうです？」

「あなたをここにひとりで置いていけっていうの？」

「何も壊したりしませんよ」

女は鼻を鳴らした。「そうじゃなくて、あなたのことが心配なの」

「携帯電話を持っていますから」サムは尻のポケットを叩いてみせた。「何かあったら電話します」笑ったせいで目尻のしわが深くなった。「そうしたら救出しに来てください」

女がこれ見よがしにため息をついた。「いったい何をそんなに見たいの？」

サムはすでに家のなかに視線を戻していた。「この家に漂う家庭的な雰囲気……かな」

「かつてはそういう時代もあっただろうけど、もうここに住むのは無理だと思うわよ」

女が立ち去るのを見て、亡霊はほっとした。

サムはペンライトの明かりでゆっくりとまわりを照らしながら、熱心に家のなかを検分しはじめた。亡霊は部屋から部屋へとサムのあとをついていった。埃が壊れた家具や暖炉をべールのように覆っている。

安物のカーペットの破れている箇所を見つけると、サムはしゃがみこみ、めくりあげてペンライトの明かりで床を照らした。「マホガニーか？」そうつぶやき、黒っぽい床板をじっくりと観察した。「それともオーク？」

クログルミさ。亡霊はサムの肩越しにのぞきこみ、またひとつ記憶が戻ったことに気づいた。自分は床板の補修方法を知っている。紙やすりで磨き、削り粉を拭きとり、布で着色剤を塗るのだ。

ふたりはキッチンへ移った。壁の一部にくぼみがあり、そこに錬鉄製のガスレンジが置かれている。割れたタイルがまだところどころ壁に貼りつき、作り付けの戸棚が傾いていた。サムは梁がむきだしになった高い天井へペンライトの明かりを向けた。空っぽの古い鳥の巣があった。サムは視線を落とし、床に鳥の糞がこびりついているのを見つけ、首を振ってつぶやいた。「やっぱり無理かな」

キッチンを出て、階段へ向かい、手すりを指でこすった。そこだけ筋状に汚れが落ち、傷ついた赤っぽい材木が見えた。踏み板が腐っているところに足を置かないよう気をつけながら、二階へ向かった。ときおり臭いが我慢ならないとばかりに顔をしかめ、息を吐きだした。

「彼女の言ったとおりかもしれない」後悔しているようにつぶやき、階段をあがりきった。

「取り壊すしかない建物だ」

それを聞き、亡霊は不安になった。この家が解体されてしまったら、自分はどうなるのだろう？　まさか、永遠に消えてしまうわけじゃないだろうな。ひとりぼっちで長々とこの家に閉じこめられたあげく、そんな理不尽な理由で消滅するのでは割に合わない。亡霊はサムを観察しながら、その周囲を歩きまわった。なんとかして意思の疎通を図ってみたいが、万が一にもうまくいった結果、悲鳴をあげて逃げられてしまっては元も子もない。

　サムは亡霊の体を通り抜け、玄関前の私道を見おろす窓の前で立ちどまった。窓は長年の汚れでガラスが曇り、差しこむ光を和らげている。サムはため息をつき、ぽつりと言った。

「ずっと待ってたんだろう？」

　亡霊ははっとした。だが、そのあとの言葉を聞き、家に語りかけているのだと悟った。

「きっと一〇〇年前は立派な姿だったんだろうと思うよ。それがこのまま終わるんじゃ寂しいよな。だけど、金がかかるんだ。ブドウ園のためにためた金を全部注ぎこんでも足りるかどうか。さて、どうしたものだろう」

　サムは埃の積もった部屋をひとつひとつ丁寧に見てまわった。だんだんこの家に愛着を感じはじめているのが亡霊にはわかった。もう一度、昔の立派な姿に戻してやりたいと思っているようだ。そんなのは理想主義者か愚か者が考えることだと、当人は声に出してつぶやいている。まったくもってそのとおりだと亡霊は大きくうなずいた。

　クラクションが聞こえ、サムは外に出た。亡霊もついていこうとしたが、体が粉々になって消えてしまうようないつもの感覚とめまいに襲われ、足が止まった。割れた窓ガラスから外をのぞくと、サムは助手席のドアを開けるところだった。

サムが手を止め、もう一度家を見あげた。雑草に覆われ、さぞあばら屋に見えることだろう。フォルス湾の青い海は潮が引き、茶色い沈泥《ちんでい》に潮だまりができている。

サムはなにかを決意したように短くうなずいた。

亡霊はまたひとつ新たなことに気がついた。どうやら自分には希望を持つという能力があるらしい。


購入を決める前に、サムはもうひとり別の人間を連れてきて家を見せた。年は三〇歳前後だろう。サムよりは少し若いかもしれない。どんな人生を歩んできたらこうなるのかと思うほど皮肉に満ちた冷たい目をしている。アレックスという名前らしい。

同じような黒髪といい、大きな口といい、がっしりした体格といい、おそらく兄弟なのだろう。ただし、目の色は違う。サムは熱帯の海に似た青みがかったグリーンだが、もうひとりは氷河のような淡いブルーだ。口元がやや不機嫌そうに見えることを除けば、表情は淡々としている。サムが野性的ながらも親しみやすい顔をしているのに比べ、もう一方は鋭い顔立ちのいわゆる正統派のハンサムで、身なりに金をかけている。高級な服を着て、贅沢な暮らしをし、一流の美容院で髪をカットして、外国製の靴をはくタイプだ。

それだけ一分の隙もない雰囲気を漂わせていながら、ひとつ、そぐわない点があった。労働者のような頼もしい手をしているところだ。こういう手は以前にも見たことがある気がした。もしかすると……自分の手か？　亡霊はおのれの手を確かめようとし、それが見えないことを嘆いた。自分にも実体があればいいのに。それに声も欲しい。すぐそばに人間がふたりもいるというのに、話しかけることもできず、ただ見ているしかないのはひどく歯がゆい。いったいどうすればいい？

一〇分もしないうちに、このアレックスと呼ばれる男がやけに建築に詳しいとわかった。アレックスはまず建物の外側をぐるりと巡り、基礎部分にひびが入っていることや、土台と壁の境目を隠すための装飾的な材木に隙間ができていることや、玄関ポーチの床板がたわみ、接合部分や梁が腐っていることに気づいた。建物のなかに入ると、床の一部が水平でなくなっていることや、いくつかのドアがきっちり閉まらないことや、ずさんな配管のせいで壁にかびが生えていることなど、この家がいかにひどい状態か、まさに亡霊が見せたいところに目をつけた。

「専門家に見てもらったんだが、構造の損傷は直せるそうだ」サムが言った。

「誰の見立てだ？」アレックスはリビングルームにある暖炉の前にしゃがんで、煉瓦の崩れ具合を確かめたあと、むきだしになっているひびの入った煙突を見あげた。

「ベン・ローリーだ」アレックスの冷ややかな表情を見て、サムは弁護するように言った。

「たしかにちょっとばかり年は取っているが――」

「あの親父は化石だ」

「頭はしっかりしている。それに親切だ。なんといっても、ただで見てくれたからな」

「おれなら、あんな親父の言うことは信じない。ちゃんとした診断が欲しけりゃ、まともな技術者を呼ぶ」アレックスは少し声がかすれており、ぶっきらぼうな話し方をする。「こんな崩れかけた家の使い道はただひとつ。解体に費用がかかると文句をつけて、売り主に土地の値段をさげさせるのに利用することだな」

それを聞いて、亡霊は焦った。この建物が取り壊されたりしたら、自分は忘却の彼方《かなた》へ葬り去られてしまうかもしれない。

「いや、この家は解体しない」サムは言った。「修繕して住もうと思っているんだ」

「せいぜい頑張ってくれ」

「ああ」サムは荒っぽく髪をすき、ため息をついた。「やめたほうがいいのはわかってるよ。この土地が手に入るだけでも運がよかったんだ。ブドウ園にするにはうってつけだからな。だけど、この家はどういうわけかあきらめがつかなくて……」迷っているのか心を決めているのか判別しがたい顔で首を振った。

アレックスが冷笑のひとつでもするのではないかと亡霊は思った。サムもそう感じていたらしい。だが、アレックスは無表情のままリビングルームを横切り、板を打ちつけてある窓へ寄ると、その安物の合板を無造作にはがした。合板は小さな音をたてただけで、あっさりとはずれた。室内に日光が差しこみ、膝の高さまで渦巻いている埃がきらきらと輝いた。

「やっかいで手のかかる無用の長物は別に嫌いじゃない」アレックスは自嘲気味に言った。「ヴィクトリア朝様式の家なんて、まさにそれだ」

「そうなのか？」

「もちろんさ。暖房効率は悪いし、有毒な材料は使ってるし、維持管理が大変だ。だが、出来の悪い子ほどかわいいと言うからな」

サムは笑みを浮かべた。「おまえならこの家をどうする？」

「見なかったことにして、さっさと逃げる。だけど、どうせもう買うと決めてるんだろ？ただし、こんな建物じゃ普通の住宅ローンは組めないぞ。土地を担保に融資してくれる個人を探すしかない。金利はべらぼうに高いが」

「誰か心あたりはないか？」

「なくもない。だが、具体的な話を進める前に、もう一度よく現実を見といたほうがいいぞ。ここを改築しようとしたら、最低でも二五万ドルはかかる。おれを頼ろうなんて思うなよ。資材も労働力も提供しない。こっちはドリームレイクの開発で、これからくそ忙しくなるんだ」

「安心しろ」サムはそっけなく答えた。「おまえなんかをあてにしても無駄だってことは身にしみてわかってる」

愛情と敵意が入りまじった妙な緊張が走った。おそらくこのふたりは、かなり問題のある家庭で育った兄弟なのだろう。亡霊は言い知れぬ感情にとらわれた。もし実体があれば、ぞっとして身震いしていたに違いない。孤独でわびしい時間を過ごしてきた自分でさえ感じたことのない深い絶望感を、このアレックスという男は発している。

思わずそばを離れたものの、気分は少しもましにならなかった。声が出ないのはわかっていたが、つい話しかけてみた。

『つらいだろうな』

驚いたことに、アレックスが肩越しにこちらを振り返った。

『まさか聞こえたのか？』

亡霊はアレックスのまわりを歩いた。『おい、おれの話してることがわかるのか？』

アレックスは何も答えず、気のせいだというように首を振った。「うちの技術者をここによこすよ。金はいらない。どうせこれからさんざんこの家に注ぎこむはめになるからな。兄貴は自分が何をしようとしてるのかわかっちゃいないんだ」


次にアレックス・ノーランが姿を見せたのは二年後だった。そのあいだに亡霊は、サムを通して外の世界を知るようになっていた。相変わらず家から出ることはできなかったが、訪ねてくる人間は多かった。サムの友人や、ブドウ園のスタッフや、電気や配管の工事を行う作業員などだ。

サムの兄であるマークも、月に一回ほど週末にやってきて、日曜大工を手伝った。床板の一部を水平に戻したり、猫脚のついたアンティークのバスタブをサンドブラストで磨いて光沢を出したりといったことだ。そのあいだじゅう、ふたりは互いをからかっていた。なんとも楽しくてほほえましい光景だ。

自分の生前についても、床に散らばったビーズの玉をひとつひとつ拾うように、少しずつ記憶がよみがえってきた。昔はビッグバンド・ジャズと、コミック本のヒーローと、飛行機が好きだった。それにラジオもよく聴いた。コメディアンのジャック・ベニーや、同じくコメディアンでふたり組のジョージとグレイシーや、腹話術師だったエドガー・バーゲンらの番組だ。自分がどんな人間だったかわかるほど多くのことを思いだせたわけではないが、いずれ思いだせる日も来るだろうと思われた。モザイク画で、ひとつひとつの小片はさまざまな色をしているが、離れて見るとちゃんとした一枚の絵に見えるのと同じだ。

マーク・ノーランはおおらかで信頼が置けて、ぜひとも友人にしたい男だ。コーヒー豆を焙煎する事業を経営しており、いつも豆を持参してきては、家に入るとまずコーヒーを淹れる。一日にポット一杯分くらいは飲んでいるだろう。マークが丁寧に豆を挽き、正確に計量するのを見ているうちに、コーヒーの豊かな香りや、砂糖とミルクを入れた甘くて古い味わいや、ベルベットのようになめらかな舌触りを思いだした。

ふたりの会話から、両親はアルコール依存症だったことがわかった。三人の息子とひとりの娘が受けた傷は、目には見えなくとも、骨の髄までしみこんでいるようだ。両親はとっくに他界しているが、長男と次男を除けば四人の交流はほとんどない。世間からさげすまれる家庭に育ったせいで、ここまで生き延びるのに必死だったのだろう。

三男のアレックスは防弾ベストで完全防備しているかのような愛想のない男だが、その彼だけが結婚しているというのは皮肉なものだ。アレックスと妻のダーシーはロシェハーバーに住んでいる。長女のヴィクトリアはシングルマザーとなり、シアトルで娘を育てているらしい。マークとサムは独身を貫いていた。サムなどは、不幸になるかもしれないリスクを冒してまで結婚する価値はないと堂々と言い放っているほどだ。だから誰と交際しても、互いの距離が近づきすぎたと感じると、なんの未練もなくあっさり別れてしまう。

つい最近もそんなことがあったと、サムはマークに言った。相手が次の段階へ進みたがっているのがわかったかららしい。「次の段階ってなんだ？」マークが尋ねた。

「さあね。それを聞く前に関係を終わらせた」ふたりは玄関ポーチに座りこみ、アンティークの手すり子を目の前に並べ、塗料を落とす薬剤をスプレーしているところだった。それを使って建物正面の手すりを作るつもりのようだ。「苦手なんだよ」サムが続けた。「一緒に外で食事をして、そのあとベッドに入って、たまにちょっとしたプレゼントをするくらいがちょうどいい。将来の話をされるのはごめんだ。いい娘《こ》だったけど、正直別れてほっとしている。感情の彩りサラダは好きじゃないから」

「なんだ、それ？」マークがおもしろそうに尋ねた。

「女性が得意なやつさ。幸せなのに泣いたり、悲しいのに怒ったりとか。いっぺんにふたつの感情を持つなんて信じられないよ。それってまるで、ふたつのテレビ番組を同時に見ているようなもんじゃないか」

「おまえだってそういうときがあったぞ」

「いつ？」

「アレックスの結婚式だ。顔はほほえんでいたけど、目が潤んでた」

「ああ、あれは『カッコーの巣の上で』の映画を思いだしていたからさ。ロボトミーの手術を受けて廃人みたいになったジャック・ニコルソンを、友人が憐れに思って、枕で窒息死させる場面だ」

「ぼくもアレックスの息の根を止めてやろうかと思うことはよくあるな」マークは言った。

サムはにやりとしたあと、すぐに真面目な顔になった。「あいつも憐れだよ。なんとかしてやれないかな。ダーシーは相当の食わせ者だ。覚えてるか？　挙式前日の食事会のとき、アレックスのことを〝わたしの最初の夫です〟と言ったんだぞ」

「間違ってはいない」

「そりゃそうだけど、〝最初の〟と言うってことは〝二番目〟があるってことだろう？　ダーシーにとって、夫は車と同じなんだ。だんだんランクをあげて乗り換えていくものなのさ。アレックスだってわかってたに違いないのに、どうしてダーシーなんかと一緒になったんだろう。どうせ結婚するなら、もっとましな相手を選べばよかったのに」

「ダーシーだってそこまでひどくはない」

「だったらどうして彼女の姿を見るたびに、濃い色のサングラスでこっちの視線を隠したい気分にさせられるんだ？」

「たしかに体の線は強調しているな」マークは答えた。「ぼくの好みじゃないが、ダーシーを見てセクシーだと思う男も多いだろう」

「そんなことで伴侶を決めるのはおかしい」

「おまえならどういう基準で伴侶を選ぶんだ？」

サムは首を振った。

「選ぶもんか。それくらいなら、電動のこぎりで怪我するほうがまだましだ」

「たしかにおまえの電動のこぎりの使い方を見ていると……」マークは言った。「指の一本くらい落としてもおかしくはないと思うよ」


その数日後、アレックスがなんの連絡もなしに、ふらりとレインシャドー・ロードの家を訪ねてきた。亡霊が最後に姿を見た二年前に比べると、かなり痩せている。頬がこけ、目の下にはくまができていた。

アレックスはサムについて家に入ると、前置きなしにいきなり告げた。「ダーシーに別れてくれと言われた」

サムは驚いて弟を見た。「理由は？」

「知るか」

「その話は出なかったのか？」

「おれが尋ねなかった」

サムは目を見開いた。

「おいおい、離婚したいと言われたら、わけを聞きたいと思うもんだろう」

「さあね」

サムが諭すように言った。「そういう態度がいけないんじゃないのか？　ダーシーはおまえにもっと話を聞いてもらいたかったのかもしれない」

「そもそもあいつを気に入ったのは、そういう会話をせずにすむ女だったからだ」アレックスは両手を深くポケットに突っこみ、リビングルームへ入った。ちょうど先ほどサムが、戸枠用の材木を一本、壁に釘で打ちつけたところだった。アレックスはその材木に目をやった。

「先に釘穴を開けとかないと、木が割れるぞ」

サムは弟の顔を見た。「じゃあ、手伝ってくれ」

仕方ないといった顔つきでアレックスは部屋の真ん中にある作業台に歩み寄り、コードレスの電動ドリルを手に取った。錐《きり》のパーツが正確に固定されているかどうかを確かめ、試しにスイッチを入れた。耳障りな鋭い金属音が部屋じゅうに響いた。

「ベアリングが乾いているんだ」サムがすまなそうに言った。「潤滑油を入れなきゃと思ってたんだが、いろいろと忙しくてね」

「いや、それよりベアリングそのものを交換したほうがいい。そのうちやっとくよ。車におれのドリルが積んであるから、今日はそれを使おう。四極モーターの高性能でパワフルなやつだ」

「助かるよ」

車から電動ドリルを取ってきたあと、ふたりは離婚の件には触れず、協力しあいながら黙々と作業を続けた。アレックスは正確に計測し、しるしをつけ、戸枠用の材木を丁寧に取りつけていった。壁の漆喰にわずかでもむらを見つけると、のみを使って削り、縦の材木はきちんと垂直に、横の材木はぴったり水平になるように調整した。

それは見ていて気持ちのいい作業だった。接合部分を完璧に合わせ、必要とあればやすりをかけたうえで塗料を塗り、きれいに仕上げている。亡霊はいたく感心した。サムも素人にしてはなかなかの腕前だが、それでもときどき失敗してはやりなおしている。それに比べると、アレックスはまさに熟練の技を持つ職人だ。

弟が自分で材木を加工し、戸枠に装飾を施していくのを見て、サムは感銘を受けたように言った。「さすがだな。この部屋のもうひとつの戸枠も頼むよ。ぼくには絶対にできない仕事だから」

「お安いご用だ」

サムはブドウ園のスタッフに指示を出すためにリビングルームをあとにした。春に向けて成長を促すために、若いブドウの木の枝を剪定《せんてい》しているところのようだ。アレックスは部屋に残り、作業を続けた。亡霊は室内を歩きまわりながら、電動工具のうるさい音がやんで静かになると、歌を口ずさんだ。

アレックスは余計な釘穴に木工パテを入れ、戸枠と壁の隙間に充填材を詰めながら、聞きとれないほどの小声で鼻歌を歌いはじめた。それがなんの曲だかわかった瞬間、亡霊は雷に打たれたような衝撃を受けた。自分が歌っている曲と同じではないか。

本人は気づいていないのだろうが、こちらの存在を感じとっているらしい。

アレックスをじっと見つめながら、亡霊は歌いつづけた。

アレックスは手にしていた工具を床に置き、しゃがみこんだ格好のまま、膝に両手を置いてぼんやりと鼻歌を口ずさみつづけた。

亡霊は歌うのをやめ、アレックスに顔を近づけてそっと声をかけた。

『もしもし』

まったく反応がないのがじれったくなり、たまらず大声を出した。

『おい、アレックス、気づいてくれ』

アレックスは、暗闇から急に明るい場所へ放りだされたとでもいうように何度も目をしばたたき、こちらを振り返った。氷のような淡い色の目の瞳孔が大きく開いた。

『おれが見えるのか？』

亡霊は驚いて尋ねた。

アレックスは床に腰をつけてあとずさりすると、そばにあった金槌《かなづち》をつかんで振りあげた。

「あんた、誰だ？」

2

見知らぬ男は、こちらに負けず劣らず仰天した顔をしていた。

「あんた、誰だ？」

アレックスは鋭い口調で尋ねた。

『わからない』

男がゆっくりと答え、まばたきもせずにこちらを見た。

男はさらに何か言いかけたが、ちょうどそのとき、受信状況が悪いテレビ番組のように姿が明滅し……そして消えた。

あたりはしんと静まり返った。一匹の蜂が窓の網戸にとまり、ぐるぐると円を描いて歩いた。

アレックスは金槌を床に置き、息を吐きだすと、親指と人差し指で左右のこめかみを押さえた。昨晩の酒のせいで頭痛がする。今のはきっと幻覚だ。ついに頭がどうかしてしまったらしい。

無性に酒が飲みたくなり、キッチンへ行って食料貯蔵庫《パントリー》でもあさろうかという気になった。

だが、サムが強い酒を置いているとは思えない。どうせ、あるのはワインばかりだろう。それにまだ午前中だ。せめて昼前には飲まないでおこうと決めている。

「どうした？」サムが顔をのぞかせた。「声が聞こえた気がしたんだが、何か用か？」

脈拍に合わせて、こめかみがずきずきと痛んだ。いくらか吐き気までする。

「兄貴のところのスタッフに、短い黒髪で、レトロなフライトジャケットを着てるやつはいるか？」

「ブライアンが黒髪だが、短いとは言いがたいな。そういうジャケットを着てるのも見たことはないし。どうしてそんなことを訊くんだ？」

アレックスは立ちあがり、窓辺に寄ると、網戸を指ではじいた。蜂が低い羽音をたてて、逃げていった。

「大丈夫か？」サムが尋ねた。

「ああ」

「何か話したいことがあるなら――」

「何もない」

「そうか」妙に気を遣っている口調が、アレックスにはわずらわしく感じられた。妻のダーシーもよくそういう言い方をする。腫れ物に触るような気分なのだろう。

「これを仕上げたら、もう帰る」作業台に寄り、材木の長さを測った。

「了解」そう言いながらも、サムはその場を立ち去らなかった。「最近も……飲んでるのか?」

「たいして飲んでない」アレックスはぶっきらぼうに答えた。

「一度、専門家に――」

「今、その話はよしてくれ」

「わかった」

サムは心配しているのを隠そうともせずに、ずっとこちらを見ていた。弟の身を案じての言葉なのだから、邪険にするべきでないのはわかっている。普通の人なら愛情を示されればもっと違う反応を示すだろう。だが、自分にはそれができない。こんな状況になると、本能的にさっさと話を終わらせて逃げだしたいと思ってしまう。世の中には愛情に応えられる者もいれば、戸惑う者もいる。自分は後者なのだから、どうしようもない。

アレックスはあえて無表情を保ち、黙りこんでいた。自分たちは兄弟ではあるが、実際互いのことは何も知らないに等しい。そのほうがいいのだ。

サムがリビングルームを出ていくと、亡霊はまたアレックスに目をやった。互いの姿が見えるようになったとき、なんらかのつながりができてしまったらしく、アレックスの感情がどっとみずからのなかに流れこんできたことに亡霊は衝撃を受けた。人生に対する苦々しい思い、酒で現実を忘れたいという欲求や、決して癒やされることのない寂しさ。自分のことのように深々と感じ入ったわけではない。書店で本の背表紙をざっと見るくらいの軽い感覚だ。それでも強烈な打撃を受け、亡霊は思わずたじろいだ。

そしてどうやら、自分は今また姿が見えなくなってしまったらしい。

黒髪でフライトジャケットを着ているだと？　おれはそういう姿なのか。アレックス、ほかにどんなことに気づいた？　知ってる人に似てなかったか？　古い写真に写ってなかったか？　頼む、思いだしてくれ。自分が誰なのか知りたいんだ。

もどかしさにじりじりしながら、アレックスが戸枠の材木をはめこむのを見た。金槌の音が部屋に響いている。アレックスとのあいだには、細くはあるものの確かなつながりを感じた。彼の魂は、ゆっくりと、しかし確実に、救いようのないほどにむしばまれてきたらしい。誰かを愛することも、人に優しくすることも、希望を持つことすらできずにいる。まっとうな人間としての基本的な感情が欠けてしまっているのだ。決して一緒にいたいと思える人物ではない。いや、亡霊の身としては、取り憑きたい人物と言うべきか。だが、アレックスをおいてほかにあてにできそうな者はいない。

アレックスはサムの大工道具を片付け、修理の必要な電動ドリルを持つと、リビングルームをあとにした。亡霊は玄関までついていった。アレックスが外に出た。亡霊は一瞬ためらったものの、とっさに自分も一歩踏みだした。今度は体が消えそうな感覚も、意識が遠ざかるような不安も感じなかった。アレックスのあとに続くことができたのだ。

こうして亡霊は外に出た。

アレックスは自分の車へ向かいながら、どういうわけか体がむずむずして、じっとしていられない衝動を覚えた。五感が不快なまでに鋭くなっている。太陽の光が目に痛いほどまぶしく、刈られた草やスミレの香りが吐き気を覚えそうなほど甘ったるく感じられた。ふと地面に目をやり、奇妙なことに気づいた。光のいたずらだろうか。影がふたつ見える。ぴたりと足を止め、その影を凝視した。こんなことがあっていいのだろうか。ひとつはじっとしているが、もうひとつはかすかに動いている。

アレックスは無理やり歩きだした。幻覚なんか知るものか。こんな変なものを見たなどと誰かにしゃべったら、アルコール依存症のリハビリ施設に連れていかれるに決まっている。ダーシーは嬉々として夫を施設に閉じこめようとするだろう。兄貴たちも、絶好の機会だと思うに違いない。

家へ帰ることに気持ちを集中させた。ダーシーは新居を探しにシアトルへ行っているから、自宅には誰もいない。だから、今夜は心置きなく酒が飲めるというものだ。うれしさのあまり、車のキーを持つ手が震えた。

アレックスが愛車ＢＭＷに乗りこむと、亡霊は助手席に座った。ふたりは一緒に家へ帰った。

3

皮肉な話だと亡霊は思った。あれほどレインシャドー・ロードの家を出たいと願っていたのに、アレックス・ノーランと二、三週間も一緒に過ごすと、もう古巣へ戻りたくなった。だが、アレックスから一定の距離以上に離れようとすると、存在が崩壊しそうな感覚に襲われた。アレックスにつながってしまっているのだ。数メートル程度なら離れられるし、別の部屋ぐらいにならら行けもするが、それが限界だ。アレックスがロシェハーバーにある超モダンでしゃれた家を出ると、亡霊は紐のついた風船のように、いや、どちらかというと釣り針にかかった憐れな魚のように、引っ張られながら連れていかれてしまう。

翳《かげ》のある二枚目の容貌に惹かれて女はいくらでも寄ってきたものの、アレックスはそっけなかった。妻のダーシーは法的手続きを経たのち離婚に向けて正式に別居し、シアトルに住んでいたが、それでもときどきアレックスを訪ねてきた。ふたりは剃刀《かみそり》のように鋭い会話を交わした。

ダーシーは、髪は黒のストレートで、体つきはグレイハウンド犬のようにしなやかだ。鼻持ちならないほどの自信家で、とても同情を覚える相手ではない。だが、精神的な弱さがみじんもないというわけでもなさそうだ。よく眠れないのか、目元と口元にはかすかなしわがあり、笑い声は乾いている。自分の結婚が完璧な失敗に終わったことを自覚しているのだろう。

亡霊はアレックスに引っ張られ、ロシェハーバーに開発した住宅地へ行った。そこは中央に共用の芝地があり、それを取り囲むようにしゃれた住宅が立ち並び、各戸の郵便受けは一箇所に集中して設置されている。いわば、一種の共同体となる住宅区画だ。アレックスは誰からも好かれているというわけではなかったが、その能力は一目置かれていた。厳しい納期の仕事を引き受け、のんびりと作業する島の下請け業者を使いながらも、納期をきちんと守るからだ。

だが酒量が多く、ろくに眠らず、不摂生な生活をしているのは、島の誰もが知っていた。このままでは近いうちに、健康のほうも結婚生活と同じく破綻するだろう。この男の命がむしばまれていくのは見たくないと、亡霊はなぜか真剣に思っていた。

アレックスから離れられず、レインシャドー・ロードの様子を見に行けないのが、亡霊には歯がゆかった。そのころアレックスを除くノーラン家の人々には、大きな変化が起きていた。

じつは半月ほど前、亡霊がレインシャドー・ロードの家を出た数日後、真夜中に電話がかかってきた。眠るという能力がない亡霊は、すぐにアレックスの寝室へ行った。ベッド脇のスタンドの明かりがついていた。

アレックスは目をこすりながら、眠そうな声で電話に出た。「サムか？　どうした」受話器から流れてくる声に耳を傾けながら、表情こそ変えなかったものの、顔が蒼白になった。二度ばかり唾をのみこみ、ようやく声を出した。「間違いないのか？」

電話での会話から、どうやらノーラン家のひとり娘であるヴィクトリアが交通事故に遭ったらしいと亡霊は察した。即死だったようだ。ヴィクトリアは結婚していなかったし、子供の父親が誰だか明かさなかったため、六歳になる娘のホリーは孤児となった。

アレックスは電話を切り、怖い顔で壁をにらみつけた。

亡霊はヴィクトリアに会ったことはなかったけれど、それでもショックを受け、悲しみがこみあげた。若い身空で命を散らすとは、なんと残酷で不公平なのだろう。そう思うと、ヴィクトリアが憐れで胸が痛んだ。泣いてしまえれば少しは楽になるだろうが、肉体のない魂だけの身では涙を流すことができない。

どうやらアレックス・ノーランも泣けないようだった。

ヴィクトリア・ノーランの死という不幸のあと、目覚ましい展開があった。マークがホリーの親権者となり、ふたりでサムの家に移り住んだのだ。今、マーク、ホリー、サムの三人は、レインシャドー・ロードで一緒に暮らしている。

それまでレインシャドー・ロードの家のなかは、アメリカンフットボール・チームのロッカー室かと思うほど殺伐としていた。洗濯をするのは、ほかに着るものがなくなったときだけ。食事はいつも適当に手早くすませた。冷蔵庫のなかには、使いさしの調味料と、ビールの六缶パックと、たまに食べ残しのピザが油じみのついた箱ごと入っているくらいだ。大怪我でもするか、あるいは除細動器でも必要にならないかぎりは、医師を呼ぶことはまずなかった。

ところがマークとサムは六歳の少女を引きとって、がらりと生活を変えた。ジャンクフードばかり食べていた独身貴族ふたりが、生死の分かれ目とばかりに食品の栄養表示に目を凝らすようになり、聞いたことのない成分が入っている食品は買わなくなった。〝くる病〟や〝ロタウィルス〟などという言葉を知り、ディズニー映画に登場するお姫様の名前をせっせと覚え、髪についたガムをピーナッツバターで落とす方法を学んだ。

ひとたび子供に心を開くと、ほかの人に対してもそうできるようになった。ホリーと一緒に暮らしはじめてから一年後、マークはマギーという名の、夫を亡くした女性と恋に落ち、結婚に対する長年の嫌悪感が水にぬれたトーストのようにぼろぼろと崩れた。ふたりは八月に挙式し、そのあとはホリーも一緒に島で暮らす予定だ。そうなれば、サムはまたレインシャドー・ロードの家にひとりで住むことになる。

サムが女性に対して一歩踏みだしてみる気になるのも時間の問題だろう。ただ、今はまだ結婚に不安を抱いている。無理もない話だ。両親は四人の子供たちに、男女は出会った瞬間に不幸の種を植えつけられることを、身をもって教えこんでしまった。つまり誰かを愛すれば、遅かれ早かれ、苦くてまずい実を摘みとるはめになる。

泥沼の末、アレックスは別居していた妻のダーシーとようやく条件合意し、正式に離婚した。そして身ぐるみはがされた。住居を含む財産のほぼすべてを持っていかれたのだ。ちょうどそのころ景気が悪化し、不動産市場が下落した。銀行はロシェハーバーの物件に対する担保権を行使して、ドリームレイクの開発にも待ったをかけた。

アレックスは燃えつきてしまったのか、酒におぼれ、しだいに若さを失っていった。すべてを忘れたかったのだろう。アルコール依存症の夫婦の末っ子として育った彼は、ただひたすら無関心になることでみずからを守ってきたのかもしれない。何も感じず、誰も信じず、いっさい欲しがらず、心の弱さを認めなければ、傷つくこともない。

アレックスは、日々、生気をなくしていった。このままでは抜け殻になってしまうのではないかと亡霊は案じた。

ロシェハーバーの開発計画が頓挫し、アレックスはもっぱらレインシャドー・ロードの家の改築に時間を費やすようになった。雨もりのせいで傷みの激しい部屋は、壁や床をすべて取り払い、下張り床を張るところから始めた。先日は、古典的な柄をシルクスクリーン印刷で複製した壁紙を大型ロールで持ちこみ、自分で裁断し、リビングルームの壁に貼った。サムは費用を払おうとしたが、アレックスは頑として受けとらなかった。改築を率先して引き受けている理由を兄ふたりはわかっていない。アレックスにもまだ良心のかけらは残っており、ホリーの育児をまったく引き受けていないことを申し訳なく感じている。だからといってアレックスに子供の世話などできるわけがないが、安全で居心地のよい住居を作るのならお手のものだ。

ある真夏の日のことだった。ブドウ園ではスタッフたちが、熟しはじめたブドウの実にもっと日があたるように葉を剪定するなど、ブドウの木の世話にいそしんでいた。アレックスは屋根裏の改修工事をするために、午前中のうちにサムの家へ行った。いつものごとく、まずはコーヒーを飲もうとキッチンへ入った。

「おい、卵を焼くから、朝食でもどうだ？」サムが言った。

アレックスは首を振った。「腹はすいてない。コーヒーで充分だ」

「そうか。それでだな……できれば今日はなるべく音をたてない作業をしてくれるとありがたいんだが。具合の悪い友達が寝てるんだ」

アレックスは顔をしかめた。「二日酔いならどこかほかで寝ろと、その女に言っとけ。今日の作業に電動工具は欠かせない」

「それはまた別の日にしてくれないか。彼女は二日酔いじゃない。昨日、交通事故に遭ったんだ」

アレックスが何か言おうとしたとき、ドアベルが鳴った。鍵を手動で回転させて鳴らす古典的なドアベルだ。

「彼女の友人だろう」サムがつぶやいた。「アレックス、少しは愛想よくしろよ」

しばらくすると、サムが女性を連れてキッチンへ来た。その大きなブルーの目を見たとたん、鋭いパンチを食らってノックアウトされた気分になった。まずいと思った。こんな感情は初めてだ。無性に惹かれる気持ちと、近づかないほうがいいと思う心がせめぎあい、その場から動けなくなった。

「こちらはゾーイ・ホフマン。こいつは弟のアレックスだ」サムがそう言う声がぼんやりと聞こえた。

相手から目をそらすことができず、挨拶を聞いてうなずくのが精いっぱいだった。握手などもってのほかだ。触れてしまったら、取り返しがつかないことになりそうな気がする。

その女性は、まるで古い雑誌の広告から抜けだしてきたような姿をしていた。昔のピンナップ・ガールよろしく髪を豊かにカールさせている。天は彼女にあふれんばかりの美しさを与えたもうたらしい。だが、本人はどことなく自信がなさそうだった。

ゾーイがサムに顔を向けた。「マフィンをのせたいんだけど、ケーキスタンドはある？」熱く甘い夜を過ごしたあとに目覚めたような、少しかすれた柔らかい声だった。

「冷蔵庫のそばの食器棚に入ってる。アレックス、ケーキスタンドを出すのを手伝ってあげてくれ。ぼくはルーシーの様子を見てくる」サムはそう言うと、ゾーイに目をやった。「リビングルームにおりてこられそうか、あるいはきみを寝室へ呼んだほうがよさそうか、訊いてくるよ」

「ええ、わかった」ゾーイは食器棚のほうへ行った。

たとえわずかな時間でも彼女とふたりきりにされるのかと思うと、アレックスは焦りを覚えた。思わずサムのあとを追い、キッチンのドアのところでささやいた。「こっちはやることがあるんだ。あんなベティ・ブープみたいな女としゃべってる暇はない」

ゾーイが肩をこわばらせた。

「アレックス」サムが穏やかに言った。「いいから、おまえは彼女を手伝うんだ」

サムがキッチンを出ていくと、アレックスはゾーイのそばに寄った。ゾーイは食器棚の上のほうにあるガラス製のケーキスタンドを取ろうとしていた。その背後で足を止めると、ゾーイの肌からかすかにタルカムパウダーの香りが漂ってきた。ふいに抱きしめたくなった。黙ったまま食器棚からケーキスタンドを取りだし、カウンターに置いた。動きがぎこちないのが自分でもわかった。一瞬でも自制心を失ったら、何かとんでもないことを言うか、あるいはしでかしてしまいそうで怖い。

ゾーイはマフィンを型からケーキスタンドへ移しはじめた。アレックスは片手をカウンターについてそれを見ていた。

「どうぞ行ってちょうだい」ゾーイはうつむいたまま言った。「わたしとおしゃべりをする必要はないから」

さっきの無礼な言葉を聞いて気を悪くしたのだろう。アレックスはとっさに謝らなくてはと思った。だが、マフィンを両手で包みこむようにして型から抜く優雅な手つきを見ていたら、そんなことは忘れてしまった。

唾がこみあげてきた。

「何が入ってるんだ？」ようやくそれだけを口にした。

「ブルーベリーよ。よかったらどうぞ」

アレックスは首を振り、無意識のうちにコーヒーカップを手に取った。その手が震えた。

ゾーイはこちらを見ることもなく、アレックスのコーヒーカップの皿にマフィンをひとつのせた。

アレックスは黙ったまま身動きもせずに、ケーキスタンドにマフィンを並べるゾーイを見ていた。気がつくと、皿にのったマフィンに手を伸ばしていた。無漂白のベーキングカップに入った柔らかい生地が少しつぶれた。アレックスはキッチンをあとにした。


アレックスは玄関ポーチでひとり、手にしたマフィンを見つめた。普段はこのたぐいの菓子に手を伸ばすことはない。焼き菓子は石膏ボードのようにしか見えないからだ。

ひと口、かじってみた。表面はさくっとし、中の生地は柔らかかった。オレンジの香りと、ブルーベリーのジューシーな食感が舌の上に広がった。なんという繊細な甘みだろう。むさぼり食ってしまわないように気をつけながら、ゆっくりと味わった。何かをこんなにうまいと感じたのはいつ以来だろう。

マフィンを食べ終えると、暖かな気持ちに浸りながら、しばらくじっと座っていた。キッチンにいる女性のことを考えた。ブルーの瞳、緩やかにカールした髪、女らしい顔立ち、バラ色の頬。先ほどつっけんどんな態度を取ってしまったことが、いつまでも悔やまれた。

ああいう男心をそそるタイプの女性を相手にしたいと思ったことは、これまで一度もなかった。

ゾーイ。

名前を口にするだけで、キスを想像してしまう。

おのずと空想がふくらんだ。いっそキッチンへ戻り、さっきの無礼を詫びたうえで、デートに誘ってみようか。湖の近くに所有している土地へピクニックに行くのもいいかもしれない。野生のリンゴの木の下に毛布を敷いて座れば、色白の肌に木もれ日が落ちてさぞきれいだろう。

ゆっくりと服を脱がせて、柔肌のふくらみを愛でる。小刻みに震える首筋に顔をうずめ、紅潮した肌の熱さを唇に感じ……。

アレックスは首を振って、やましい考えを押しやった。深く息を吸い、さらに一度深呼吸をした。

キッチンへは戻らず、ゾーイ・ホフマンを避けるように足音を忍ばせて階段をあがり、屋根裏部屋へ向かった。うしろ髪を引かれる思いだった。だが、自分の弱さに負けたくはなかった。

亡霊はアレックスの頭のなかが読めるわけではなかったが、玄関ポーチでそばに座っていると、考えを感じとることができた。ついにこれぞという女を見つけたようだ。煮つめた砂糖水のように感情が煮えたぎっている。これまでに見たなかで、いちばん人間らしい反応だ。

　だが、惹かれている相手だからこそ、ゾーイには近づくまいと思い定めたのだろう。亡霊はうんざりした。じっと待ちつづけるのにはもう慣れたが、そうしたからといって誰のためにもならない。自分のためにも、そしてアレックスのためにも。このままでは、いつまで経っても何も変わらないだろう。緩慢な自殺を試みているかのように酒におぼれている男と自分がどうして結びつくはめになったのかはわからないが、きっとそれなりの理由があるはずだ。

　いつかこの男から離れるためには、ただ待っているだけではなく、みずから行動を起こさなければならないのかもしれない。


　屋根裏部屋は広く、天井が斜めになり、屋根窓がいくつかあった。部屋らしい体裁にしたかったのか、誰かが素人仕事で腰高の壁を作ったようだが、出来が悪くて隙間だらけだ。床板はすでにはがしてあり、今日はそこに断熱材を敷いて、隙間に充填材を詰める作業をしている。

　アレックスはしゃがみこみ、充填材のカートリッジを取り替えようとした。そのとき、壁のほうで何かが動いたのに気づき、はっと手を止めた。廃材や壊れた家具を積みあげた山の上に、ぼんやりと人影のようなものが見える。

　この人影に気づいてから、すでに数週間が経つ。無視を決めこみ、酒で紛らわせたり、さっさと寝たりしているが、じっとこちらを見ている人影はいっこうに消えなかった。最近ではその影がなんらかに対して抱いているらしい憎しみまで感じるようになった。とうとう自分は頭がどうかしたのか、あるいは何かに取り憑かれているのか……。

人影が近づいてきた。冷たいアドレナリンが血中に放出され、本能的に身を守ろうと、手にしていた工具を投げつけた。カートリッジが割れて、白い充塡材が壁に飛び散った。

人影は消えた。

だが、まだ存在は感じられた。敵意に満ちた目で、じっとこちらの様子をうかがっている気がする。

「そこにいるんだろ？」声がかすれた。「いったい何が望みだ」汗が吹きだし、Tシャツのなかを伝った。鼓動が速い。「どうしたら消えてくれる？」

沈黙が続いた。

空気中を舞う埃がゆっくりと下へ落ちていった。

また人影がぼんやりと浮かびあがり、今度は静かに人間の姿になった。立体的で存在感のある、まごう方なき男の姿だ。

『じつは、おれも同じことを考えてる』男が言った。『どうしたらおまえから離れられるんだろうかとな』

アレックスの顔から血の気が引いた。ドミノみたいにうしろに倒れてしまわないように、ぺたんと尻をついた。

いよいよ脳みそがいかれたのか？

声に出して言ったつもりはなかったが、相手が返事をした。

『心配するな。幻覚じゃない』

男は背が高く、痩せ気味で、古びたフライトジャケットを着て、カーキ色のズボンをはいていた。髪は士官風に短く刈って、横分けにしている。顔の造作はいかつく、黒っぽい目で値踏みするようにこちらを見ていた。ジョン・ウェインの映画に反逆者として出てきそうな、上からの命令を平気で無視するタイプの男に見える。

『やあ』男が気さくに声をかけてきた。

アレックスはよろよろと立ちあがった。霊を見たことなど生涯に一度もなかった。自分は確たるものしか信じない。地球上のものはすべて、はるか昔に爆発した星の物質が起源だと考えている。人類とは、いわば星くずが知性を持つまでに進化した存在だ。

もちろん、肉体が滅びれば、あとには何も残るわけがない。

だったら……これはなんだ？

妄想か？　アレックスは男に近寄り、手を伸ばしてみた。その手は男の胸を突き抜けた。みぞおちに腕がのめりこんでいる。

「嘘だろ」慌てて腕を引き、てのひらや手の甲をためつすがめつ眺めた。

『叩きのめそうと思っても無駄だぞ』男は淡々と言った。『おまえはもう一〇〇回くらいおれの体を通り抜けてる』

アレックスは試しにこぶしを繰りだしてみた。こぶしは男の肩と腕をあっさりと通過した。

「あんた、いったい誰なんだ？」アレックスはようやく尋ねた。「天使か？　それとも幽霊か？」

『おれの背中に翼が見えるか？』男が皮肉めいた口調で言った。

「いや」

『そうだろう？　だから天使ではない。いわゆる亡霊だな』

「どうしてここにいる？　なぜおれにつきまとうんだ？」

男はまっすぐにアレックスを見た。『わからない』

「何か伝えたいことがあるんじゃないのか？　どこかの宅地開発の仕事をよろしく頼むとか」

『いいや』

これは夢だと思いたかった。だが、すべてがあまりにも現実味にあふれていた。屋根裏部屋のかびくさくて暖かい空気も、屋根窓から埃っぽい室内に差しこむレモン色の光も、充塡材のどことなくバナナに似た匂いも。

「だったら、さっさとどっかへ行ってくれ。そういう選択肢もあるんだろ？」

亡霊は目にいらだちを浮かべ、しみじみと言った。『そうできたらどんなにいいか。何も好きこのんで、毎晩おまえがジャックダニエルを一本空けてへろへろになるのを眺めてるわけじゃない。こっちだって、いいかげん頭がどうにかなりそうなんだ。こんなことを言うのもなんだが、これならサムのそばにいたときのほうがましだったぞ』

「それはつまり……」アレックスは亡霊を凝視したまま、おぼつかない足取りで相手から離れ、廃材の山のそばに座りこんだ。「サムもあんたのことが――」

『いや、今のところ、おれの姿が見えるのはおまえだけだ』

「なぜだ？」腹が立ってきた。「どうしておれなんだ？」

『知るか。おれは長いあいだ、この家に閉じこめられてた。サムがここを買ったあとも、何度も試したが、外に出ることはできなかった。ところがこの四月、おまえのあとについてったら、するりと玄関を抜けられた。うれしかったさ。たとえ、誰かについて出るしかないとしてもだ。それなのに、今度はおまえから離れられなくなった。どこへでも連れていかれるままだ』

「こいつを追い払う方法が何かあるはずだ」アレックスは両手で顔をこすりながらぶつぶつとつぶやいた。「セラピーか、薬物治療か。悪魔祓いや、ロボトミー手術という手もあるぞ」

『おれを追い払いたいなら――』亡霊がそう言ったとき、階段をあがってくる足音が聞こえた。

「アレックス？」くぐもった声が聞こえ、階段のクリーム色に塗装した手すりのあいだに、眉をひそめたサムの顔が現れた。サムは階段をあがりきると、手すりに腕を置き、ぶっきらぼうに尋ねた。「どうした？」

アレックスは兄の顔を見たあと、亡霊に目をやった。ふたりの距離はほんの一メートルほどしか離れていない。サムには見えていないのだろうか？　こんなにはっきりと人間の姿をして歴然と存在しているのに、気づかないわけがない。

『おれなら尋ねない』アレックスの考えを読んだかのように、亡霊が言った。『サムにはおれが見えてないからな。そんなことを訊けば、とうとう頭がどうかしてしまったと思われるだけだ。おまえとふたりでクッション壁の病室に閉じこめられるのはまっぴらごめんだね』

アレックスは無理やり兄に視線を戻した。「別に」ついでに尋ねてみた。「なんでここに来た？」

「声が聞こえたからだ」サムがいらだったように言葉を切った。「なるべく静かにしてくれと頼んだだろう？　友人が寝ているんだ。いったい何を怒鳴っていた？」

「携帯電話で話してたのさ」

「今日の作業はもう終わりにしてくれないか。彼女を寝かせてやりたい」

「こっちはただで屋根裏部屋を直してやってるんだ。ガールフレンドに昼寝は少し待てと言え」

サムはじろりとアレックスをにらんだ。「ルーシーは昨日、自転車に乗っていて車にはねられたんだ。そう聞けば、おまえでもちょっとはかわいそうに思うだろう。だから、彼女の怪我が治るまで工事は――」

「わかった、わかった。おれはもう帰る。兄貴もせいぜいいい子にしてろ」アレックスは目を細め、探るように兄の顔をうかがった。サムが女のことでこれほど熱くなるのは初めて見た。そもそも、ガールフレンドを家に泊めたことなど一度もないはずだ。どうやら今回の相手はいつもとは違うらしい。

『そのとおり、サムはいずれ彼女に対して本気になる』背後で亡霊の声がした。

アレックスは肩越しに振り返り、うっかり亡霊に話しかけてしまった。

「おれの心が読めるのか？」

「なんだ？」サムが困惑した表情になった。

アレックスはしまったと思い、顔が熱くなった。「なんでもない」

「ありがたいことに、答えはノーだ」サムが答えた。「おまえの心なんて恐ろしくて読みたくもない」

アレックスは道具を片付けながら、ぶっきらぼうに言った。「何も知らないくせに」

サムは階段をおりかけて、足を止めた。

「ところで、なんで壁に充塡材が飛び散ってるんだ？」

「これが今どきの使い方なのさ」アレックスはつっけんどんに答えた。

「なるほどね」サムは鼻を鳴らし、階段をおりていった。

アレックスはふたたび振り返った。亡霊がにやにやしながらこちらを見ていた。

『心が読めるわけじゃない。だが、おまえの考えなど手に取るようにわかるさ。たいていの場合はな』亡霊は考えこむような顔をした。『だが、さっぱり理解できないときもある。たとえば、さっきのかわいいブロンド娘のことなどは――』

「あんたには関係ない」

『まあな。だけど、おのずと目には入るわけで、そうするといらだちがつのるのさ。あのブロンド娘を気に入ったんだろう？　だったら、なぜ話しに行かない？　いい年をした大の男が――』

「いいから黙って消えろ」アレックスは亡霊から顔をそむけた。「話は終わりだ」

『おれがまだ話したいと言ったら？』

「ひとりで勝手にしゃべってるんだな。おれは家に帰って、あんたがいなくなるまで飲んだくれる」

亡霊は肩をすくめ、壁にもたれかかった。『そんなことを言ってると、おまえのほうが先にこの世からいなくなるはめになるぞ』壁に飛び散った充塡材をこそげ落とすアレックスを、亡霊は眺めていた。

4

「ジャスティン」ゾーイはたしなめた。「それ以上は食べないで。カップケーキ・タワーを作るのに、少なくとも二〇〇個は必要なんだから」

「あら、わたしはあなたを手伝ってるのに」バタークリームのフロスティングがのったシャンボール・リキュール入りの赤いカップケーキを口いっぱいにほおばったまま、ジャスティンが応じた。黒っぽい髪を頭の高い位置でポニーテールに結び、細身の体にTシャツとジーンズ、足元はスニーカーという格好は、成功した事業家というより、ごく普通の大学生に見える。

ゾーイは問いただすようにジャスティンの目を見た。「何を手伝っているというのよ」

「いわゆる品質管理ってやつかしら。結婚式のお客に出してもいい味かどうか、自分の舌で確かめてるの」

ゾーイは笑いながら、薄ピンク色の糖衣生地《フオンダン》をアルミニウム製の麺棒で延ばした。

「それで、どうだった？」

「これじゃあ失格ね。だから、わたしが食べちゃってもいい？　お願い、もうひとつだけ。

だめ？」

「だめ」

「だったら白状するけど、ライアン・ゴズリング（カナダの俳優）とジョン・ハム（アメリカの俳優）がわたしと寝るために喧嘩するのを見たいか、それともこのカップケーキを食べたいかと訊かれたら、迷わずにこのカップケーキを食べると答えるわね」

「それ、まだ完成品じゃないのよ」ゾーイは言った。「柔らかいフォンダンで覆って、ピンクのバラと、グリーンの葉と、透明な露《つゆ》の玉を飾りつけるんだから」

「あなたって、焼き菓子を作らせたら天才ね」

「知っているわ」

ゾーイは陽気に言い、フォンダンを三ミリほどの厚さに塗り、はみだした部分をゴムベラを使って慣れた手つきで取り除いた。この朝食付きホテル〈アーティスト・ポイント〉を手伝うようになって、もう二年以上が経つ。食料品の仕入れと、メニュー決めと、調理を主に担当し、経営面はジャスティンに任せている。二年と少し前、短くて不幸な結婚生活に終止符を打ったとき、ジャスティンからホテルの共同経営者にならないかと誘われた。だが、そのときはまだ離婚のショックが冷めやらなかったため、即答できなかった。

「イエスと言いなさいよ。絶対に後悔させないから」ジャスティンはそう言った。「好きなことだけを思う存分できるのよ。経営はわたしに任せて、あなたはメニューを決めたり、料理をしたりしてればいいの」

ゾーイは心を決めかね、ジャスティンを見た。「離婚したばかりだから、今は何をする気にもなれないの。本当にいい話だとは思うんだけど」

「でも、わたしと組めるのはうれしいでしょ?」ジャスティンは熱心に口説いた。「なんたって、ほら、あなたがいちばん好きないとこのジャスティンなんだから」

ゾーイはその質問に答えるのを控えた。正確に言えばまたいとこだし、必ずしもいちばん好きな相手というわけでもなかった。子供のころはどちらかというと怖かったほどだ。ジャスティンのほうが年はひとつ下だが、勝ち気な性格で、いつも自信たっぷりに見えたからだ。

ふたりの共通点はただひとつ。どちらもひとり親に育てられたことだ。ゾーイは父親に、そしてジャスティンは母親に。

「ジャスティンのパパもおうちを出ていったの?」まだ幼かったゾーイはジャスティンに尋ねた。

「なにそれ。パパとかママとかはおうちを出ていったりしないんだよ」

「でも、うちのママはそうだったもん」ゾーイは言った。ジャスティンより自分のほうがよく知っていることもあるのだとわかり、鼻が高かった。「ママのこと、覚えてないの。ある日、わたしを車から降ろして、そのままどこかへ行っちゃったんだってパパが言ってた」

「道に迷って帰れなくなっただけかも」ジャスティンが言った。

「ううん、さよならの手紙がおうちにあったもん。ジャスティンのパパはどこへ行ったの?」

「神様のところ。背中に大きな銀色の翼ができて、天使になったんだって」

「天使に翼はないって、うちのおばあちゃんが言ってたよ」

「あるに決まってるじゃない」ジャスティンがいらいらした口調で言い返した。「だって、翼がなかったら、お空から落ちちゃうでしょ。お空には床がないんだよ」

その後、ゾーイは小学校三年生のとき、父親の意向で、ワシントン州エヴァレットにいる祖母のもとで暮らすことになった。ジャスティンとは会う機会もなくなり、それからはバースデーカードやクリスマスカードをやりとりする程度のつきあいになった。やがて調理専門学校を卒業し、高校時代からの親友だったクリス・ケリーと結婚した。それからはシアトルのレストランで副料理長としての仕事が忙しく、一方、ジャスティンはホテル〈アーティスト・ポイント〉を軌道にのせようとしていたときだったため、交流はまったくなくなった。ところが、それから一年ほどしてゾーイが離婚したとき、ジャスティンは一生懸命に慰め、力になってくれた。そのときにジャスティンから、サンフアン島へ戻って仕事を手伝ってもらえないかと誘われたのだ。人生をやりなおすちょうどいい機会だとは思ったが、この気の強いまたいとことうまくやっていけるだろうかという不安もあった。ところが一緒に仕事をしてみると、ありがたいことに、ふたりの関係はすばらしくうまくいった。口論になることはめったになかったし、たまに喧嘩をしても、口の達者なジャスティンより、頑固に黙りこむゾーイのほうが意見を通すことができた。

ジャスティンが経営するホテルはフライデーハーバーのにぎやかな通りからも、フェリー乗り場からも徒歩二分の丘の上にある。以前の所有者が大邸宅を改築してホテルを開いたのだが、さっぱり客が入らなかった。そこでジャスティンが底値で買いとり、〈アーティスト・ポイント〉(画家の目から見た絶景の場所という意味)と名前をつけ、内装を一新した。一二室ある客室を、すべて異なる画家をイメージした部屋に変えたのだ。たとえばファン・ゴッホの部屋は壁を大胆な色使いにし、フランス田舎風の家具を置き、ベッドカバーはヒマワリ柄にした。ジャクソン・ポロックの部屋は現代的な家具を置き、ドリップ・ペインティングと呼ばれる手法で描かれた複製画を飾り、バスタブには透明なビニールにアクリル絵の具を散らしたシャワーカーテンをつけた。

ジャスティンとゾーイは、ホテルの裏手にあるこぢんまりとしたコテージを住まいとして使っている。広さは六五平方メートルしかなく、寝室がふた部屋、バスルームがひとつ、それに狭いキッチンがあるだけだ。ふたりとも一日の大半をホテルの広いキッチンや共用スペースで過ごすため、住まいはその程度で充分だった。ジャスティンは眉をひそめたが、ゾーイはルームメイトを連れていった。白いペルシャ猫のバイロンだ。たしかに少しばかり甘やかしているのは認めるけれど、お行儀がよくて愛らしい男の子だ。唯一の欠点は男性が苦手なこと。男の人がそばにいると落ち着かないらしい。ゾーイにはその気持ちがよくわかる。

この二年間、ホテル〈アーティスト・ポイント〉は旅行者にも地元の人々にも愛されてきた。月に一度、料理教室や〈静かなる読書の夕べ〉などのイベントを催しているし、結婚披露パーティの会場として利用されることも多い。じつは明日の土曜日も結婚披露パーティの予約がひとつ入っているのだが、ジャスティンはその家族を陰でこっそり〝面倒くさい人たち〟と呼んでいた。新婦の母親が当人よりも細かい点にうるさいのだ。「母親だけじゃないのよ。父親も新郎もすごいんだから」ジャスティンはぼやいた。「きっと明日はしっちゃかめっちゃかよ。今夜のリハーサル・ディナー（結婚前夜に行われる内輪の食事会）に精神科医を呼んで、家族まとめてセラピーを受けさせるべきね」

「最後はカップケーキの投げあいになるかもよ」ゾーイは言った。

「そりゃあいいわ。そうしたらわたしは真ん中に入って、せいぜい大きく口を開けてることにする」ジャスティンは指についたラズベリー味のバタークリームをきれいになめとった。

「今朝、ルーシーに会ったんでしょ？　どうだった？」

「望みうるかぎり元気よ。まだ鎮痛剤を使わなければならない状態だけど、サムがずいぶんとよくしてくれているみたい」

「そうなると思ったのよ」ジャスティンは得意気に答えた。

ふたりの友人でガラス工芸作家のルーシーは二カ月前、同棲していた相手にふられ、それ以来ずっと〈アーティスト・ポイント〉に滞在している。ところが昨日、自転車に乗っていて交通事故に遭い、足に大怪我をしてしまった。結婚披露パーティがあることを考えると、ゾーイとふたりで世話をするのはとても無理だと判断したジャスティンは、サムを説得し、ルーシーを預かってもらったのだ。

「ちゃんとお礼を言ってきたわ」ゾーイは言った。「本当にいい人よね。ルーシーとはまだ一、二度デートをした程度の間柄なんでしょう？」

「本人たちは気づいてないみたいだけど、あのふたりは互いに恋をしてるから」

ゾーイはフォンダンの端を削りとる手を止めた。

「当人がわかっていないのに、どうしてあなたにそんなことが言えるの？」

「昨日の病院での様子を見れば一目瞭然よ。サムなんか心配でおろおろしちゃってるし、ルーシーはすごくうれしそうだった。一瞬、ふたりだけの世界に入りこんでたもの」

ゾーイはまた手を動かしながら、小学生だったころのサム・ノーランを思いだした。サムは痩せっぽちで、ちょっと変わった少年だった。それが、あんなにハンサムでたくましい男性になるなんて驚きだ。女性慣れしている感じがするのが少し心配なところだけれど、落ち着いた雰囲気があるのできっと大丈夫だろう。恋人に裏切られて傷ついているルーシーには、ぴったりの相手なのかもしれない。

「さてと、ルーシーにもいい人が見つかったことだし」ジャスティンが言った。「次はあなたの番ね」

「いいえ」ゾーイは淡々と答えた。「言ったでしょう？　まだそんな気になれないって」

「離婚して二年も経つのに、まだ修道女ごっこを続けるつもり？　セックスはいいわよ。ストレス発散になるし、心臓や血管が丈夫になるし、前立腺癌のリスクは減るし――」

「わたしに前立腺はないから」

「そりゃあそうだけど、誰かの前立腺癌のリスクを減らしてあげられるじゃない」

ゾーイは思わず笑った。

引っこみ思案で、ときどき自信を失ってしまうゾーイにとって、ジャスティンは元気を与えてくれる特効薬だ。夏の残暑を吹き飛ばす九月の爽やかな風みたいなもので、リンゴやウールのセーターのことを思い出したり、そろそろチューリップの球根を植えようかという、わくわくした気分にさせてくれる。

次のフォンダンの生地を延ばす前に、コーヒーをカップに注ぎ、今朝かかってきた電話のことをジャスティンに話した。エヴァレットにある高齢者向け住宅で介護不要の生活を送っていた祖母のエマが、昨日左腕と左脚のしびれを訴え、病院に搬送されたらしい。見当識障害もあったということだ。診断は軽度の脳梗塞で、リハビリを行えば手足の機能は回復するという。

「ただ、脳の画像を撮ったら、これまでに何度かそういう軽度の脳梗塞を起こしていたことがわかったのよ」ゾーイは説明した。「正確な病名は忘れてしまったけど、症状が進めば最後には頭の血管が原因で認知症になるんですって」

「まあ……」ジャスティンがゾーイの背中に手を置いた。「心配ね。それってアルツハイマーってこと？」

「まあ、似たようなものよ。頭の血管が原因で認知症になるときは、軽い脳梗塞が起きるたびに症状が進むらしいの」ゾーイはまばたきをして、涙がこぼれ落ちるのをこらえた。「そのうちに重い脳梗塞が起きる可能性があるから、そのときは覚悟してくれって……」

ジャスティンは沈痛な面持ちになった。「クリスマスに遊びに来てくれたときは、あんなに元気だったのに。いくつだっけ？　もう九〇歳くらい？」

「八七歳よ」

「会いに行かなくていいの？」ジャスティンが静かに尋ねた。

「行かせてもらうつもり。明日、結婚披露パーティが終わったら――」

「そうじゃなくて、今すぐによ」

「まだ、一七二個のカップケーキにフォンダンをのせなきゃいけないもの」

「そんなのはわたしに任せなさい。さあ、やり方を教えて」

「だって、あなたも忙しいのに」ゾーイの胸に感謝の念がこみあげた。ジャスティンは困ったときほど頼りになる。「それに見た目ほど簡単じゃないのよ。フォンダンがでこぼこになるのがおちだわ」

「そうなったら、花婿のテーブルに置くから大丈夫」ジャスティンは答えた。

ゾーイはくすくす笑い、ため息をついた。「披露パーティを無事に乗りきるまでは行けないわ。ただ……」一瞬、ためらった。「おばあちゃんの高齢者介護コンサルタントに会ってこようと思っているの。医療保険が使える介護施設とか、おばあちゃんのために何をしてあげられるかとか、そういうことを訊きたいのよ。だから、二、三日、留守にさせてもらってもいい？」

「もちろん」ジャスティンはちらりとゾーイを見た。「アリゾナにいるお父さんも来てくれるかしら？」

「来てくれないほうがいいわ」ゾーイはもう何年も父親と顔を合わせていなかったが、たまに短いメールや電話のやりとりはしていた。だから父親が、自分の母親とほとんど連絡を取っていないことも知っていた。「今さら急に顔を見に来たりしたら、それこそおばあちゃんが変に思うでしょう？　それに、こっちに来たところで、あの人に何ができるわけでもないし」

「こういうときこそ、頼りにできる男の人がいたらよかったのにね」

「こういうときだからこそ、面倒な相手がいなくてよかったの。わたしが頼れる男の子はバイロンだけよ」ゾーイは答えた。「そうそう、わたしが留守のあいだ、あの子の世話をお願いしたいの」

「それはいいけど……」ジャスティンは顔をしかめた。「ちゃんと食べさせてはおくわ。でも、それ以上の世話は勘弁して。ブラッシングだとか、お風呂だとか、すてきな服だとか、猫マッサージだとか、そういうのはいっさいなしよ」

「寝る前に、ちょっとなでてあげてくれるとうれしいわ。それだけでも、あの子は気分が落ち着くから」

「そんなこと、自分の恋人にさえしてないのに。あのもこもこ坊やには我慢してもらうしかないわね」

5

午前九時、留守電モードになっている電話のスピーカーから、元妻ダーシーのいらだった声が聞こえた。アレックスはベッドから無理やり体を起こすと、スウェットパンツをはき、ふらふらとキッチンへ向かった。

「次の住まいがまだ見つからないのかもしれないけど、とにかく急いで出ていってほしいの」ダーシーの声は続いた。「来週には家のなかを見学できるようにして、九月の頭には売ってしまいたいから。もしあなたが買いとりたいというなら、わたしが契約している不動産業者と話をしてくれれば――」

「同じ家を二度も買うばかがどこにいる」アレックスはつぶやき、メッセージの続きは無視した。全自動エスプレッソマシンのスイッチを入れて予熱した。目を細めた視界に亡霊の姿が入った。アイランド型の御影石の調理台に両肘をついている。

亡霊がこちらを見た。『やあ』

アレックスは返事をしなかった。

昨晩、アレックスはテレビをつけ、ジャックダニエルのボトルを片手にソファに座りこんだ。亡霊は近くの椅子に腰をおろし、皮肉を言った。『このごろじゃあ、グラスを使いもしないんだな』

アレックスはボトルの口から直接酒をあおり、亡霊のことは無視して、テレビの画面を眺めつづけた。亡霊はおとなしくしていたものの、アレックスが酔って眠りに落ちるまでそこにいた。

そして朝になっても、まだそこにいる。

アレックスはエスプレッソマシンの予熱が終わったのを見て、スタートボタンを押した。自動ミルが空気をつんざく金属音をたてながら豆を挽き、カップにエスプレッソが抽出され、コーヒーかすがプラスチック製のかす受けに捨てられる音がした。アレックスは砂糖もミルクも入れずにエスプレッソを飲み干し、空になったカップをシンクに置いた。

観念して亡霊を見た。どれほど無視したところでどこかへ行ってくれるわけではないのだから、どのみち無駄な抵抗だ。それにこのごろでは、おぼろげながら亡霊の感情が伝わってくるようになった。長いあいだ孤独に耐えてきた疲れのようなものが感じられる。さしたる優しさなど持ちあわせていないアレックスでさえも、これにはかすかに同情を覚えた。

「あんた、名前はあるのか？」アレックスは尋ねた。

『昔はあったんだろうな。だが、覚えてない』

「なんでフライトジャケットなんか着てるんだ？」

『さあね』亡霊が尋ねた。『隊の記章か、名札でもついてないか？』

アレックスは首を振った。「そのポケットの形からすると、第二次世界大戦のころのフライトジャケットだろう。自分じゃ見えないのか？」

『おれのことが見えるのはおまえだけだ』

「ありがたくて涙が出るね」アレックスは不機嫌に言った。「いいか、どこへ行くにもあんたにつきまとわれたんじゃ、おれは何もできない。頼むから、せめて姿を消していてくれないか」

『姿なんか消したくない。ただ、自由の身になりたいだけさ』

「こっちも心の底から自由の身になるのを願ってるよ」

『おれがどこの誰だか突きとめるのに手を貸してくれないか？　それがわかれば、今の状態から抜けだせるかもしれない。おまえから離れることもできるだろう』

「そんな雲をつかむような話じゃな」

『ほかに思いつく方法がないんだ』亡霊はキッチンのなかをせわしなく行ったり来たりしはじめた。『たまに何かを思いだすことがある。人生の切れ端みたいなものだ』窓のそばで足を止め、誘われるように青い海を眺めた。『初めて自分に意識があるのに気づいたとき、おれはレインシャドーの家にいた。きっと生きてるとき、あそこになんらかの関係があったんだろう。あの家には、とりわけ屋根裏部屋には、昔のがらくたが山ほど残ってる。それを調べれば、手がかりが見つかるかもしれない』

「自分でやればよかったのに」

『できなかったんだ。肉体がないからな』亡霊は吐き捨てるように言った。『おれにはドアを開けるのも、家具を動かすのも無理だ。何かに力を加えることは不可能なんだ』亡霊は両手の指をもどかしそうに動かした。『ただ、ほかのやつが人生をだめにしていくのを黙って見てるだけさ』言葉を切った。『どうせ、いずれはあの屋根裏部屋にあるがらくたを始末するつもりなんだろう？』

「それはサムの仕事だ。なんたって兄貴の家だからな」

『おれはサムとは話ができない。それにあいつでは大事なものを見落とすかもしれないからな。おまえがやってくれ』

「おれはあんたの家来じゃないぞ」アレックスはキッチンを出た。亡霊もついてきた。「だいたい、どれだけの量があると思ってるんだ」アレックスは続けた。「おれひとりじゃ何日かかるか。いや、何週間にもなるかもな」

『でも、やってくれるんだろう？』亡霊はしつこく頼んできた。

「考えとくよ。とりあえずシャワーを浴びてくる」アレックスは亡霊をじろりとにらんだ。

「そばで見てるんじゃないぞ」

『心配するな。おまえの体に興味はない』亡霊がからかうように言った。

ゾーイは昔のことを思いだしていた。小学校三年生になったとき、父親からこう言われた。アリゾナで仕事を見つけたから、迎えに行くまでおばあちゃんのところで待っていなさいと。

「家のなかを、おまえが住めるようにしないといけないからな。自分の部屋の壁は何色にしてほしい？」

「ブルー」ゾーイはわくわくした。「コマドリの卵みたいな色。パパ、新しいおうちに行ったら、わたしもキッチンを使っていい？」

「もちろんさ。ちゃんと後始末ができるならな」

「わあい！　ありがとう、パパ」

それからの数カ月、ゾーイは新しい自分の部屋やキッチンを心に思い描き、近いうちにアリゾナへ引っ越すのだと友達に話しつづけた。

だが、いつまで経っても父は迎えに来なかった。何度か祖母の家を訪ねてきたことはあったし、電話をかければ話はできた。だが、いつ家の用意が整うのか、パパは本当にわたしと暮らす気があるのかと尋ねると、父はいつでも言葉を濁し、不機嫌になった。ゾーイは辛抱強く待つしかなかった。きっと何か事情があるのだろうと思いながら。

高校に入学し、新しい教科や教師のことを話そうと父に電話をかけた。すると、知らない女性が電話に出た。その人はとても愛想がよく、いつかあなたに会いたいわと言った。そのときの短い会話で、父は一二歳の娘がいる女性と一緒に暮らしているのだと知った。父に新しい家族ができたことがショックだった。父にとってわたしは、自分を捨てた女が産んだ子供であり、失敗した結婚を思いださせるものでしかなかったのだと痛感させられた。

すぐに祖母のところに行き、その膝に突っ伏して泣きじゃくった。

「どうしてお父さんはわたしを捨てたの？　わたし、そんなにだめな子供だった？」

「おまえは何も悪くないんだよ」祖母のエマは静かに言い、ブロンドの髪をくしゃくしゃにしながら泣きつづける孫の背中に、悲しそうな顔で覆いかぶさった。「おまえは世界中でいちばんすてきで、賢くて、とてもいい子だから。誰だっておまえみたいな娘がいたら誇らしいに決まっているわ」

「でも、お父さんはそう思っていない」

「あの子はね、何かが壊れてしまったのよ。残念だけど、もうもとには戻れないくらいに。おまえのお母さんに……ほら、あんな形で家を出ていかれたことがとてもショックだったみたいね。あれ以来、人が変わってしまった。若かったころのお父さんを見ても、おまえには誰だかわからないかもしれない。あの子はいつも明るくて、人生を謳歌していた。でも、おまえのお母さんを心から愛していたから……井戸の底へ突き落とされて、二度と出られないような気分になってしまったんでしょうね。きっとおまえを見ると、彼女のことを思いだしてつらいんだと思うわ」

エマから聞かされるわずかな話から真実を見つけだそうと、ゾーイは真剣に耳を傾けた。どうして自分は両方の親から捨てられたのか、理由を知りたかった。だが、答えはひとつしか見つけられなかった。このわたしに何か問題があるに違いない。

エマはゾーイの髪を優しくなでながら言葉を続けた。

「今は好きなだけ怒っていいし、恨んでもいい。でも、おまえの人生にもいいことはいっぱいあるし、おまえを愛している人もいる。それを忘れないでちょうだい。今回のことでやけになってはだめよ」

「わかったわ、アプシー」ゾーイは小さな声で答えた。彼女のことは物心がついたころからアプシーという愛称で呼んでいる。「でも……わたしはどこにも居場所がない」

「ここがあるじゃないの。おばあちゃんがついているから」

ゾーイはエマを見あげた。その顔には長い人生を物語る、ユーモアと悲しみをたたえた深いしわが刻まれていた。思い返せば、この祖母こそがずっとそばで自分を愛してくれていた人だったと、そのとき気づいた。

それから一緒にキッチンへ行った。

当時のエマは週に三回、食事を作って近所の高齢者に配っていた。料理をするのが大好きなゾーイは、よくエマを手伝ったものだ。

その日、ゾーイはチョコレートケーキを焼くことにした。まず、ダークチョコレートをざくざく刻む。チョコレートの香りが広がり、まな板にこんもりと山ができたら、ソースパンに少量の水をあたため、耐熱ガラスのボウルにチョコレートとバターを入れて、湯煎をして溶かす。なめらかになるまでゆっくりとまぜあわせたあと、金色に輝く卵黄、バニラエッセンス、ブラウンシュガーを加え、さらにまぜる。

卵白を泡立て、雲のようなふわふわとしたメレンゲを作り、そこへチョコレートを繊細なリボンのように折り重ねる。これをさっくりまぜあわせたら生地のできあがり。濃厚な生地をティーカップに分け、水を張った天板に並べて、予熱しておいたオーブンへ。しばらくして熱々のケーキが焼きあがったら、冷ましてからホイップクリームをたっぷりトッピングする。

ティーカップで焼いた小麦粉を使わないチョコレートケーキの完成だ。それを見たエマは満面に笑みをたたえた。「まあ、おいしそう。それにいい匂い」

「味見して」ゾーイはエマにスプーンを手渡した。

エマはチョコレートケーキをひと口ほおばると、満足げな声をもらし、うっとりとまぶたを閉じて濃厚な香りを味わった。まぶたを開けたとき、驚いたことに目に涙が光っていた。

「アプシー、どうしたの？」

エマがほほえんだ。

「おまえが失った親の愛みたいな味だわ。ちょっと苦いけど、それでも甘いね」

ゾーイは病院の廊下を進んだ。艶やかなグリーンの床に、ゴム底のフラットシューズがたてるきゅっきゅっという音が響く。頭のなかは、今しがた医師から聞いた説明でいっぱいだった。エマは脳梗塞を起こしたのだが、それとは別に混合型認知症を患っているかもしれないとのことだった。混合型認知症とは、脳血管性認知症とアルツハイマー型認知症が合わさったものだ。現時点ではまだ診断をくだせないらしい。

疑問点や問題点が多いなかで、ひとつだけはっきりしている事実がある。それはエマがもうもとの生活には戻れないことだ。今まで暮らしていた高齢者向け住宅は、彼女が必要とする介護を提供してはいない。麻痺した左腕と左脚はリハビリをしなくてはならないし、バスルームやトイレには手すりがいる。病状が悪化すれば、さらなる介護が必要とされるだろう。

ゾーイは胸が押しつぶされそうになった。父は関わろうとしないだろうし、ほかに頼れる親戚はいない。ホフマン一族は人数だけは多いものの、つながりが薄いのだ。以前、ジャスティンが、つきあいを好まない親戚の人たちを引きこもりと揶揄したことがあるが、たしかにホフマン一族には内向的な性格の人が多く、そのためなかなか一族で集まれずにいる。

だが、そんなのはどうでもいいとゾーイは思った。母に捨てられ、父にさえ引きとられなかったわたしを、エマは愛してくれた。だから今度はわたしが彼女を支える番だ。

病室は静かだった。心拍数を計測する機械音だけがピッピッと鳴っている。ときおり廊下の奥のほうから看護師たちの話し声が聞こえていた。ゾーイは足音を忍ばせて窓辺へ行き、ブラインドを少しあげ、柔らかい灰色の光を病室に入れた。

ベッド脇へ寄った。エマの顔は蠟《ろう》のように白く、閉じられたまぶたは花びらのごとく頼りなく、めっきり白いものが増えたブロンドの髪はくしゃくしゃになっていた。ゾーイは、その髪をといて、ピンで留めてあげたいと思った。

エマがうっすらと目を開け、ゾーイがいることに気づき、乾いた唇に笑みを浮かべた。

ゾーイはこみあげる涙をこらえ、かがみこんでエマにキスをした。「ハイ、アプシー」エマは昔から香水〈ルールブルー〉に似たパウダリーな花の香りのする香水を使っている。だが、今日は消毒薬の匂いしかしなかった。

そばにある椅子に腰をおろし、ベッドの手すりに腕を差し入れ、エマの手を握った。指は冷たく、だらりとしていた。エマが顔をしかめたのを見て、左腕は脳梗塞の影響を受けていることを思いだし、はっとして手を離した。

「ごめんなさい、痛かった？」

「ちょっとね」エマは腹部に右手を置いた。ゾーイは点滴の針に触れないように気をつけながら、その右手を握った。エマは疲れた顔をしていたが、それでもブルーの目に優しい表情を浮かべた。「お医者様とはもう話したの？」

ゾーイはうなずいた。

エマのはっきりとした物言いは健在だった。「ぼけはじめていると言われた？」

ゾーイは眉をひそめた。「その言葉は使わなかったわ」

「言っていることは同じよ」ふたりは手を握りあった。「もう充分に長生きしたわ。天に召されるのはちっともかまわないの。でも、こういうのはごめんよ」

「じゃあ、どういうのがいいの？」

エマは少し考えた。「眠っているあいだに、夢でも見ながらっていうのがいいわね」ゾーイはエマの冷たい手の甲をてのひらで覆った。エマの手には血管が繊細なレースのように浮きでていた。「どんな夢？」

「そうね……好きな曲が流れていて、いい男の腕のなかで踊っているなんていうのがいいわ」

「その人は誰？」ゾーイは尋ねた。「ガスおじいちゃん？」ガスおじいちゃんとはエマの夫で、ゾーイが生まれる前に肺癌《がん》で亡くなっている。

エマはいつものようにいたずらっぽい目をした。

「さあね。それが誰で、なんの曲が流れているのかは秘密よ」


ゾーイは病院をあとにし、エマの高齢者介護コンサルタントであるコレット・リンの事務所を訪ねた。コレットはゾーイに書類や、パンフレットや、認知症に関する本を手渡し、親切だが率直な口調で説明を始めた。

「脳血管性認知症はアルツハイマー型認知症より先の予測が難しいんです」コレットは言った。「症状は突然出ることも、ゆっくり出ることもあります。それに体のどこに機能障害が起きてもおかしくありません。また、なんの前触れもなく重い脳梗塞を起こす可能性もあります」いったん言葉を切った。「お医者様は混合型認知症かもしれないとおっしゃっているんですよね。もしそうだとしたら、エマは同じ行動を繰り返すようになるでしょう。最近の出来事は忘れやすく、昔の出来事はよく覚えているようになります。古い記憶は脳の奥のほうにしまわれているので守られているんですよ」

「どうするのが祖母にとっていちばんいいのでしょう？」ゾーイは尋ねた。

「まずは健康的で安定した生活環境を用意してあげることです。栄養バランスのいい食事をとらせ、軽い運動をさせ、よく休ませ、薬の管理をする必要があります。残念ながら、今お住まいの高齢者向け住宅で暮らすのは無理ですね。あそこはそれだけの介護サービスは提供していませんから」

ゾーイは途方に暮れた。

「家具もあるし、ものも多いのに、それをいったいどうしたらいいのかしら……」

エマはものをためこむ癖がある。骨董品や食器や書物、それに第二次大戦時の服までいまだに後生大事に取ってある。それら一生分の思い出の品々を箱づめして、どこかに保管しなければならない。

「いい引っ越し業者と貸し倉庫を紹介しましょうか？」コレットが言った。

「ええ、お願いします」ゾーイは髪を耳にかけた。口の乾きを覚え、プラスチック製のカップから水をひと口飲んだ。急いで決めなくてはならないことが多すぎる。ゾーイの人生もエマのそれと同様に、急激に変わろうとしていた。「準備にどれくらい時間を取れるのでしょう？」ゾーイは尋ねた。「つまり、祖母が退院するのはいつごろに？」

「そうですね……三週間後か、もしかすると四週間後ぐらいでしょう。エマが加入しているメディケア補足保険で、一週間分の早期リハビリの費用がまかなえます。高度看護施設の費用も出るのですが、給付期間が短いので、長く入所させるおつもりなら、入浴や着替えや食事などの日常生活の介護費は自腹になります。ここからがお金のかかるところです」

「もしわたしが祖母を引きとって毎日ヘルパーを頼んだら、費用は保険から出るのでしょうか？」

「日常生活の介護だけなら無理ですね」コレットは別のパンフレットをゾーイに手渡した。「遅かれ早かれエマは、常時見守ることのできる介護施設へ入れるしかなくなります。そのときは、この施設を強くおすすめします。いいところですよ。談話室があって、ピアノ曲が流れていて、午後のお茶まで用意されるんです」

「施設……」ゾーイはパンフレットの写真に目をやった。琥珀色とバラ色を使った暖かみのある内装だ。でも……。「ここに入れることはできません。祖母はわたしにそばにいてほしいと思うでしょう。でも、わたしはサンファアン島に住んでいるので、ここに祖母を入所させてしまったら、会いに行けるのは週に――」

「ゾーイ」コレットは話をさえぎり、切れ長の目に同情の色を浮かべた。「そのときはエマはもう、あなたが誰だかわからなくなっていると思いますよ」

6

ゾーイは精力的になすべきことをこなし、三日ぶりに島へ帰った。祖母の衣類と身のまわりのものを整理し、業者を呼んで壊れやすい品物を梱包してもらい、すべてを段ボール箱に詰めた。古い写真やスクラップブックはそれとわかるようにしるしをつけた段ボール箱に入れた。祖母が見たがるかもしれないと思ったからだ。

ホテルへ入るなり、ジャスティンがまじまじとゾーイを眺めた。

「昼寝してきたら？　くたびれ果てたって顔をしてるわよ」

「そのとおりなの」

ありがたくその言葉に甘え、コテージへ戻り、午後いっぱいを寝て過ごした。目が覚めると、クリーム色の窓の鎧戸から夕方の陽射しが差しこみ、ピンク色の花柄の上掛けにストライプ状の光の模様ができていた。部屋の隅にある仕立て用のマネキンにつけたいくつものアンティークのブローチが、光を反射して輝いている。

猫のバイロンがそばへ来て、緑がかった金色の目でこちらを見あげた。ゾーイが思わず笑みをこぼし、手を伸ばしてなでてやると、バイロンは大きく喉を鳴らした。

「ちゃんとブラシをかけてもらったのね」ゾーイはつぶやき、白くて柔らかい毛を指ですいた。「きっとマッサージもしてもらったんでしょう?」

ドアのほうから足音が聞こえた。「黙らせるためにしただけよ」ジャスティンの声がした。

「あなたが恋しくて、鳴いてばかりいたんだもの」ジャスティンがドアのところから顔をのぞかせた。「気分はどう? 入ってもいい?」

「どうぞ。元気になったわ」

「目の下にくまができてるわよ」ジャスティンはベッドの端に腰をおろし、心配そうにゾーイの顔を見た。

「業者を頼んだんだけど、それでもおばあちゃんの家のなかを片付けるのは大変だったの。クローゼットはものであふれているし、お皿なんか多すぎて何セットあるのかわからないほどよ。古いものが山ほどあったわ。昔のレコードプレーヤーとか、革製のケースに入ったラジオとか、三〇年代の磁器製のトースターとか。ものを捨てられない人のドキュメンタリー番組に入りこんだ気分だった」

「いずれインターネットのオークションにかけるんでしょ?」

ゾーイはうめき声をもらして体を起こし、手ぐしでブロンドの髪をとかしつけた。「話したいことがいっぱいあるのよ」

「ホテルのキッチンへ行って、おいしいコーヒーでも淹れる?」

「ワインがいいな」

「話す気満々ね」

のんびりとホテルの建物へ向かうあいだに、ゾーイは高齢者介護コンサルタントから受けた説明をジャスティンに話して聞かせた。バイロンがあとをついてきた。ホテルのキッチンは広く、壁紙はレトロでかわいいサクランボの絵柄だ。ジャスティンがワインの栓を抜いた。ゾーイはガラスの蓋がついたケーキ皿へ目をやった。デニッシュペストリーがたくさん残っている。ゾーイが留守のあいだ、ジャスティンは近所のベーカリーショップから朝食用に取り寄せていた。

「それなりにおいしいのよ」ゾーイの視線に気づき、ジャスティンが言った。「でも、あなたが焼くものとは全然違う。初めてのお客さんはこれで満足するの。でも、常連さんたちは文句たらたらだったわ。『ゾーイはどうした？　いつもの朝食を楽しみにしてここへ来たのに、今朝はこれかい？』だって。やっぱり、このホテルはあなたなしじゃだめね」

ゾーイはほほえんだ。「褒めすぎよ」

「だって本当だもの」ジャスティンがゾーイにグラスを手渡して、椅子に腰をおろした。バイロンはゾーイの膝にのり、ふわふわした毛のかたまりと化して喉を鳴らした。「それで、これからどうするつもり？」ジャスティンが静かに尋ねた。「聞かなくてもわかる気がするけど」

「おばあちゃんにはわたしが必要なの」ゾーイは簡潔に気持ちを伝えた。「だから、この島で一緒に暮らそうと思う」

ジャスティンが心配そうに眉をひそめた。

「ひとりで世話するのはあまりに大変じゃない？」

「誰かに手伝いを頼むつもりよ。わたしが出かけているあいだ一緒にいてくれて、基本的な介護をしてくれる人を探すわ」

「手伝ってくれる人を探したところで、その状態がいつまで続くのよ？　その、つまり、エマが……」ジャスティンは言葉を濁した。

「わたしでは介護しきれないほど症状が悪化するのはいつごろかってこと？」ゾーイは代わりに言った。「それはわからない。症状の進み具合は速いかもしれないし、遅いかもしれない。どうしても自力での介護が無理になったときは、エヴァレットにある認知症専門の施設に入所させるつもりよ。昨日、所長に会ってきたの。とてもいい人だったわ。話をしてみて、気持ちも少し軽くなった。おばあちゃんが歩けなくなって、自分じゃお風呂にも入れなくなったときは、わたしのところにいるよりも、その施設にいるほうが本人にとっては快適な生活になるとわかったから」

「コテージに連れてくるの？　もしそうするなら、どうぞふたりであそこを使って。わたしはホテルの部屋に移るから」

この申し出にゾーイは胸が熱くなった。「ありがとう。でも、いろいろ考えると、コテージでは狭いのよ。じつは、おばあちゃんはこの島に別荘を持っているの。湖のそばよ。一一〇平方メートルくらいの物件で、寝室はふたつ。だから、そこに住もうと思っているの」

「エマがこの島に別荘を？　初耳だわ」

「実家のスチュワート家から相続したものなのよ。若いころはよく使っていたんだけど、もう三〇年くらい行っていないらしいわ。今は閉めきってあって、不動産管理業者にメンテナンスを頼んでいるそうよ」ゾーイは口ごもった。「何か特別な思い出のある別荘じゃないかと思うのよね。どうして売ってしまわなかったのか尋ねたら、答えてくれなかったから。しゃべる元気がなかっただけかもしれないけど」

「その別荘に住むことをエマは納得してるの？」

「ええ、その話を持ちだしたのはおばあちゃんだもの」

「島のどこにあるの？」

「ドリームレイク・ロード」

「きっといかにも田舎風の木造の家なんでしょ？」

「そうよ」ゾーイは言った。「一、二度、車でそばを通ったことはあるんだけど、なかに入ったことは一度もないの。少しお金を注ぎこまなきゃね。バスルームに手すりをつけたりとか、シャワーヘッドを手持ちに変えたりとか、車椅子が必要になったときに備えて玄関にスロープをつけたりとか、いろいろあるのよ。高齢者介護コンサルタントから改築項目のリストをもらってきたわ」費用の件を考えると気が重くなった。

ジャスティンはゆっくりと首を振った。「ずいぶんと物入りになりそうね」ポニーテールから垂れた前髪を無造作にかきあげた。考えごとをしているときによくする癖だ。「わたしがその湖の別荘を適正な価格で買いとって、あなたにただで貸すってのはどう？　そうしたら、そのお金をエマの介護費用にまわせるでしょ。改築費用もこっちでもつわよ」

ゾーイは目を潤ませた。「そこまでしてもらうわけにはいかないわ」

「どうして？」

「それじゃあ、あまりに申し訳ないもの」

「お金はまた回収できるわよ。エマが……つまり、あなたたちがもうその別荘を必要としなくなったら、誰かに貸せばいいんだもの」

「物件を見てもいないくせに」

「何か力になりたいのよ。エマはわたしの親戚でもあるんだから」

「血がつながっているわけじゃないわ。あなたにとっては大おじさんの結婚相手でしかないんだから」

「でも、わたしの姓もホフマンよ。それで充分だわ」

ゾーイはほほえんだ。このまたいとこは表向きはお気楽で押しの強い性格に見えるが、心の奥底は思いやりに満ちている。本当はとても優しい人なのだ。そのせいで、じつは傷つきやすい一面があることをほかの人はあまり知らない。

「ジャスティン、大好きよ」

「わかってるってば」ジャスティンはそれ以上言うなとばかりに手をひらひらさせた。愛情を示されるのは照れくさくて苦手なのだ。「すぐに改築工事に取りかかってくれる建築業者を探さないと。でも、腕のいい大工は予定が詰まってるだろうし、だいたいそういう人は雨降りの週末みたいにのろのろと仕事をするもんだし」言葉を切った。「そういえば、彼なら……でも、大丈夫かな」

「誰か心あたりがあるの？」

「サム・ノーランの弟のアレックス。ロシェハーバーの物件をいくつか手がけたわ。なかなかいい仕事をすると評判だったのよ。でも、つい最近離婚して、そのうえ不動産開発の事業が頓挫しちゃったりしたもんだから、今は酒におぼれてるって噂なの。だから今の状況はよくわからないんだけど。最近は見かけてもいないし。ちょっとサムに話を聞いてみるわ」

ゾーイは膝の上の猫に視線を落として、その豊かな毛をなでた。バイロンはもぞもぞと動き、ドーナツの形に丸まった。「その人なら……会ったことがある」努めてさりげない口調で言った。「ルーシーを見舞いにレインシャドー・ロードへ行ったときよ。サムの家の改築をしていたわ」

「そんなこと、ひと言も話さなかったじゃないの」ジャスティンが眉をあげた。「アレックスのこと、どう思った？」

ゾーイは居心地が悪くなり、肩をすくめてみせた。

「一〇秒くらいしか話していないもの。印象を抱く暇すらなかったわよ」

ジャスティンの顔にゆっくりと笑みが広がった。

「あなたってどうしようもないほど嘘をつくのが下手ね。ほら、本当のことを言いなさい」

ゾーイはまた肩をすくめた。なかなか言葉が出てこなかった。自分がアレックス・ノーランに対して感じたことをありのままに話すのは気が引ける。彼に会ったとき、思わず目を引きつけられ、気持ちが落ち着かなくなった。きれいな顔立ちをしているが、表情は険しく、その目は人間らしさを最後のかけらだけしか残していないふうに見えた。あらゆることに幻滅し、抱いていた希望はすべて砕け散ったという顔だ。ありがたいことに、アレックスはこちらにはなんの興味も示さず、まったく眼中にないという態度を取った。ゾーイはそれでちっともかまわなかった。

一〇代の初めごろから、男の人はわたしを見ると勝手に想像をふくらませ、いい人は離れていき、そうではない人だけがあとに残るようになった。わたしを口説こうとするのは、女をものにするのはおもしろい遊びだと思っているような男ばかりだ。ベッドに連れこめたら勝ち。だけどわたしは男の戦利品になるのも、いいようにもてあそばれるのもごめんだ。

クリスと結婚したのは、ようやくわたしをひとりの人間として見てくれる男性に巡りあえたと思ったからだ。彼は優しくて思いやりのある人で、わたしのことを尊重し、正直に向きあってくれた。だからこそ、結婚してから一年後、クリスからほかの男性を好きになったと聞かされたときのショックは大きかった。いつもわたしに自信を持たせてくれた人だけに、そんな形で裏切られたのはなんとも皮肉な話だし、心が深く傷ついた。あれから二年が経つが、いまだに誰かと交際してみる気になれない。男性に関するかぎり、わたしの直感はまったくあてにならないとわかったからだ。ましてやアレックス・ノーランみたいな男性は、わたしの手に負える相手ではない。

「ハンサムだと思ったわよ」ゾーイはようやく口を開いた。「でも、とっつきやすい人じゃなさそう」

「アレックスは女の人が嫌いなんだと思う」

「それってつまり――」

「ううん、そういう意味じゃない。彼はゲイではないし、相手にするのは女性ばかりよ。でも、だからって女性が好きだというわけじゃないのよね」ジャスティンは言葉を切り、肩をすくめた。「でも、それと湖の別荘の改築はなんの関係もない話だわ。サムに電話をかけて、アレックスがまだ建築の仕事をしてるとわかったらどうする？　彼に仕事を頼むのは気が進まない？」

「そんなことはないわ」ゾーイは答えた。だが、またアレックスに会うのかと思うと、鼓動が少し速まった。


「断る」ジャスティンから電話があったことをサムから聞き、アレックスはきっぱりと答えた。「おれは忙しい」

「ぼくのためにも頼むよ」サムが言った。「ジャスティンはルーシーの友達なんだ。それに、おまえだって仕事が入るのはいいことだろう？」

ふたりは階段をあがったところの二階の廊下で、天井に樹脂製のシーリングメダリオンを設置しているところだった。シーリングメダリオンとは、照明器具をつるす天井部分に取りつける装飾部品のことだ。

亡霊がのんびりと廊下に座ったまま、アレックスに声をかけた。『サムの言うとおりだな』そう言った亡霊を、アレックスはにらみつけた。

「知ったことか」アレックスは脚立の上でつぶやき、接着剤を塗ったシーリングメダリオンを天井に押しつけた。サムは脚立のそばで、シーリングメダリオンを押さえておくために即席で作った木製の支柱を手にしていた。

「そうかっかするな」サムが穏やかに言った。「少しくらい金を稼いでもばちはあたらないぞ」

アレックスは無性に腹が立った。ほかの人には亡霊の姿が見えないし、声も聞こえないことを、いまだにうっかり忘れてしまう。「ジャスティンにはほかを探せと言っといてくれ」

「それが誰もいないんだよ。島の建設業者はどこも夏向けの仕事で忙しい。暇にしているのはおまえくらいのもんだ。ジャスティンに嫌みっぽく訊かれたぞ。だいたいおまえはちゃんと仕事ができるのかって」

アレックスはむっとした。「たかが別荘の改築工事だろ？　なんでそんなことを訊くんだ？」

「さあね。世間がおまえをどう見ているのかというい い例かもしれない。おまえの生活を円グラフで表すとしたら、半分は酔っ払っていて、もう半分は二日酔いの状態だ。そんな顔でぼくをにらんでも、現実は変わらないよ。そのうちに飲みすぎで働けなくなって、今度は金がなくて飲めなくなるのがおちさ」

『まったくもって、そのとおりだ』亡霊が口を挟んだ。

「くたばれ」アレックスはふたりに言った。「おれはどんな理由でも一日だって仕事を休んだことはないぞ」

サムが支柱をシーリングメダリオンの下にはめこんだ。アレックスは、天井に鉛筆で書いたしるしからシーリングメダリオンがずれていないかどうか確かめた。

「これまでは休んだことがなかったんだろうと思う」サムが静かに言った。「だけど今もそうかは、やってみせてもらわないとわからない」

「ドリームレイクの開発事業は、まだ完全にだめになったわけじゃない。資金提供者さえ見つければいい話だ」

「そりゃあよかった。だったら、まだしばらく時間はあるよな？　ゾーイの別荘はドリームレイク・ロード沿いにあるらしい。おまえも何百回もそばを通ったことがあるだろう。おまえなら二週間もあれば――」

「ゾーイの別荘？」アレックスは鋭い口調で尋ね、脚立からおりた。「ジャスティンのじゃないのか？」

「ジャスティンは電話をかけてきただけだ。ゾーイがおばあさんと一緒にその別荘で暮らすらしい。おばあさんはアルツハイマーだかなんだかを患ってるということだ。ゾーイのことは覚えているだろう？　この前うちに来たブロンド美人だ。ほら、見るからにおいしそうな……マフィンを持って」サムは弟の表情を見てにやりとした。「頼むよ、ゾーイはルーシーの親友だ。おまえがこの仕事を引き受けてくれたら、ぼくがルーシーから感謝してもらえる」

亡霊はあからさまにこの状況を楽しんでいた。

『イエスと言え。それともなんだ、怖いのか？』

「怖いわけがないだろ！」アレックスはいらだちのあまり、また声に出して答えてしまった。

「何が怖いんだ？」サムが尋ねた。「ゾーイか？」

「違う」アレックスは腹が立って仕方がなかった。「気にしないでくれ」

「別に難しいことを頼んでるわけじゃない。すてきな女性とおばあさんのために家を直してあげるだけだ。運がよければ、そのすてきな女性に食事の一度くらいは作ってもらえるかもしれない」

『それでも断るとしたら』亡霊がまた口を挟んだ。『おまえは骨の髄まで臆病者だってことだな』

「やるさ」アレックスは歯を食いしばった。さっさと承諾しなければ、亡霊はいつまでも横からうるさく茶々を入れてくるだろう。それに、自分はゾーイ・ホフマンに惚れてなどいないということを、亡霊に――そしておそらく自分にも――証明したかった。「彼女の電話番号を教えてくれ。先方の希望を訊いて、見積もりを作る。その金額が気に入らなければ、ほかをあたってもらおう」

「良心的な金額にするんだろうな？」

「おれの見積もりはいつだって良心的だよ」アレックスは冷ややかに言った。「わざと客を追い払うようなまねはしない」

「もちろん、そうだとも」サムが慌てて答えた。「別に他意はないんだ」

「良心的な金額で、いい仕事をして、納期はきっちり守る。常にそうしてるさ。それでもまだとやかく口を出す気なら、この支柱で兄貴の――」

「わかった」サムは即答した。

7

「ねえ、別荘でのアレックスとの打ち合わせだけど、お願いだからあなたが行ってくれない？」ダイニングルームで朝食の後片付けをしながら、ゾーイはジャスティンに頼んだ。

「だめ。住むのはあなたでしょ」ジャスティンは正論を述べ、ゾーイのあとについてキッチンに入った。「それに、エマにとって何が必要か、いちばんよくわかってるのもあなたよ」

「たしかにそうだけど……」

「わたしは無理。銀行のローン担当者と会う予定が入ってるから。大丈夫よ、予算の金額さえ頭に入れとけばなんとかなるわ」

「予算の心配をしているんじゃないの」ゾーイは不必要なほど強く食器をこすり洗いした。

「知らない人と話すのは苦手なのよ」

「アレックスは知らない人じゃないでしょ。ちゃんと面識があるんだから」

「三〇秒間ほどね」

「あなたはエヴァレットに行って、お医者さんとか高齢者介護コンサルタントとか、知らない人たちと話してきたんでしょ？」

「その人たちとアレックスは違うもの」

「ああ、わかったわ」ジャスティンは食器洗い機に皿を入れる手を止めた。「そういうこと。心配しなくても、彼はあなたにいやな思いなんてさせないわよ。なんたってプロだもの」

「そう思う？」

「もちろん。あのサムの弟なのよ。あなたに失礼な振る舞いをしたら、サムに蹴飛ばされるのはわかってるわ」

「そうね」

「アレックスと電話で話をして、今日の打ち合わせの件を決めたんでしょ？　そのとき、彼は愛想よかった？」

ゾーイはしばらく考えた。「とんでもなく無愛想だったわけではないけど……」

「じゃあ、対応は丁寧だった？」

ゾーイは電話での短い会話を思い返した。本題に入る前の世間話はなし。サムのような気さくな感じもなし。でも……いちおう丁寧な対応ではあった。ゾーイはうなずいた。

「あなたがその内気な性格を少し変えたいと思うなら……」ジャスティンは講義をするように言った。「練習することよ。にこにこして、ちょっと雑談するの。男なんて女とたいして変わりないんだから」

「いいえ、全然違うわ」

「そうね、たしかに違うところもある。男はめちゃくちゃ単純だもん」

「そんなことはないわよ」

「まあ、たまには複雑な男もいるけど、それでもやつらの行動は完璧に読めるわね」

ゾーイはため息をついた。ジャスティンみたいに自信満々になれたらどれだけ楽だろう。たしかに、練習が必要だというのもわかる。でも、あんなに怖そうな男の人と別荘でふたりきりになるのは、やはりとても緊張する。

「不安なことに直面しなければならないとき、わたしがどうするか教えてあげる」ジャスティンは言った。「自分がするべきことをいくつかの段階に分けるの。たとえば、別荘でアレックスと会わなくちゃならないとしたら、ああ、三時間も彼と一緒に過ごすなんてぞっとすると思う代わりに――」

「三時間もかかるの？」

「二時間くらいかも。で、自分にこう言い聞かせるのよ。〝ステップその一。とにかく車に乗って、別荘へ行きなさい。あとのことは考えなくていいから〟別荘に着いたら、今度はこう考えるの。〝ステップその二。鍵を開けてなかに入ったら、あとは彼が来るのを待つだけよ〟アレックスが来たら今度はこう。〝ステップその三。彼を家のなかに入れて、一、二分、世間話をすることだけに気持ちを集中しなさい〟」ジャスティンが満足げににっこりした。

「そういうふうに考えると、どれもたいしたことじゃないでしょ。いっぺんに全部のことを想像するから、アレックスが獰猛《どうもう》なトラみたいに思えて逃げだしたくなるのよ」

「クモ」ゾーイは言った。「獰猛なトラなんて現実的じゃないわ。わたしが本当に怖いのはクモなの」

「クモでもいいけど、それじゃあ説得力がないでしょ。クモなんてじっとしてるから、見ても誰も逃げだしたりしないわよ」

「コモリグモは獲物を追いかけるわ。クロゴケグモは動きが速いし。ジャンプするクモだっている。たとえば――」

「とにかく、ステップその一」ジャスティンはきっぱりと話をさえぎった。「まずは車のキーを取ってくるところから始めなさい」


アレックスが湖近くの別荘の前に車をつけたとたん、亡霊はこわばり、珍しく黙りこむと、建物や庭をじっと見つめた。

何にそんなに興味を覚えたのか、アレックスには想像がつかなかった。田舎風の小さな木造の家で、外壁にはうろこ状の板が張られ、玄関ポーチには屋根があり、全体にひさしが長く、石造りの煙突がある。玄関ポーチにある上部のほうが細くなっている柱や、自然石を使った土台など、ところどころ凝った造りもあるから、きちんと修繕すればなかなか魅力的な家になるだろう。だが、簡易車庫《カーポート》の屋根はぼろぼろだ。それに不動産管理会社はずいぶんずさんな仕事をしているようだ。庭の植物は伸び放題だし、砂利敷きの私道も雑草で覆われている。内部もこんな維持管理の仕方だとしたら、いろいろと問題が出てきそうだ。

早めに到着したため、まだゾーイは来ていなかった。アレックスは壁板や基礎の傷み具合を確認するために、建物のまわりを歩いてみることにした。

『おれはこの家を知ってる』アレックスについてきた亡霊がそう言った。『ここに来た覚えがあるんだ。たしか……』ふと、口をつぐんだ。

亡霊が物思いにふけっているのを感じ、アレックスはちらりとそちらを見た。

「住んでたのか？」

亡霊は戸惑った顔でぼんやりと答えた。『いや……誰かを訪ねてきたんだ』

「相手は？」

『女だ』

「どうして訪ねたんだ？」アレックスはさらに尋ねた。

亡霊に顔を赤らめる能力はないが、動揺しているのは明らかだった。『おまえには関係のない話だ』ぶっきらぼうな口調だ。

「女と寝るために来たのか？」

亡霊がアレックスをにらみつけた。『うるさい』

アレックスは亡霊をいらだたせたことに喜びを覚え、愉快な気分で家のまわりを歩いた。だが、その満足感はすぐに消え失せた。亡霊の激しくせつない感情が痛いほどに伝わってきたからだ。その理由がなんなのか、あるいは相手が誰なのか、当人はもう思いだしているのだろうか？　アレックスは尋ねてみたい衝動に駆られたが、それを訊くのは野暮な気がした。これほどの感情を押し隠しているのであれば、その気持ちを尊重して黙っているべきだろう。

タイヤが砂利を踏む音が聞こえ、亡霊が言った。『ゾーイが来たぞ』

「わかってる」

アレックスは気が重くなった。ゾーイと話さなくてはならないのかと思うと、たとえそれが事務的な会話だとしても、冷や汗が出てくる。緊張をほぐそうと首のうしろをさすった。たしかに亡霊の言うとおり、自分は臆病になっている。だが、それはみずからを守りたいからではない。

妻との関係が破綻したことで、自分がどういう男なのかを確信した。結婚することによって自分は相手を傷つける武器を手に入れ、それを使いたいと思うようになってしまった。両親と同じ運命をたどる男だとわかったのだ。最後には自分が大事にしていることも、大切に思っている人も、すべて破壊してしまう。

こんな男がゾーイ・ホフマンのような女性と関わってはいけない。自分にできるのは、せめて彼女から離れていることだけだ。

アレックスは玄関に向かう前に、小声で亡霊に釘を刺した。

「おれがゾーイと話してるあいだ、あんたは離れていろ。余計なことをしゃべるんじゃないぞ。頭がどうかしてると思われたら、仕事を受注できなくなる」

『わかったよ』亡霊は請けあった。

怪しいものだとアレックスは思った。だが、おれを怒らせれば、屋根裏部屋のがらくたを調べる件を断られるのはわかっているはずだ。亡霊は自分の正体を知りたくて必死だ。それに認めたくはないが、じつはおれもそれが気になっている。亡霊がなぜ、これほど過酷な孤独に耐えなければならないのか、気にするなというほうが無理だ。もしかすると彼は犯罪者か、あるいは人間のくずで、過去に犯した罪を償わされているのかもしれないとも思う。だが、それだけでは、このおれとつながっている理由の説明にはならない。

アレックスは疑わしげな目つきで、じろりと亡霊を見た。亡霊はそれに気づくことなく、戻りつつある記憶にとらわれたように屋敷を見つめ、近づいてくるゾーイに目をやった。

カーポートにピックアップトラックが停まっているのを見て、ゾーイは驚いた。アレックスの車だろうか。だが、約束した時間までにまだ五分ある。

急に鼓動が速くなった。車を停め、花柄のシャツのボタンがきちんと留まっているかどうかバニティミラーで確かめた。上のふたつははずしたままなので、鎖骨が見えている。少し迷ったあと、そのふたつもきちんと留めた。フォルクスワーゲンを降りてピックアップトラックに近づき、誰も乗っていないことに気づいた。アレックスはどうにかして別荘のなかに入ったのだろうか？

ピンク色の革製のフラットシューズをはいた足で砂利道を横切り、玄関へ行った。ドアの鍵は閉まっていた。バッグに手を突っこみ、不動産管理会社から借りた鍵を取りだした。ひとつ目の鍵は入らなかった。ふたつ目の鍵を鍵穴に押しこんだとき、家の横手から誰かが近づいてくるのに気づいた。アレックスだ。家の外側をまわってきたのだろう。アスリートのようなしなやかな歩き方だ。黒いシャツにジーンズという格好で、その姿はとても痩せている。アレックスがそばに来た。何か考えるような顔つきをしている。

「こんにちは」ゾーイは精いっぱい明るく挨拶した。

アレックスが軽く会釈し、黒髪に差した日光が揺れた。なんてきれいな顔だろうとゾーイは思った。ほっそりした頬、くっきりとした眉、凍りついた炎のような目。抑制された表情の下に翳が宿っている。まともに食べず、ろくに眠っていないように見えた。

離婚がこたえているのかもしれない。ちゃんとした食事をとったほうがよさそうだ。もしわたしが作るとしたら、どんなメニューにするだろう。青リンゴの酸味とベーコンの香ばしさが香るカボチャのスープと、バターとほんの少しの海塩の風味をきかせたロールパンを作ろうか。

なかなか鍵がまわらなかった。ゾーイはまだメニューを考えていた。もっとボリュームがあるものがいいだろうか。豚肉と子牛肉とフランスパンのパン粉で作ったミートローフに、飴色になるまで炒めたエシャロットを入れたマッシュポテトをつけて、オリーブオイルとガーリックでソテーしたグリーンと黄色のサヤインゲンを添えるのはどうだろう……。

そのとき玄関のドアの鍵が折れた。やっかいなことに、折れた先が鍵穴のなかに残ってしまった。「まあ」ゾーイは恥ずかしくなり、ちらりと隣を見た。

アレックスは表情を変えなかった。「古い鍵ではよくあることだ。もろくなってるから」

「窓から入れるかどうか見てみましょうか」

アレックスはゾーイが持っている鍵束へ目をやった。「スペアキーはないのか？」

「あると思う。でも、鍵穴に折れた部分が残っているから……」

アレックスは無言でピックアップトラックのほうへ行き、車のなかから年季の入った赤い金属製の道具箱を取ってきて、なかをあさった。

ゾーイは邪魔にならないように脇へどいた。アレックスは錐を鍵穴に差しこみ、鍵の折れた部分を手前に引き寄せ、先端の細いペンチで引き抜いた。

「すごい」ゾーイは驚いた。

アレックスは道具を箱に戻して立ちあがった。目が合ったとき、どういうわけかつらそうな表情をしているようにゾーイには見えた。「貸してくれ」アレックスが手を差しだした。

ゾーイはアレックスの指に触れないように気をつけながら、鍵束を手渡した。アレックスはそこから鍵をひとつ選び、鍵穴に差しこんだ。ドアはきしみながら開いた。

家のなかはかびくさく、暗くてひっそりとしていた。アレックスは先になかへ入り、照明のスイッチを見つけてつけた。

ゾーイはバッグを玄関のドアのそばに置くと、自分も広い部屋に入り、ゆっくりと一回転して室内を見まわした。そこはダイニングルームを兼ねたリビングルームだった。ありがたいことに、家のなかの間取りはシンプルだ。だが、キッチンは独立しており、追加の戸棚を置くスペースもないほど狭く、床はリノリウムだった。見渡したところ、家具らしいものといえば、クロムメッキの古いダイニングテーブルと、黒ずんだビニール張りの椅子が三脚と、部屋の隅に錬鉄製の薪ストーブがあるだけだ。窓にかかっているアルミ製のブラインドはすでに変形している。

ゾーイは風を入れるために窓を開けようとした。だが、窓はびくともしなかった。

アレックスが近づいてきて、窓と窓枠の境目を指でなぞった。「ペンキで固定されてる」隣の窓も調べた。「こっちもそうだ。あとで開けられるようにしておこう」

「どうしてペンキで窓を固定したりするの？」

「隙間風が入らないようにするためさ。目張りするより安あがりだからな」アレックスは気に入らないという顔をした。部屋の隅に行き、カーペットをめくって床を確かめた。「この部屋は板張りだ」

「手を加えたらそのまま使えそう？」

「いけるかもしれないが、全体を確かめるまではなんとも言えない。床板に何か問題があって、カーペットを敷いたのかもしれないからな」アレックスはキッチンに入り、しゃがみこんで壁を見た。そこにはかびが痣《あざ》のように広がっていた。「水もれしてる。ここは壁をはがすしかないな。さっき外壁にヤマアリが巣を作ってるのを見つけた。湿気がある証拠だ」

「まあ」ゾーイは顔をしかめた。「改築する価値もない家だったら困るわ」

「大丈夫だとは思うが、一度、専門家に診断してもらったほうがいいだろう」

「いくらくらいかかるの？」

「二〇〇ドル程度だ」アレックスは道具箱をダイニングテーブルに置いた。「おばあさんと一緒に住むらしいな」

ゾーイはうなずいた。「祖母は認知症なのよ。すぐに歩行器か車椅子が必要になるかもしれない」バッグを取ってきてパンフレットを出し、アレックスに手渡した。「だから、こんなふうに改築してほしいの」

アレックスはそれをちらりと見ただけで返した。

「あなたが持っていて」ゾーイは言った。

彼は首を振った。「そういうことは、こっちも詳しい」考えこんだ顔で室内を見まわした。

「歩行器や車椅子を使うなら、床はラミネートをすすめるな」

アレックスがパンフレットをろくに見なかったことが、ゾーイは気に入らなかった。横柄とさえ感じた。「ラミネートは好きじゃないの。本物の床板がいいわ」

「ラミネートのほうが安価で丈夫だ」

「じゃあ、考えてみる。いずれにしろ、カーペットを敷きたいわね」

「毛足の長いものはやめたほうがいい。砂浜で車椅子を押すのと変わらないくらい大変な思いをするはめになる」アレックスはキッチンの入り口で足を止め、照明をつけた。「キッチンとリビングルームのあいだの壁は、構造上は別になくてもかまわない代物だから、取っ払って、アイランド型にすることもできるぞ。そうすれば収納も調理スペースも増える」

「本当？　だったら、ぜひオープンキッチンにしたいわ」ゾーイは嬉しくなり、思わず笑みをこぼした。

アレックスは道具箱から付箋を取りだし、何かメモを書きつけた。今度は巻き尺を取りだし、それを持ってキッチンに入った。

「キッチンの調理台の材質は、何か希望があるか？」

「寄せ木にしてほしい」ゾーイは即答した。想像しただけでわくわくした。寄せ木の調理台は昔から憧れだったのだが、なかなか自分で持つチャンスがなかった。〈アーティスト・ポイント〉へ来たときには、すでにソープストーンの調理台が設置されていた。

アレックスは何箇所か巻き尺で長さを測った。「まともに料理をするつもりなら、寄せ木は傷みやすいぞ。値も張るし、メンテナンスが面倒くさい」

「知っているわ」ゾーイは言った。「寄せ木の調理台がある厨房で働いたことがあるから」

「人工大理石はどうだ？」

「寄せ木がいいの」

反論するつもりなのか、アレックスが何か言いたそうな顔でキッチンから出てきた。だが、ゾーイのかたくなな表情を見てあきらめたらしい。

ゾーイは積極的にアレックスのことが嫌いになってきた。とくに、黙っていると何を考えているのかわからないのが気に入らない。彼が離婚されたのは当然だ。こんな人と気持ちよく一緒に暮らすなどできるわけがない。

アレックスのほうを見ないようにしながら、リビングルームの奥へ進んだ。フレンチドアを開けると小さなポーチがあったが、床板が腐っていた。錬鉄製の柵で囲まれた狭いながらもすてきな庭の向こうに、雑木林と湖が広がっている。

「ここに猫用のドアをつけられる?」ゾーイは尋ねた。

「なんだって?」リビングルームの反対側にある薪ストーブのあたりから、アレックスの声が聞こえた。

「猫用のドアよ。ここにつけられるかしら?」

「猫を飼ってるのか」つぶやく声が聞こえた。

「だからなんなのよ」ゾーイは顔が熱くなった。

「別に」

「猫を飼っていたら悪い?」

アレックスは金属テープを床に貼った。「きみがどんなペットを飼っていようが、おれには関係ない。さっきの言葉は忘れてくれ。猫用のドアをつけるのは可能だ。だが、そこからキツネやアライグマが入ってくるかもしれないぞ」

「そのときはそのときよ」ゾーイは答えた。

返事はなかった。

アレックスがリビングルームを計測しながらメモを取っているあいだに、ゾーイは小さなキッチンを見に行った。思ったとおり、電子レンジも食器洗い機もない。キッチンは機器をそろえ、使い勝手のよいものにしようとジャスティンと話をしている。そのほうが物件の価値があがるからだ。アイランドは備えつけの電子レンジがあるものにしてもらおう。食器洗い機はシンクの隣に置き、冷蔵庫はドアが壁にぶつからない場所がいい。

今ある戸棚は塗装しなおして、もう少し収納スペースを増やしたほうが、将来高く売れるだろう。ゾーイは戸棚の扉を開けた。なかは埃が積もっていた。真ん中の棚に何かを見つけ、背伸びをして取りだした。骨董品の泡立て器だった。木製の柄がついていて、金属部分は錆びている。使い物にはならないが、祖母は装飾品として置いておきたかったのだろう。やっぱりネットオークションしかない気がしてきた。祖母の持っているものといったら、こんなものばかりだ。

泡立て器をもとの場所に戻したとき、戸棚からてのひらくらいの大きさのものが飛びだし、調理台におりたのを見て、ゾーイはパニックになった。

クモだった。それもすこぶる大きなクモだ。

クモは目に見えないほど速く脚を動かしながら、ゾーイに飛びかかった。

8

ゾーイの叫び声に驚き、アレックスはすぐさま駆け寄った。キッチンから飛びだしてきたゾーイは、真っ青な顔で目を見開いていた。「どうした?」アレックスは尋ねた。

「ク、クモ」声がかすれている。

『ここにいるぞ』亡霊がキッチンのなかから言った。『調理台の上を飛びまわってる』

アレックスは狭いキッチンに飛びこみ、そこにあった骨董品の泡立て器をつかむと、ひと振りでクモを殺した。

死んだクモを改めて眺め、思わず低く口笛を吹いた。夜行性のコモリグモだが、これほど大きいものは動物園ぐらいでしか見たことがない。サムならどうしただろうと思うと、唇の片端に笑みが浮かんだ。きっとクモを殺さずにつかまえて、外に逃がしただろう。そのあいだずっと、自然は大切にしなくてはいけないと講義しながら。アレックスの自然観はまったく違う。あえて家のなかに入ってくるような虫は、殺虫剤の餌食になっても仕方がないと思っている。

キッチンを見まわした。天井の片隅に緩くクモの巣が張っている。クモは餌がたくさんあるところに巣を作る。水もれでキッチンが湿気を帯び、昆虫が集まりやすくなっている証拠だろう。

『おい、アレックス』リビングルームから亡霊の声が聞こえた。『ゾーイの様子がおかしいぞ』

アレックスは眉をひそめ、キッチンを出た。リビングルームの真ん中で、ゾーイが自分の体に腕をまわし、肺がつぶれて空気が取りこめないとでもいうように荒い息をしていた。アレックスはゾーイのそばに寄った。「どうした?」

こちらの声が聞こえないのか、ゾーイは焦点の合わない目を大きく見開いたまま、激しく震えている。

「噛まれたのか?」アレックスはゾーイの顔や首や腕など、肌が露出しているところに噛み傷がないか確かめた。

ゾーイは首を振り、何か言おうとした。アレックスは腕を伸ばしかけたが、慌ててその手を引っこめた。

『パニック発作だ』亡霊が言った。『なんとかして落ち着かせたほうがいい』

アレックスは思わず首を振った。女を怒らせるのは得意だが、落ち着かせるのは不得意きわまりない。

亡霊がじれったそうな顔をした。『いいから何か話しかけろ。背中をなでてやるんだ』

アレックスは愕然として亡霊を見た。彼女に触れるのは避けたいなどと口走るわけにはいかない。そんなことをすれば何を言われるかわかったものではない。それにゾーイはふらふらしており、今にも気絶しそうだ。アレックスは覚悟を決め、そっとゾーイの腕をつかんだ。素肌の感触がてのひらに伝わり、体が熱くなった。こんな状況でそんなふうに感じるとは、自分はなんと下劣な男だろう。

　セックス目的ではなく、ただ相手を落ち着かせるためだけに女性に触れるなんて初めての経験だった。「ゾーイ、こっちを見てくれ」アレックスはゾーイを抱き寄せ、静かに言った。

　ほっとしたことに、ゾーイは言われたとおりにした。激しくあえいでいる。過呼吸に陥りかけているらしい。

「深く息を吸って、ゆっくりと吐きだすんだ」アレックスは言った。「できるか？」

　ゾーイは怯えた表情をした。目に涙があふれている。「胸が……胸が……」

　何を言おうとしているのか、アレックスはすぐにわかった。「心臓発作を起こしてるわけじゃない。ゆっくりと呼吸すれば大丈夫だ」ゾーイの目から涙がこぼれ、頬を伝う玉の汗と一緒になった。アレックスまで胸がきりきりと痛くなった。「安心してくれ。きみを危険な目には遭わせないから。落ち着け」ゾーイの頬に触れた。白いランの花びらのように、ひんやりとしてなめらかだった。片方の小鼻をそっと押さえた。「口を閉じて、片方の鼻で呼吸するんだ」

　取りこむ空気を少なくしたことで、呼吸は少し落ち着きはじめたが、苦しそうなのに変わりはなかった。片方の鼻で必死に息をしているさまは、どろりとしたシロップを細いストローで吸おうとしているかのようだ。しゃっくりも出はじめた。

　アレックスはただゾーイを抱きしめているしかなかった。「いいぞ」ゾーイの体から少し力が抜けた。「その調子だ」しばらくそうしていると、ようやく彼女の呼吸が楽になってきた。アレックスは片手をゾーイの頬にあて、頬を伝う涙を親指でぬぐった。「ゆっくりと息を吸って」

　ゾーイは疲れ果てた様子で、アレックスの肩に頭をもたせかけた。明るいブロンドの髪がアレックスの顎に触れた。アレックスはじっとしていた。「迷惑をかけちゃって……」まだときどきしゃくりあげるように息をしながら、ゾーイが言った。「ごめんなさい」

　こちらこそごめんなさいだとアレックスは思った。こんなときだというのに、ゾーイを抱きしめていることに、このうえない喜びを感じてしまっている。あまりに純粋で激しい感情に胸が苦しいほどだ。だが、ゾーイに触れればこうなるのはわかっていた気がする。アレックスはさらに強くゾーイを抱きしめた。ゾーイはされるがままになっていた。その体がまた一、二度震えたのを感じ、アレックスは優しく背中をなでた。全身の感覚が鋭敏になり、ゾーイのみずみずしい繊細さを感じとっていた。ゾーイは花びらを押しつぶしたような清らかな香りがした。できるものならそのシャツを脱がせ、肌から立ちのぼる香りを直接かぎたい。首筋に唇を押しあて、脈動を舌に感じたい。

　じっとしているだけなのに、感情が高ぶってきた。もっと彼女に触れたい。その髪を指ですき、服のなかに手を入れたくてたまらない。だが、今はこうして一緒にいられるだけで充分だ。それだけで頭がくらくらしている。

重いまぶたの向こうに、ちらりと動くものが見えた。亡霊だ。すぐそばで眉をあげ、こちらを見ている。

アレックスは亡霊をにらんだ。

『どれ、ほかの部屋も見てくるとしよう』亡霊はわざとらしく言い、どこかへ姿を消した。


ゾーイはアレックスにしがみついた。アレックスこそが世界中でただひとつ確かなもの、メリーゴーランドの中心の柱のようなものに思えたからだ。こんな恥ずかしいことをしたからには、もう二度と彼とは顔を合わせられないという気持ちもちらちらと浮かんでいた。とんでもない醜態をさらしてしまった。きっと愚かな女だと思われたに違いない。でも……アレックスは優しかった。とても心配してくれた。今もそっと背中をなでてくれている。男の人に抱きしめられたのは久しぶりだ。それがこんなに安らげるものだということを忘れていた。それにしても、彼にこんな穏やかな一面があるなんて。これほど思いやりのある人だとは知らなかった。

「少しは気分がよくなったか？」アレックスが尋ねた。

ゾーイは彼の肩に頭をもたせかけたままうなずいた。「昔から……クモが怖くて……。毛むくじゃらで、八本も脚があって……なんだか死の象徴みたいに思えるの……」

「クモは身の危険を感じなければ人間を嚙んだりしないさ」

「わかっているけど、それでもだめなの」

アレックスはおかしそうにくっくっと笑った。「そうだな」

ゾーイは顔をあげ、目を丸くして尋ねた。「あなたもそうなの？」

「いや」アレックスは指の裏でゾーイの顎をなでた。厳しい顔つきをしているが、目は優しかった。「こんな仕事をしてるとクモに遭遇することは多いからな。もう慣れたよ」

「わたしは無理」ゾーイはぞっとした。さっき、キッチンにいた一匹を思いだすだけでも鼓動が跳ねあがる。「あれは本当に大きかった。それがあんなふうに戸棚から落ちて、こっちへ向かってきたものだから――」

「もう死んだ」アレックスは話をさえぎり、ゾーイの背中をなでた。「落ち着け。また過呼吸になるぞ」

「クロゴケグモ？」

「いや、コモリグモだ」

ゾーイは身震いをした。

「そんなに強い毒があるクモじゃないさ」

「でも、きっとほかにもいるわ。うちじゅうクモだらけかもしれない」

「一匹残らず駆除しておくから安心しろ」あまりにも自信ありげで、きっぱりとした口調だったため、ゾーイはその言葉を信じざるをえなかった。うっすらと伸びた無精髭がはっきり見えるほど、アレックスの顔が近くにある。「クモは隙間から入ってくるんだ。だから、ドアも窓も完璧に隙間をふさいで、通気口のたぐいには細かい網をかけておく。島でいちばん虫が入らない家にするから」

「ありがとう」

ふとゾーイは、海中の杭についたフジツボのように、自分がまだアレックスにしがみついているることに気づいた。それだけ接近していると、相手の体が反応していることに気づくなというほうが無理だ。それは甘い感覚だった。口が乾いて体が麻痺したようになり、身動きができなくなった。

アレックスはそっとゾーイを離し、言葉にならない声をもらして顔をそむけた。

ゾーイの肌にはアレックスに触れられた感触がはっきりと刻みつけられ、まだ脈打っていた。

沈黙に耐えられなくなり、先ほどの虫が入らない家の話を思いだして、ぽろりと口走った。

「猫用のドアはあきらめたほうがいいのかしら」

アレックスが小さな咳払いを繰り返しているような声を出した。どうやら笑いをこらえているらしいとゾーイは気づいた。アレックスは肩越しにちらりと振り返り、愉快そうに目を輝かせた。「そうだな」

ゾーイが腕から離れると、アレックスはすぐに事務的な態度に戻った。そしてゾーイがほかの部屋を見に行っているあいだ、ひとり黙々と家のなかの計測を続けた。とにかくゾーイ以外のことに気持ちを集中させたかった。

本当はどこか暗くて静かな部屋へ彼女を連れていき、服を脱がせて思いきり愛したかった。だが、ゾーイの繊細な気高さを傷つけるようなまねはしたくなかった。寄せ木の調理台にしたいという希望を貫いた姿は清々しかったし、ちょっとはにかんだ笑い方も好きだ。彼女の魅力ならいくらでも挙げられる。だが、それでゾーイを幸せにできるわけではない。だから、彼女のためには距離を置くのがいちばんだ。

アレックスはメモを書いては付箋をはがし、古いクロムメッキのダイニングテーブルに貼りつけていった。ゾーイはカーポートに出る通用口のドアへ近寄り、筋状に汚れのついたガラス窓から外を見た。

「アレックス、このカーポートをちゃんとしたガレージにしようと思うと大変？」

「いいや。構造的にはガレージと同じだから、壁を作って断熱材を入れて、ドアを取りつけるだけだ」

「じゃあ、それもお願いできる？」

「わかった」

視線がぶつかり、ふたりのあいだに緊張が走った。アレックスは無理やり目を付箋に戻した。

「先に帰ってかまわない。おれはもう少し残って、あちこち測ったり、写真を撮ったりするから。最後にちゃんと戸締まりはしておく。新しい鍵も用意しておこう」

「ありがとう」ゾーイが口ごもった。「でも、わたしがいたほうが都合のいいこともあるんじゃないの?」

アレックスは首を振った。「邪魔になるだけだ」

亡霊がテーブルに近づき、驚いた声で言った。『おまえってやつは恐ろしく愛想がいいな。それは天性のものか? それとも努力して身につけたのか?』

ゾーイはテーブルに近づき、アレックスが顔をあげるのを待った。「いろいろと……本当にありがとう」頬が紅潮している。

「たいしたことじゃないさ」アレックスはぼそりと答えた。

「とても優しくしてもらったわ。お礼に……今度、手料理をご馳走させてもらえないかしら?」

「そんな必要はない」

亡霊が盛大に顔をしかめた。『手料理のひとつくらい、かまわないじゃないか』

「食事を作るのは苦じゃないの」ゾーイは引きさがらなかった。「それに、わたしの料理はそんなに悪くないのよ。ぜひ食べてみて」

『そうだ、食べてみるべきだ』亡霊はきっぱりと言った。

アレックスは亡霊を無視してゾーイを見た。「予定が詰まってるんだ」

亡霊は聞こえないのを承知でゾーイに話しかけた。『こいつの予定ってのは、ひとりぼっちで酒を飲んで、へたれのラクダみたいになることなのさ』

申し出を断られ、ゾーイはうつむいた。

「二、三日のうちに図面を見せにホテルへ行くよ」アレックスは言った。「追加の希望があれば、そのときに教えてくれ。そのあとで見積もりを作る」

「ホテルの朝食の時間さえはずしてくれれば、わたしはいつでも大丈夫だから。平日なら午前一〇時まで、週末なら一一時半までよ。それとも……よかったら少し早めに来ない？　朝食をとっていけばいいわ」ゾーイはクロムメッキのテーブルに指先を置いた。小さいが有能そうな手で、爪をきれいに磨き、透明なマニキュアを施している。「このダイニングテーブル、味があっていいわね。なんとかきれいにできないものかしら？」

「簡単だ。スチールたわしでこすって汚れを落として、クロムメッキ調の塗料をスプレーすればいい」

ゾーイは考えこんだ顔でテーブルを見た。

「でも、そこまでする価値はないかもね。だって、椅子がひとつ足りないもの」

「その椅子ならカーポートの隅にあった」アレックスは言った。「おれのトラックに隠れて見えなかったんだな」

ゾーイの表情が明るくなった。「だったら手間をかける値打ちがありそう。よかった、シックスナインしなくちゃいけないかと思っていたの」

アレックスはぽかんとしてゾーイを見た。

ゾーイは無邪気な目でこちらを見返している。

「それをいうなら、処分だろ《エイトシックス》」アレックスは淡々と訂正した。

「まあ、わたし……」自分がとんでもない言葉を口にしてしまったことに気づき、ゾーイは真っ赤になった。「もう帰らなきゃ」消え入りそうな声で言うと、バッグをつかみ、小走りで外へ出た。

ばたんと玄関のドアが閉まった。

亡霊は声も出ないほど腹を抱えて笑った。

アレックスはテーブルに両手をつき、うなだれた。立ってさえいられないほど精神的に疲労しきっている。

『デートに誘ったらどうだ?』ようやく口をきけるようになった亡霊が言った。

アレックスは首を振った。

『なんでだ?』

「ああいうタイプは傷つけてしまうからだめなんだ」アレックスは力ない笑みを浮かべた。

「おれはその程度の男なのさ」

ゾーイが湖の別荘から逃げ帰ってきた理由を話すと、ジャスティンはただおもしろがっただけでなく、椅子から転げ落ちそうなほど笑いこけた。

「信じられない」ジャスティンはさんざん笑ったあと、ペーパータオルで涙をぬぐった。ゾーイがむっとした顔をしているのが、またおかしくて仕方がないらしい。「ごめんね。でも、あなたのことを笑ってるんじゃないのよ。あなたと一緒に笑ってるだけなんだから」

「わたしはにこりともしていません」ゾーイは言った。「そんな気分じゃないもの。そのへんの引き出しを開けて、最初に手にしたもので自分を刺し殺してやりたいわ」

「やめときなさい」ジャスティンはまだひくひくと笑っていた。「あなた、今日は運が悪いもの。最初に手にするのはフルーツのくり抜き器かもよ」

ゾーイはキッチンのテーブルに突っ伏した。「あの人、わたしのことを救いようのないまぬけだと思ったでしょうね。こっちは気に入られたくてたまらないのに」

「気に入ってるって」

「いいえ」口調が沈みこんだ。「そんなことない」

「だったら、アレックスのおつむに問題があるのよ。だって、ほかのみんなはあなたのことが大好きなんだから」

ゾーイは顔をあげ、頰杖をついた。「とびきりのハンサムだからと言ったら？」

「まあ、そんな浅はかな理由なの？　あなたにはがっかりだわ。それで？」

ゾーイはほほえんだ。「見た目じゃないの。いえ、顔立ちももちろんすてきなんだけど」

「建築業者ってのがまたいいのよね」ジャスティンが言った。「家を建てられるってだけで、たいした顔の男じゃなくても頼もしく見えるじゃない。ましてやそれがハンサムなら……たまらないわ」

「最初からこんなに惹かれていたわけじゃないのよ。でも、あの人、わたしのためにクモをやっつけてくれたの。それで胸がキュンとしちゃったのよね」

「わかるわ。虫なんか全然平気って男は、わたしも大好きよ」

「わたし、パニック発作を起こして、息ができなくなったの。そうしたら、優しく抱きしめてくれて……」そのときのことを思い返し、ゾーイは顔を赤らめてため息をついた。「声がまた渋いのよ。低くて、少しかすれていて……」

「あそこの兄弟は三人ともそんな声ね」ジャスティンがうっとりした顔になった。「軽い気管支炎を患ってるみたいな感じ。とってもセクシーよね」

ゾーイは目のあたりに落ちてきた髪をかきあげた。「ねえ、最後に男の人に大切そうに抱きしめられたのっていつ？」別荘での出来事を思いだした。「世界にはきみしかいない、鼓動のひとつひとつまで聞きとりたい、きみのすべてを感じたいという雰囲気で抱きしめられたことはある？」

「ないわね」ジャスティンが言った。

「あの人、そういうふうに抱きしめるのよ」ゾーイは話を続けた。「だから、この人にベッドで抱かれたらどんな感じなんだろうと思っちゃったわけ。これまでわたしを誘ってきた男たちはみんな、わたしを戦利品としか見ていなかった。クリスは優しい人だったけど、それでも……なんていうか……」

「そこまで大切にされていた感じがしないのね」

ゾーイはうなずいた。「でも、アレックスは違う気がする。彼は……」その先は軽々しく口に出してはいけない気がして、口をつぐんだ。

ジャスティンが心配そうな顔をした。「ねえ、わたしはずっと恋を楽しめと言ってきた。もう何カ月も前から、誰かとデートのひとつもしなさいとすすめてきたわ。だけど、アレックスはやめておいたほうがいい」

「お酒の問題ね。本当にそれほど深刻なの？」

「その疑問を口にしなければならない時点で、もうアウトよ。そんな相手と関わるのは、あなたとアレックスとお酒の三角関係に陥るようなものだわ。これからエマの世話をしなくちゃならないという大事なときに、彼の問題まで抱えこむ必要はない。あなたの生き方に指図するつもりはないけど……いえ、指図してるわね。でも、これだけは言わせて。アレックスと関わるのはやめなさい。もっと普通の男で、誠実にあなたを好きになってくれる相手はいくらでもいるから」

「そうかしら」ゾーイはそっけなく答えた。「だったら、どうして今までそういう人に巡りあえなかったの？」

「あなたがあまりに高嶺の花だからよ」

「やめて。あなたはわたしのひどい時期も知っているはずよ。感謝祭では食べすぎて三キロも太ったし、そのあとはたちの悪いインフルエンザにかかって三キロも痩せたし。そんなわたしが高嶺の花なんかに見える？」

「そういうひどい時期でも、男から見たら、あなたは熱く激しいひとときを一緒に過ごしたくてたまらない相手だということよ」

「そんなひとときなんて過ごさなくて結構だわ。わたしが欲しいのは……」いい言葉が浮かばなくて首を振り、ゾーイは垂れてきた髪をかきあげた。「悩みじゃなくて安心なの。でも、アレックスと一緒にいれば、きっと悩んでばかりいるようになる」彼女は現実を認めた。

「そうよ、だから男を選ぶのはわたしに任せて。たくさん知ってるから」

ゾーイは初対面の相手とデートするのが、クモにも増して嫌いだった。仕方なくほほえみながら首を振り、アレックス・ノーランの腕のなかで安心感を得られたことは忘れようと心に決めた。いつもの悪い癖だ。求めても得られない相手にばかり目が行ってしまう。

9

レインシャドー・ロードの家の屋根裏部屋には、古い段ボール箱や、ぼろぼろになった木製のトランクや、壊れてかびくさい家具がたくさんある。当然のごとく、虫やネズミも出てくる。そういう生き物が苦手でなくてよかったとアレックスは思った。

『このあたりから始めてくれ』亡霊が屋根裏の片隅で指示した。

「そのがらくたの山にのぼるつもりはない」アレックスは業務用の大きなごみ袋を広げた。

『この奥を見てみたいんだ』

「いずれはそこも探してやるよ」

『だが、効率よく――』

「せかすな」アレックスは言った。「亡霊なんかの指図を受けるつもりはない」

アレックスはドアのそばに置いたポータブルスピーカーに携帯電話をセットした。ユーザーが作ったプレイリストに従って、インターネットラジオから曲を流すアプリが入っている。亡霊にうるさくせがまれ、最近、プレイリストにジャズのビッグバンドをいくつか追加した。そのうち、アーティ・ショウやグレン・ミラーなどはアレックスも気に入っているが、それを亡霊に教えてやるつもりはさらさらなかった。

シェリル・クロウが《ビギン・ザ・ビギン》を歌うスモーキーな声が流れてきた。亡霊がポータブルスピーカーのそばへ来た。『この歌、知ってるぞ』うれしそうに言い、一緒に口ずさみはじめた。

アレックスは傷んだ段ボール箱をひとつ開けた。古いB級映画のビデオテープが入っていた。その段ボール箱を脇に押しやり、石膏でできたフクロウの像を引っ張りだした。「こんなもの、どこで買ったんだ？」アレックスはひとりごちた。「いや、何を思って買ったのかってほうが不思議だな」

亡霊は歌に聞き入っていた。『この曲で踊ったことがある』ぼんやりと言った。『相手はブロンドの女だった』

「顔は思いだせるのか？」アレックスは興味を覚えた。

亡霊はいらだった様子で首を振った。

『おれの記憶はカーテンの向こうにあるような感じなんだ。影しか見えない』

「あんたみたいなやつは、ほかにもいるのか？」

『亡霊ってことか？　いや、知らんな』アレックスの表情を見て、亡霊はおかしくもなさそうに笑みを浮かべた。『死後の世界のことなんか尋ねるな。おれにはわからない』

「わかってたらしゃべったのか？」

亡霊はまっすぐにアレックスを見た。『ああ、しゃべったと思う』

アレックスは作業に戻った。割れたガラスとボトルが入った袋を引きずりだし、先ほどのビデオテープが入った段ボール箱に入れた。亡霊は鼻歌を口ずさんでいた。

「あんたはどうしてこんな境遇に陥ってしまったんだろうな」アレックスは言った。

亡霊が警戒した顔になった。『生前の罰だとでも言いたいのか？』

「少なくとも、褒美には見えないぞ」

亡霊はにやりとして、真面目な顔に戻った。『何かをしなかった未練だったりしてな』しばらく考えこんだ。『そのせいで誰かを悲しませたとか、あるいはチャンスをつかめなかったとか……』

「だったら、なんでおれにつきまとってるんだ。それになんの意味がある？」

『おれの轍《てつ》を踏ませないためかもしれないぞ』亡霊がかすかに首を傾け、アレックスを見た。

「あんたの出る幕じゃない。おれがどんな生き方をしようが、あんたには関係ないことだ」

『好きにしろ』亡霊は吐き捨てた。

アレックスはフォルダーが詰まった段ボール箱を引っ張りだした。

『それはなんだ？』亡霊が尋ねた。

「たいしたもんじゃない」アレックスは埃っぽい紙類をぱらぱらとめくった。「七〇年代のものだ。大学の講義のノートらしい」それをごみ袋に放りこんだ。

亡霊はポータブルスピーカーに近寄り、今度はＵ２の《ナイト・アンド・デイ》を一緒に歌いはじめた。

一時間ほどかけていくつかの段ボール箱を開け、中身をごみ袋に移した。いくらかでも価値がありそうなのは、ブラウンのストライプとライムグリーンの円の模様が印刷された大胆な柄の壁紙のロールが何本かと、ツイードのケースに入った〈LCスミス・コロナ〉のタイプライターだけだった。

『それはいくらか値がつきそうだな』亡霊がアレックスの肩越しにのぞきこんだ。

「五〇ドルくらいかな」亡霊が顔を近づけてきたのが、アレックスはうっとうしかった。「おい……そんなにくっつくな」

亡霊は一〇センチほど顔を離したが、まだタイプライターを見ていた。

『ケースのなかを見てくれ。何か入ってるかもしれない』

アレックスはタイプライターを持ちあげ、その下に何かないか確かめた。「いや」肩の凝りをほぐし、腿の張った筋肉を緩めようと立ちあがった。「今日はもうおしまいだ」

『もう？』

「そうだ。これからゾーイの別荘の図面を描かなきゃならないし、ダーシーにあの家から追いだされる前に新しい住まいを見つける必要もある」

亡霊は不満そうな顔で、開けていない段ボール箱に目をやった。『まだこんなにあるぞ』

「また明日だ」

亡霊は怒れるスズメバチの群れのように感情をあらわにした。『もう少しだけ』しつこく要求した。

「だめだ。今日はあんたのためにこのがらくたを片付けるのにずいぶん時間を使った。だが、おれにはほかにもしなければならないことがある。金の入る仕事だ。あんたと違って、霞《かすみ》を食って生きてるわけじゃないからな」

亡霊が恐ろしい顔でこちらをにらみつけた。

アレックスは黙ってがらくたを一箇所に集め、ポータブルスピーカーから携帯電話をはずし、ごみ袋を持って屋根裏部屋を出ようとした。そのとき、亡霊が歌を口ずさんでいるのに気づいた。アレックスの大嫌いな歌だった。

〝ハワイでぶらぶらしていたときに
ある夜、乙女が歌うのを聞いた
ヤッカ・フラ・ヒッキ・デュラ
ヤッカ・フラ・ヒッキ・デュラ〟

「やめろ、怒るぞ」

アレックスは言った。だが、二階におりたときにも、鼻歌は続いていた。

〝いろんな女を愛したけれど
そんなことはもうどうでもいい
聞こえるのは彼女の歌だけ
ヤッカ・フラ・ヒッキ・デュラ
ヤッカ・フラ・ヒッキ・デュラ〟

10

金曜の朝、ゾーイが朝食の皿を食器洗い機に入れ終えたとき、キッチンのドアを引っかく音が聞こえた。ドアを開けると、ペルシャ猫のバイロンが入ってきて、憐れっぽい声で鳴き、紳士が挨拶代わりに帽子をひょいとあげるように尻尾を立てた。そして腰をおろし、緑がかった金色の目に期待の色を浮かべてこちらを見た。

ゾーイはにっこりし、腕を伸ばして白いふわふわの毛をなでた。

「何が欲しいのかはちゃんとわかっているわよ」

ガスレンジに寄り、フライパンに残ったスクランブルエッグをスプーンですくい、バイロンの餌皿に入れた。バイロンはうれしそうに耳や尻尾を動かしながら、優雅にスクランブルエッグを食べた。

ジャスティンがキッチンに入ってきた。「お客が来てるけど、どうする?」

「アレックス?」ゾーイの鼓動が跳ねあがった。「だったら、ここに入ってもらって」

「それが違うのよ。あなたの元夫」

ゾーイは目をしばたたいた。クリスとはもう一年も会っていないし、話してもいない。何度かメールで事務的なやりとりをしただけだ。ゾーイの知るかぎり、クリスがサンファン島を訪れる理由は何もない。

「ひとりなの？　それともパートナーと一緒？」

「ひとりよ」ジャスティンが答えた。

「用件は言った？」

ジャスティンは首を振った。「追い払おうか？」

ゾーイは思わずお願いと口に出してしまいそうになった。クリスとの最後は泥沼だったわけではない。離婚に向けての話し合いは冷静なものだったし、口論することもなかった。たしかに妻としては裏切られたと感じたものの、クリスも悩み、つらい思いをしたのだと知ると、友人としては同情を覚えた。結婚一周年の記念日が過ぎたころ、クリスは目に涙を浮かべて告白した。これまでもゾーイを愛していたし、これからもずっと愛しているけれど、じつは法律事務所の同僚男性と恋愛関係にある。つい最近まで、自分が同性愛者だと認めることができずにいたが、もう自分を偽れなくなった。今までは同性に惹かれるたびに、保守的な家族がそんなことを許すわけがないと思い、みずからの感情を押し殺してきた。だが、これ以上嘘をついて生きるのはごめんだ。いちばん後悔しているのは、こんな形でゾーイを巻きこんでしまったことだ。決して傷つけるつもりはなかったのだと。

「だからなんだっていうのよ」クリスの最後のひと言に対し、ジャスティンはそう感想を述べた。「彼はやり方を間違えたの。本当はもっと早く、『ゾーイ、じつは悩みがあるんだ』って打ち明けるべきだったのよ。そうしたら、あなたたちは話しあえた。でも、クリスは嘘をつきつづけ、そのせいであなたはすっかり彼を信用して、結果的に大きなショックを受けた。これはれっきとした裏切りよ。あの人でなし。ゲイだろうがストレートだろうが、関係ないわ」

クリスと話をするのかと思うと、ゾーイは胃が鉛のように重くなった。

「会うわ」彼女はしぶしぶ言った。「追い返すのも申し訳ない気がするし」

「あなたって、ほんとにお人よしね」ジャスティンがぼやいた。「わかった、ここに通すわ」

しばらくするとキッチンのドアが開き、クリスが恐る恐る入ってきた。

相変わらずきれいな顔立ちをしている。髪は濃いブロンドで、体に贅肉はついていない。常に健康に気を遣い、食事へのこだわりが強く、牛肉はまず食べないし、二杯目のワインを飲むこともなかった。ゾーイが料理を作ろうとすると、いつも〝バターなし、クリームなし、炭水化物なしで頼むよ〟と言われたものだ。ゾーイは黙ってそれに従ったが、内心ではいささか不満に思っていた。だから、クリスと暮らしていた家を出たあと、最初に自分のために作った料理は、白ワインとクリームと全卵三個を使ったカルボナーラ・スパゲティに、ペコリーノ・ロマーノ・チーズとパルメザン・チーズを雪のようにかけ、かりっと焼いたベーコンをたっぷりと散らしたものだった。

クリスはゾーイを見てほほえんだ。「やあ」静かに言い、一歩前へ出た。

抱擁するか握手するか迷ってぎこちない間があり、結局握手に落ち着いた。ゾーイはクリスに再会できて、思いのほかうれしかった。自分は意外にも彼に会いたかったらしい。

「元気そうだね」クリスが言った。

「あなたも」ゾーイはそう応じたものの、クリスのハシバミ色の目に疲れた表情が浮かび、目尻のしわが増えているのが気になった。

クリスは仕立てのいいブレザーのポケットに手を突っこんで、フランネル地の小袋を取りだした。「先日、化粧台のうしろに落ちていたのを見つけたんだ」それをゾーイに手渡した。

「いつだったか、一緒にずいぶん探したよね」

「まあ」ゾーイは声をあげた。小袋からブローチが出てきた。コレクションしているビンテージ物のブローチのなかでもとりわけお気に入りだったもので、エナメルと銀でできたティーポットにアメジストがついている。「もう二度とお目にかかれないと思っていたわ」

「直接、返したかったんだ。きみが大切にしていたのを知っているからね」

「ありがとう」ゾーイは思わずにっこりとした。「この週末は島に滞在するの？」

「ああ」

「ひとり？」

ゾーイはあえて尋ねた。お互いに軽い調子で話すことで、久しぶりに再会した気まずさやぎこちなさを隠そうとした。

クリスがうなずく。「現実を離れて考えごとをしたくてね。二、三日、海辺のログハウスを借りたんだ。シャチを見たり、カヤックを漕いだりできたらいいなと思っている」キッチンを見まわし、まだ洗っていない鍋や、朝食の残り物があることに気づいた。「忙しいときに来てしまったみたいだね。片付けている最中だったんだろう？」

「かまわないわ。よかったらコーヒーでもいかが？」

「きみも一緒に飲んでくれるなら」

ゾーイは椅子をすすめ、コーヒーを用意した。クリスは椅子には座らず、頑丈なテーブルにもたれかかり、ゾーイを眺めた。

「どこのログハウスを借りたの？」ゾーイはコーヒーの粉を量り、フィルターバスケットに入れた。

「ひとりぼっちの湾《ロンサム・コーヴ》さ」クリスは言葉を切り、そしてつけ加えた。「今のぼくにはぴったりの地名だ」

「どうかしたの？」ゾーイはシンクへ行き、コーヒーポットに水を入れた。「その……今のパートナーと何かあった？」

「くどくどと話す気はないけれど、とにかくいろいろなことを考えたんだ。あれこれ思いだしもした。そして、きみにちゃんと謝っていなかったことを何度も後悔した。もっとほかにやり方があったはずなのに。きみには本当にすまなかったと思っている。どれほどつらかっただろうと……」クリスは口を閉じ、歯を食いしばった。頬が小刻みに震えている。

ゾーイはコーヒーポットの水をこぼさないように気をつけながら、コーヒーメーカーのタンクに移した。

「あなたはちゃんと謝ったわよ。それも一度や二度じゃなかった。ほかにやり方はあったのかもしれないけど、それはあなたにとっては難しいことだったと思う。あのころのわたしは自分が傷ついたことばかり考えていて、あなたの気持ちを察してあげられなかった。でも、ゲイだと公表するのはさぞ怖かったでしょうね。みんなの視線に耐えなきゃならないのは大変だっただろうと思うの。クリス、わたしはもうとっくにあなたを許しているわ」

「ぼくは自分が許せない」クリスは荒々しく咳払いをした。「卑怯なまねをしたと思う。あのとき、ぼくは仕方のないことだったと言い訳した。きみにどんな思いをさせているのか考えたくなかったからだ。あのころのぼくは思春期をやりなおしているようなものだった。ゾーイ、本当に申し訳なかった」

ゾーイは何を言っていいかわからず、コーヒーメーカーのスイッチを入れると、クリスと向きあい、シェフエプロンの胸あての部分をいじった。「もういいのよ」ようやく口を開いた。「わたしは大丈夫、本当よ。でも、あなたが心配だわ。とても悲しそうな顔をしている。何があったのか話してくれない？」

クリスは自嘲気味に笑った。「彼に別の相手ができて別れたんだ。当然の報いだな」

「かわいそうに」ゾーイは優しく言った。「いつ？」

「ひと月ほど前さ。食べることも眠ることもできず、息をするのも苦しい。匂いも味もわからなくなって、医者に診てもらったんだ。信じられないだろう？　人間っていうのは嗅覚を失うほど心を病めるものなんだな」クリスは震えながら息を吐いた。「ぼくにとってきみはずっといい友達だった。何かあったとき、いちばん話を聞いてほしい相手だった」

「わたしもそう思っていたわ」

「きみと話せないのが寂しくてね。こんなことを言える立場ではないけど……」クリスはごくりと唾をのんだ。「もう一度、昔みたいな関係に戻れないだろうか？　男と女ではなく、友達として……」

「もちろんいいわよ」ゾーイは即答した。「とにかく座って、それから何があったのか聞かせて。話を聞きながら朝食を作るわ。昔みたいにね」

「腹はすいていないんだ」

「無理に食べなくてもいいから」ゾーイはガスレンジの火をつけ、鉄のフライパンを温めはじめた。「ただ、わたしが作りたいだけよ」

結婚していたころは、毎晩のようにクリスの話を聞きながら料理をしたものだ。別れてからもう二年が経つというのに、こうしているとあっさり昔に戻った気がする。クリスはパートナーと別れたいきさつを語りだした。交際を始めたころは仲がよかったが、一緒に暮らすうちに、日々のささいなことで意見が食い違うようになったらしい。

「以前はどうでもいいと思っていたことが、だんだん気になるようになってきたんだ。政治的な意見とか、金の使い方とか、あげくの果てには、トイレットペーパーの端を手前に垂らすか、奥に垂らすかといったくだらないことでも言い争うようになった」言葉を切り、ゾーイが片手で器用に卵を割るのをしばらく見ていた。ひとつ、ふたつ、みっつ。「何を作っているんだ?」

「オムレツよ」

「バターはなしで頼む」

「ええ、覚えているわ」ゾーイは肩越しに振り返り、話の続きを促した。「それで、喧嘩をするようになったのね」

「そうなんだ。口論になると、彼はがらりと人が変わる。容赦なく糾弾してくるんだ。言ってはいけないことまで持ちだして、何がなんでも……」ゾーイがフライパンに澄ましバターを流し入れたのを見て、クリスは言葉を切った。「おいおい――」

「フレンチオムレツはこういうふうに作るものなの」ゾーイは澄まして言った。「ほら、しばらくあっちを向いて話していて」

クリスがあきらめた顔でため息をついた。「彼に認められたかったんだ。だから、いつもぼくが折れた。でも、ぼくにとっては初めての男の相手だったから、どうしていいか……」

言葉が途切れた。

ゾーイは新鮮なパセリとタラゴンとバジルを刻み、それを溶き卵に加えた。クリスの気持ちはよくわかる。そういう別れを経験すると、さまざまな理由を見つけては自分を責める。相手との会話を思いだしては、こう言えばよかったとか、あんなことは口にするべきではなかったとか後悔するものだ。睡眠は充分に足りていてもベッドから出られず、体は栄養を必要としているのに、何も食べられなくなる。

そして、相手に捨てられたのは自分がいけなかったからだと思いこむ。

「ふたりの関係がどうなるかは、実際つきあうまでわからないものよ」ゾーイは言った。

「だから、つきあってみる以外になかったのよ」

「そうだな」顔をそむけたまま、クリスが苦々しげに答えた。「ぼくはゲイとしてもストレートとしても幸せになれないタイプなのかもしれない」

「クリス……初めて愛した相手と生涯一緒にいられる人なんてそうはいないわよ」

「そして生涯ひとりぼっちのやつもいる。そんなふうにはなりたくないな」

「ジャスティンがよく言うの。運命の相手となかなか巡りあえないときは、それなりの相手とたくさん遊びなさいって」

クリスが乾いた声で笑った。「彼女らしいな」

「そういう関係からでも学べることはあるからって」

「ぼくは何を学んだんだろう」暗い声で言う。

ゾーイはフライパンに手をかざし、熱さを確かめた。充分熱されたとわかると、フライパンに溶き卵を入れ、フォークでかきまぜた。「自分がどういう人間なのかわかったんじゃない？」ようやく答えた。「それに、どういう相手を求めているのかも」

かきまぜながら半熟になるまで火を通し、手首を使って卵をフライパンの端に寄せる。火を強くしてオムレツの柔らかな表面にほんの少しだけ焼き色をつけ、フライパンを傾けてオムレツを転がすようにして皿にのせた。きれいな黄色をした、形のいいオムレツに仕上がった。

　オムレツの脇にスライスしたオレンジをのせ、ラベンダーの花びらを飾った。その皿をクリスの前に出した。

「たいしたもんだな」クリスが言った。「でも、今は食べられそうにない」

「ひと口かふた口でもいいからどうぞ」

　クリスは観念したようにオムレツをひと切れ口に運んだ。そして口を閉じ、卵の柔らかさと、ハーブのかすかな刺激と、ほどよい海塩と、挽きたてのブラックペッパーの香りを味わった。無言でもうひと口、またひと口とオムレツを食べた。おいしさを堪能している証拠に、頬に少し赤みが差した。

「ぼくがストレートだったら……」クリスが言った。「もう一度、きみと結婚したいよ」

　ゾーイはほほえみ、クリスのためにコーヒーを注いだ。

　クリスがオムレツを食べている横で、午後のお茶の時間に宿泊客に出すために、アプリコットとレモンのティーケーキを作りはじめた。材料をまぜ、小さめのマフィン型に生地を流しこんだ。手を動かしながら、祖母の病気について話した。クリスは同情の色を浮かべ、黙って聞いていた。

「ぼくの知り合いにも何人か、認知症の身内を介護している人がいるけど、大変みたいだよ」

「大丈夫、なんとかなるわ」ゾーイは言った。

「自信ありげだね」

「なんとかするしかないもの。出たとこ勝負でいくわよ」

「エマと一緒に暮らすことを、お父さんには話したのかい？」

ゾーイは苦笑し、椅子に腰をおろした。「わたしと父は話したりしない。メールするだけ。祖母が島の暮らしに慣れたころに、一度会いに来ると書いてあったわ」

「気楽なもんだな」

クリスはゾーイの父に数えるほどしか会ったことがない。クリスと父に共通しているのは、どちらもXY型の性染色体を持っている点だけだ。結婚式のあと、クリスが口にした感想がおもしろかった。お父さんがきみの手を取ってぼくのところまで歩いてくるとき、宅配便の配達員みたいに愛想のいい顔をしていたねと言ったのだ。

「祖母もわたしと同じで、父に会うのを望んだりしていないと思うわ。わたしたちが離婚してから、祖母と父は連絡を取っていないから」

「ぼくたちが離婚してから？」クリスが驚いて尋ねた。「どうして？」

「父はどんな理由があろうとも、離婚には絶対に反対なの」

「だって自分も奥さんと別れているじゃないか」

「あれは母が家を出ていっただけ。正式には離婚していないのよ」ゾーイは寂しい笑みを浮かべた。「父に言われたわ。おまえがもっといい妻になって、ちゃんと夫をカウンセリングに連れていったら、クリスはゲイにはならなかったはずだって」

「ぼくはゲイになったわけじゃない。もともとそうだったんだ」クリスは首を振り、心配そうにほほえんだ。「カウンセリングを受けても、ぼくは変わらなかったさ。カウンセリングでは鼻の形や目の色を変えられないのと同じだ。ぼくからきみのお父さんに話をしてみようか？　ぼくのせいで、まさかきみがそんなことを言われていたなんて――」

「気持ちはうれしいけど、でも大丈夫。父も本気でわたしを責めていたわけじゃないと思うの。ただなんでもかんでも批判したいだけ。そうすることしかできないのよ。相手を責めるほうが、もしかして自分がいけなかったのかもしれないと思うより楽だから」

ゾーイは腕を伸ばし、クリスの手に自分の手を重ねて小さく礼を言った。

クリスがその手を握りしめた。「何かいい話はないのかい？　運命の相手と巡りあったとか、あるいはそれなりの相手と交際しているとか」

ゾーイは首を振った。「仕事が忙しくて、そんな暇はないわ。それに、今は祖母のために住まいの改築をしなくちゃいけないし」

クリスは腰をあげ、食べ終えた皿をシンクに置いた。

「何かぼくにできることがあったら、いつでも言ってほしい」

「わかっているわ」

ゾーイも立ちあがった。クリスとの関係がようやく本来あるべき形に戻ったのがうれしかった。彼は親友だ。それ以上でも、それ以下でもない。

「ごちそうさま」クリスは言った。「きみはとてもきれいな人だ。外見のことだけを言っているわけじゃない。運命の人と巡りあうことを心から願っているよ。ぼくがそれを邪魔してしまってすまない」そう言うと、腕を広げた。ゾーイは自然にその腕のなかに入り、元夫を抱きしめた。「ぼくは今でも憎まれているんじゃないかと思っていた。でも、そうじゃないとわかって、本当にうれしかったよ」

「あなたを憎むなんてできないわ」

キッチンのドアが開き、誰かが入ってきた。クリスは腕の力を緩めた。ゾーイはジャスティンだろうと思って振り返った。

そこにいたのはアレックス・ノーランだった。表情は硬く、笑みのかけらもない。別荘のものより狭いこのキッチンで見ると、記憶にあるより背が高く、そして陰険に見えた。クモに遭遇してパニックを起こしたときに抱きしめてくれたのは夢だったのかと思うほどだ。冷たくこわばった表情で、身動きもせずにじっとこちらを見ている。

「いらっしゃい」ゾーイは言った。「彼は元夫のクリス・ケリー。クリス、こちらはアレックス・ノーランよ。湖の別荘の改築工事をお願いしているの」

「まだ引き受けると決まったわけじゃない」アレックスが言った。

クリスはゾーイの肩を抱いたまま、握手しようと手を差しだした。「どうも」

アレックスは事務的に握手に応じ、ゾーイへ視線を戻した。「あとで出直してくる」ぶっきらぼうな口調だ。

「気にしないで。クリスはもう帰るところだから」アレックスがファイルフォルダーを手にしているのを見て、ゾーイは言った。「それは別荘の図面？　ぜひ見せてほしいわ」

アレックスはクリスのほうへ顔を向けた。表情は淡々としているが、空気を焦がしそうな敵意を発している。「住まいは？」

「シアトルです」クリスが穏やかに答えた。

「島に親戚でも？」

「ゾーイだけですよ」

刺々しい沈黙が流れた。

クリスがゾーイの肩から腕をはずしてささやいた。「朝食をごちそうさま。それに、いろいろと本当にありがとう」

「気をつけて」ゾーイもささやき返した。

鋭い金属音がした。アレックスがいらだたしげに車のキーをいじったのだ。

クリスはかすかに眉をひそめ、問いかけるようにゾーイを見た。

ゾーイはわけがわからず、困った顔で小さく首を振った。

元夫はキッチンをあとにし、静かにドアを閉めた。

ゾーイはアレックスのほうを向いた。アレックスはグレーのTシャツに塗料のついたジーンズという、今までいちばんラフな服装をしている。それはそれでまたよく似合っていた。緩めのジーンズを通して筋肉質な脚の線がわかり、Tシャツの袖はたくましい上腕でぴんと張っていた。

「朝食はいかが？」ゾーイは尋ねた。

「結構だ」アレックスはテーブルに車のキーと財布を置き、ファイルフォルダーから図面を取りだした。「一、二確認したら、これを預けてさっさと帰るから」

「わたしなら時間はあるわ」

「こっちは忙しい」

ゾーイは眉をひそめながらも、図面を見ようとアレックスのそばに寄った。アレックスはテーブルに図面を広げた。平面図と立面図と内装完成予想図が描かれている。

アレックスはゾーイを見ずに説明した。「今度、カタログを持ってくるから、内装の具体的なことはそっちを見てくれ。離婚してどれくらい経つんだ？」

突然の質問にゾーイは目をしばたたいた。「二年ほどよ」

アレックスは何も言わず、ただ唇を引き結んだ。

「クリスは高校時代からの友達なの」ゾーイは言った。「結局、友達のままでいるのがいちばんだってことがわかったというわけ。もう長いあいだ会っていなかったのに、今朝ふいに訪ねてきたのよ」

「きみが元夫と何をしようが、おれには関係ない」

その言い方がゾーイの癇に障った。「別に何もしていないわ。もう別れた人だもの」

アレックスがこれ見よがしに肩をすくめた。

「離婚しても、体の関係を続けるカップルはいくらでもいる」

ゾーイは驚いてまた目をしばたたいた。

「別れた相手なのに、どうしてそんなことを？」

「お手軽だからさ」ゾーイが理解できないという顔で見ているのに気づき、アレックスは説明した。「食事をしたり、プレゼントを贈ったり、気を遣ったりする必要もなく、気楽にセックスできる。テイクアウトの料理みたいなもんだ」

「テイクアウトの料理は嫌いよ」ゾーイは言い返した。「それに、そんな理由で体の関係を持つなんて最低だわ。お手軽ですって？　そんなのは……味覚音痴が作る手抜き料理の材料と同じじゃない」

アレックスは険しい表情を緩め、片方の眉をあげた。

「ぴんとこないたとえだな」

「インスタントのマッシュポテトとか、缶詰の加工肉とか、粉末卵とか、そういうやつよ」

アレックスは唇の片端で笑った。「腹がすいていれば、充分に食べられるぞ」

「でも、本物じゃないわ」

「だからなんだ？　体にとっては同じだ」

「食べることが？」

「セックスがだ」アレックスは冷ややかに答えた。「食事だろうが、セックスだろうが、毎回、最高のものにする必要はどこにもない」

「わたしはそうは思わない。誰かとベッドをともにするというのは、お互いを大切に思い、信頼し、尊敬し、正直になって――」

「おいおい」アレックスが小ばかにするように笑った。「それじゃあまるでバージンだぞ」

ゾーイは彼をにらんだ。

アレックスは突然真面目な顔になり、ゾーイの体を挟むように両手をテーブルについた。互いの体は接近しているが、触れてはいない。ゾーイの鼓動が速くなり、呼吸が浅くなった。息がかかるほどアレックスの顔が近づいた。シナモン味のガムに似た、ひんやりとした甘い匂いがする。「ただ楽しむためだけにセックスしたことはないのか？」

ゾーイはまばたきをした。「どういう意味だかわからないわ」声がかすれた。

「ロック音楽みたいなセックスだ。どうでもいい相手と、ただ激しく体を重ねるだけの、くそみたいなセックスさ。でも、快感が得られるからやめられない。それに、どうでもいい相手だからこそ、何をしてもかまわないし、それを後悔することもない。ただ、ふたりの男女が、暗闇のなかで互いの体をむさぼるだけの関係だ」

一瞬、ゾーイはその場面を想像し、体の奥が熱くなった。自分の喉元で血管が脈打っているのがわかる。

アレックスはゾーイの喉元をじっと見つめたあと、瞳孔が開いた目に視線を戻した。そして唐突に離れた。「いっぺんそういうのも試してみるといい」冷たい声だ。「元夫が相手をしてくれる」

ゾーイは髪を耳にかけ、わざとゆっくりエプロンの紐を結びなおした。「クリスはそんなつもりでわたしを訪ねてきたわけじゃないわ」ようやく声が出た。「つきあっていた人と別れたから、誰かに話を聞いてほしかっただけよ」

「誰かにじゃない。きみにだ」アレックスは目に皮肉な色を浮かべた。

「そうよ」何か侮辱的なことを言われそうな気がして、ゾーイは警戒した。「わたしじゃいけない？」

「自分が男からどう見えるかわかってるのか？　元夫が悩みを話しに来たのは、きみの鋭い洞察力ですばらしいアドバイスをしてほしいからじゃない。ただ、きみと寝たいからだ」

ゾーイが反論しようとしたとき、オーブンのタイマーが鳴った。

よっぽど出ていってと言おうかと思った。だが、黙って鍋つかみを手に取り、オーブンのほうへ行った。オーブンを開けると、焼き立てのケーキが放つアプリコットとバニラエッセンスとスパイスの濃厚な香りが、蒸気とともにキッチンに広がった。その甘くて贅沢な香りを胸いっぱいに吸いこみながら、アレックスについて考えた。なんという皮肉のかたまりのような人だろう。そんなふうに世の中を見ていたら自分がつらいだろうに。

これほど傲慢で意地の悪い人でなければ、同情を覚えていたほどだ。

両手に鍋つかみを持ち、オーブンから重い天板を取りだした。熱い天板に右腕の内側が触れてしまい、小さな悲鳴をもらした。だが、キッチンでちょっとした怪我をするのには、もう慣れている。ゾーイは何も言わず、落ち着いて天板を調理台に置いた。

アレックスが飛んできた。「どうした？」

「なんでもないわ」

ゾーイの右腕に真っ赤な跡があるのに気づいて、アレックスが顔をしかめた。ゾーイの肩を引き寄せてシンクのところへ行き、蛇口をひねった。

「しばらく水で冷やしてろ。救急箱はあるか？」

「あるけど、わたしなら大丈夫よ」

「どこだ？」

「シンクの下の棚」ゾーイは少し脇にどいた。アレックスは棚の扉を開け、白いプラスチック製の箱を取りだした。「たいした火傷じゃないわ」ゾーイは水道の水から腕を抜き、怪我の具合を確かめた。「水ぶくれもできていないし」

アレックスはゾーイの腕を取り、蛇口の下に戻した。「ちゃんと冷やしてろ」

「オーバーよ」ゾーイは言った。「わたしの腕や手には、いっぱい傷跡がある。料理をしていれば怪我はつきものなの。ほら、この肘の火傷を見て」流水にさらしていない左腕を見せた。「調理台に熱いフライパンを置いたばかりなのを忘れて、肘をついてしまったの」次に左手にいくつかある傷跡を、右手を水から抜いて指さした。「どれもナイフの傷よ。これは、まだ熟していないアボカドを切ろうとしたときのもの。こっちは魚を三枚おろしにしようとしたときのもの。牡蠣の殻をむこうとして、てのひらにナイフを突き刺したこともあるわ」

「なんで防護するものを身につけないんだ」アレックスは責めるように言った。

「シェフ用の上着を着るという手はあるけど……」ゾーイは言った。「こんな暑い日はエプロンだけのほうが楽なのよね」

「溶接用の腕カバーでもつけろ。買っといてやる」

ゾーイは困惑してアレックスの顔を見た。そして、冗談で言っているのではないと気づいた。「そんなものキッチンじゃ使えないわ」

「とにかく、何かで腕を守ったほうがいい」アレックスはゾーイの左手を取り、顔をしかめたまま、いま言われた傷跡をひとつひとつ指で確かめた。「料理を作るのがそんなに危険だとは知らなかった。おれたち兄弟が作ったものを食べるのは、かなり危ないと思ってたけどな」

アレックスの指先が触れる感覚に、ゾーイはどぎまぎした。「三人とも料理をするの？」

「サムはそれなりに作る。いちばん上の兄のマークはコーヒーを淹れることしかできない。ただし、そのコーヒーはうまい」

「あなたは？」

「おれは最高のキッチンは作れる。だが、そのキッチンを使って、口に入れても大丈夫なものを作ることはできない」

アレックスは怪我をした小鳥を持つようにゾーイの左手を包みこんだまま、右腕を蛇口の下に戻した。ゾーイは逆らわなかった。

「あなただって傷跡があるじゃない」ゾーイはアレックスの人差し指の側面についた細い線を指さした。「なんの怪我？」

「カッターナイフ」

親指の腹にも跡があった。「これは？」

「電動のこぎり」

ゾーイは顔をしかめた。

「建設現場での事故は、時間と手間を省こうとするときに起きるんだ」アレックスが言った。

「たとえばルーターを使うときは、治具と呼ばれるものを作って材木を固定する必要がある。その治具を作らずに即興でやろうとすると、怪我をするはめになるんだ」ゾーイの手を放し、救急箱を開けて鎮痛剤のボトルを取りだした。「グラスはどこだ？」

「食器洗い機の向こうにある戸棚よ」

アレックスはジュースグラスを取りだし、冷蔵庫のウォーターディスペンサーから水を注いだ。そして鎮痛剤二錠とグラスをゾーイに手渡した。

「ありがとう。もう冷やさなくても大丈夫だと思うわ」

「いや、もうしばらく冷やしたほうがいい。火傷はしばらく炎症が進むからな」

ゾーイはあきらめ、水が肌の上を流れるさまを見つめた。アレックスはゾーイに触れないようにしながら、ずっとそばについていた。クリスとの沈黙は心地よいが、アレックスが相手だと落ち着かない。

「ゾーイ」アレックスがかすれた静かな声で言った。「さっきは……言いすぎた」

「そうね」

「本当に……すまない」

この人は謝ることなどめったにないだろうし、謝罪の言葉を口にするのも楽ではないのだろうと思うと、ゾーイは怒る気が失せた。「もういいわ」

また重い沈黙が流れた。ゾーイはアレックスの存在が気になって仕方がなかった。互いの息遣いがやけに大きく聞こえる。アレックスが手を伸ばし、水の温度を確かめた。たくましい腕だ。

彼に気づかれないように、そっと横顔を盗み見た。なんのためらいもなく快楽を享受しそうな、堕天使を思わせる美しい顔立ちだ。目の下のくまや、こけた頬など、ちょっとやつれた感じがまたセクシーで、危険な香りを感じさせる。

こういう相手と恋愛をすると、一緒に堕ちるしかなさそうで怖い。

ジャスティンの言うとおりだ。また男の人とつきあいはじめるとしても、アレックスはやめたほうがいいのかもしれない。だが、彼との一夜は、たとえ結果的に間違いだったとしても、きっと忘れられないものになる気がした。

ずっと腕を水にさらしていたせいで、体が小刻みに震えはじめた。耐えようとすればするほど、震えは大きくなった。

「ジャケットかセーターはすぐに出ないのか？」アレックスが尋ねた。

ゾーイはうなずいた。

「だったらジャスティンを呼んで――」アレックスは言いかけた。

「やめて」ゾーイは止めた。「彼女のことだから、九一一に電話をかけて、救急隊員総出で救急車をよこせと要求しかねないわ。お願い、内緒にしておいて」

アレックスはかすかに笑った。「わかった」ゾーイの背中に手を置いた。Tシャツの薄い生地を通して、ゾーイの背にてのひらのぬくもりが伝わってきた。

ゾーイは目を閉じた。アレックスが肩に腕をまわしてきた。大きくて温かい体だ。太陽の匂いと、かすかに潮の香りがした。

「クリスがそういう目的でわたしを訪ねてきたんじゃないと思うのには理由があるの」ゾーイは言った。

アレックスは腕の力を緩めた。「おれには関係のない――」

「聞いて」ゾーイは言った。「なぜかというと……」喉にかたまりがつかえ、言葉が出てこない。この人も、クリスとの結婚が失敗したのはわたしのせいだと考えるだろうか。父や、クリスの家族が、そう言ってわたしを責めたみたいに。もしかすると、侮辱的で傷つくような言葉を浴びせられるかもしれない。もっとつらいのは、まったく無視されることだ。

そうなるかどうか知る方法はただひとつ。

なんとかして言葉を発しようとした。ふと、喉のかたまりが溶け、肺が熱くなった。

「彼は男性の恋人ができて、わたしと別れたのよ」

11

ふたりのうしろで邪魔にならないようにしていた亡霊は、ゾーイの言葉を聞くなり、おれは出ていくとつぶやき、どこかへ姿を消した。

アレックスは愕然とし、ゾーイの顔を見つめ、何か言おうと口を開きかけた。それをさえぎるように、ゾーイは急いで話を続けた。

「結婚したときは、クリスがゲイだとは知らなかったの。本人もまだ自覚していなかったか、少なくとも事実と向きあう覚悟はできていなかった。クリスはわたしをとても大切にしてくれたわ。そして、結婚すればすべてうまくいくに違いないと思ったの。わたしが相手ならきっと大丈夫だと。でも、わたしではだめだったのよ」

ゾーイが言葉を切った。顔が真っ赤になっている。空いているほうの手を水に浸し、その指を頬にあてた。なめらかな肌に水滴が伝うのを見て、アレックスはつらくなり、ゾーイの肩にまわしていた腕を離した。

アレックスが何も言わないと知って勇気が出たのか、ゾーイは話を続けた。

「自分が男からどう見えるかわかっているのか、と言ったわよね。そんなことくらいよくわかっているわよ。男性に外見だけで判断されたことなんていくらでもある。男の人はわたしの容姿や体型だけを見て、こいつはこういうやつに違いないと決めつけるわ。本当の姿なんか知ろうともしないで、わたしを頭の弱い女か、男を誘うために愛想を振りまいている女か、あるいはずる賢い女だと勝手に思いこむのよ。どうせ男と寝ることしか考えていないんだろうとね」

ゾーイが警戒した目でこちらを見あげた。小ばかにされるとでも思ったのだろう。だが、そんな気配がないのを見てとり、また言葉を続けた。

「わたしはほかの子たちよりずっと早くに体が大人びた。そのせいか、女の子たちからいやがらせを受けて、根も葉もない噂を流されたわ。男の子たちは、車でわたしのそばを通るとき、からかいの言葉を投げつけてきた。高校ではよくデートに誘われたの。でも、目的はわたしの体だけ。あげくに、わたしがどこまで許したかという作り話をでっちあげて、ほかの子たちに自慢していた。だから、わたしはデートに応じるのをやめたの。誰も信じられなくなったから。そんなとき、クリスと友達になったのよ。彼は賢くて、おもしろくて、優しかった。わたしの外見などどうでもいいと思っていたわ。そのうちにわたしたちはつきあうようになった。どこへ行くのも一緒だったし、つらいことがあると励ましあって乗り越えてきた」

ゾーイは悲しげにほほえんだ。

「クリスは法科大学院、わたしは調理専門学校と進路は分かれたけれど、それでもわたししたちはずっと仲がよかった。しょっちゅう電話していたし、長期休暇は一緒に過ごしたわ。そして当然のように……結婚したのよ」

アレックスはこの状況に戸惑った。どうしてこんなところで、これほど深刻な話を聞くはめになったのだろう。個人的な悩みは、聞くのも話すのも嫌いだ。それなのにゾーイは延々と話しつづけており、自分はそれを止めることができない。そう思ったとき、アレックスははたと気づいた。本気でゾーイを黙らせたければ、とっくにそうしているだろう。違うのだ。本当は彼女の話を聞きたいし、彼女を理解したいと思っている。アレックスはそんな自分が怖くなった。

気がつくと尋ねていた。「きみとそいつは結婚前にすでに……」

「ええ」ゾーイは少し顔をそむけた。長いまつげと、ピンク色の頬だけが見えている。「愛情のこもった、優しい関係だったわ。夢中になるという感じではなかったけど、どうあるべきかなんて知らなかったし、そのうちにもっとよくなるだろうと思っていた」

愛情のこもった、優しい関係だと？　アレックスの脳裏に、ゾーイの悩ましい姿が浮かんだ。万が一、彼女とそういう関係になったら、自分ならどうするだろう？　ゾーイの髪に目が行った。輝くブロンドの髪がリボンのようにカールしている。思わずひと房を手に取り、そのシルクのような感触を味わった。「なぜゲイだとわかったんだ？」

指が地肌に触れた。そっとなでると、ゾーイが息を吸った。「クリスが話してくれたから。相手は法律事務所の弁護士だった。自分から望んでそうなったわけではなかったらしいわ。

わたしを傷つけたことを後悔していた。ただ、わたしたちの関係には何かが欠けている気がしていて、それがなんなのかずっとわからなかったんですって」

「男との関係のほうがいいということは……」アレックスは言った。「何が欠けてたのかは明々白々だな」

ゾーイがちらりとアレックスを見た。だが、目を見て冗談だとわかり、ほっとした顔になった。

アレックスはゾーイのうなじに指をはわせた。ひんやりとして柔らかい。キッチン全体が呼吸し、ケーキの香ばしさを含んだ空気を渦巻かせている気がした。レモンの皮のほろ苦い香り、きれいに洗った木製のまな板の湿った甘い匂い、シナモンをかじったような爽やかな風味、豊かなブラックコーヒーの香り。ぞくぞくするほど食欲が刺激され、ゾーイもそんな香りのひとつに思えた。自分を引きとめているのは、糸のように細いひと筋の自制心だけだが、それまで堪能したい。どんな味がするのか、どんな舌触りなのか、できるものなら心ゆくまで堪能したい。自分を引きとめているのは、糸のように細いひと筋の自制心だけだが、その糸さえももう切れてしまいそうだ。もし自分が望むままに行動したら、そしてもしゾーイがそれを止めてくれなかったら、自分は彼女の人生で最悪の存在となってしまうだろう。ゾーイになんとしてもそれを理解させる必要がある。

「高校生のころのおれは、いわゆるきみをからかったり、いじめたりしたやつらと同じくだらない男だった」

「想像がつくわ」ひと呼吸置いて、ゾーイはつけ加えた。「きっとわたしのことを、頭が空っぽのブロンド女と呼んでいたでしょうね」

その程度のものじゃないとアレックスは思った。あのころは世の中に怒り、自分にないものすべてを憎んでいた。とりわけゾーイみたいに優しくて美しい存在は。

ゾーイが深いため息をついた。「今のあなたも、わたしのことをそう思う?」

ふたりのあいだに距離を置く絶好のチャンスを与えられたというのに、アレックスはそれを利用できず、正直に答えた。「いや、きみは頭がよくて有能な人だ」

「女としては……?」ゾーイがためらいがちに尋ねた。

自分がゾーイにどれほど惹かれているか、アレックスは告白してしまいたい衝動に駆られた。「悩殺されそうだ。もしきみが、おれのような問題だらけの男を扱えるタイプだったら、今すぐにでもきみを暗い場所に引きずりこんで……」口をつぐんだ。

ゾーイは黙ったまま、表情の読めない顔でこちらを見た。しばらくして口を開いた。

「どうしてわたしがそういうタイプではないと思うの?」

彼女は自分が何を求めているのかわかっていない。おれは純粋な気持ちというのがどういうものだったかさえ思いだせない男なのに。アレックスはゾーイの髪を軽くつかみ、その顔を自分のほうへ引き寄せた。カールしたブロンドの髪が揺れ、手の甲をくすぐった。「おれはベッドではひどい男だ」静かに言った。「利己的で、悪魔のようにたちが悪い。何もかも自分の思いどおりにしないと気がすまないんだ。それに……優しくはない」

ゾーイが目を見開いた。「どういう意味?」

アレックスはそれ以上打ち明けるつもりはなかった。「話はここまでだ。きみが知っておくべきことはただひとつ。おれは女を愛したりしない。利用するだけだ。きみにとってセックスとは互いを大切に思い、正直になるものかもしれないが……おれはベッドにそんなものは持ちこまない。本当に頭がいいのなら、おれがそんなやつだとわかるだろ？」

「ええ」ゾーイは即答した。

アレックスは少し顔を引き、彼女をじっと見た。「本当か？」

「ええ」ゾーイはしばらく沈黙したあと顔を伏せ、唇の端をぴくぴくさせた。

「くそっ」アレックスは無性にいらだち、彼女から離れた。ゾーイが笑いをこらえているのがわかり、ますます腹が立った。おれのことをトラのふりをしている猫だとでも思っているのだろうか。ゾーイは火遊びをしている。ここまで踏みこんで話したのに、まともに取りあおうとさえしない。だが、おれは自分がどんなにひどい男か知っている。これまで何度、他人を傷つけてきたことだろう。

ゾーイの唇にちらりと愉快そうな表情が浮かんだのを見て、頭に血がのぼった。そんなつもりはなかったのに、気がつくとゾーイの頭をつかみ、唇を押しつけていた。抵抗されるだろうと思った。これがいい教訓になり、彼女がおれを避けるようになればいいとも思った。だがゾーイは、最初の瞬間こそはっとした様子を見せたが、すぐに体の力を抜き、アレックスの髪に指を差し入れ、頭に手を沿わせてきた。アレックスは苦しいほどに、もっとその唇が欲しくてたまらなくなった。もう彼女を放すことなどできない。

ゾーイはラベンダーシュガーの味がした。甘くて濃厚で、この一瞬に全神経を奪われ、感覚さえ麻痺してしまうキス。

しまった、火遊びをしているのは彼女じゃない。

このおれだ。

アレックスはゾーイを抱きしめた。豊かなふくらみ、くっきりとしたくびれ、柿の実のごとくなめらかな肌。アレックスはゾーイをさらに引き寄せ、ぴったりと肌を合わせた。その刺激に体が耐えられないほど反応した。

まだ一〇代だったころ、友人たちとウェストポートでボディサーフィンをしたことがある。運悪く二メートル級の波にあたってしまい、洗濯機に放りこまれたようにぐるぐると回転し、浜辺に打ちあげられた。意識がもうろうとして、とっさには自分の名前が出てこなかったほどだ。今もそんな気分だ。昔と違うのは、息などできなくてもいいから、いつまでもその波のなかにとどまっていたいと願っていることだ。

アレックスはゾーイの腰のくびれに両手をあて、その手を胸のふくらみの脇へと滑らせた。Tシャツの上からブラジャーに沿って背中へ手をまわし、豊かな乳房を支えるストラップの上を幾度もなでた。

ふいにゾーイが唇を離した。アレックスは荒い息を吐きながらその場に立ちつくした。ゾーイは透き通るブルーの目に悩ましい表情を浮かべ、まっすぐに彼を見つめてきた。おれがどれほどぎりぎりのところにいるのか彼女は少しもわかっていないとアレックスは思った。

ゾーイは背後に手をまわしてエプロンの腰紐をほどき、ついで首の紐もほどいた。エプロンが床に滑り落ちた。ゾーイは爪先立ちになり、アレックスの頬を優しくなでながら、また唇を重ねてきた。アレックスにとって、一生忘れられなくなりそうなキスだった。甘い花のような唇、体の奥から突きあげる感覚、つかむ前に消えてしまう火花にも似た一瞬の連続……。

ゾーイはぎこちなくアレックスの手を取り、自分のほうへ引き寄せた。触れてほしいのだとアレックスは察した。今、そんなことをしたら、二度と引き返せなくなる。だが感情の大渦にのみこまれ、もはや自制心は働かなくなっていた。彼女を拒絶するのは、心臓の拍動を止めるよりもまだ難しい。ゾーイはアレックスのこわばった手首をつかみ、そっと自分の前へ持っていった。アレックスの手の甲が乳房の先にかすかに触れた。ブラジャーの生地が柔らかいせいで、先端が硬くなっているのがはっきりとわかった。一瞬、アレックスは息が止まった。てのひらを広げ、その豊かな重みを包みこみ、親指で円を描くように敏感なところを愛撫した。ゾーイが甘い声をもらした。

アレックスはめまいを覚え、ゾーイの背後でシンクの縁をつかんで体を支えた。平衡感覚が働かなくなっている。ゾーイはアレックスの首筋に唇を押しあて、キスをし、軽く嚙んだ。その感触に、アレックスはいっきに熱くなった。全身が彼女を求めている。ゾーイを抱きあげ、体を押しつけた。ジーンズを通しても明らかにそれとわかる高ぶりに気づき、ゾーイが目を見開いた。アレックスはさらに強くゾーイを引き寄せ、自分がどれほど彼女を欲しいと願っているかを教えると、ゆっくりと腰を動かした。ゾーイは小刻みに震え、せつない声をもらし……そして熱いひとときとはなんの関係もない小さな悲鳴をあげた。

アレックスは火傷のことを忘れていた。ゾーイの腕がアレックスの肩をこすったのだ。さぞ痛かっただろうと思うと、急に頭がはっきりした。そっとゾーイの腕を取り、火傷の具合を確かめた。二五セント硬貨大の水ぶくれができ、紫色に変色していた。

ゾーイがアレックスを見あげた。頰が紅潮し、唇がキスの名残でぽってりとふくらんでいる。手を伸ばし、頰に触れてきた。その手が震えているのがわかった。いや、震えているのはおれのほうか？

ゾーイが何か言いかけたとき、奇妙な鳴き声が聞こえた。

「今のはなんだ？」アレックスはかすれた声で尋ねた。せっかくゾーイとふたりきりでいるところへ邪魔が入ったことに腹が立った。こっちはまだ心臓が早鐘を打っているというのに。

鳴き声の聞こえた足元へ目をやった。やけに輝くクリスタルの首輪をつけた白い毛のかたまりが、緑がかった金色の目でうらめしそうに見あげていた。

「名前はバイロンよ」ゾーイが言った。「わたしが飼っているの」

平べったい顔をした、巨大な猫だった。猫三匹分はあろうかというぐらい毛の量が多い。

「こいつ、何が欲しいんだ？」アレックスはむっとして尋ねた。

ゾーイは腰をかがめ、猫の背中をなでた。「かまってほしいのよ」申し訳なさそうに言った。「嫉妬しているんだと思う」

バイロンはゾーイに優しくされ、軽飛行機のエンジン音ほどの大音量で、得意気に喉を鳴らした。

「おれが帰るまで待たせろ」アレックスは水道の水を止め、救急箱を手に取った。何かすることがあるのはありがたい。救急箱をテーブルに運んで腰をおろすと、隣の椅子を指さした。

「座るんだ」

ゾーイはしばしためらったが、黙って言われたとおりにした。

アレックスはゾーイの腕を取り、火傷をしているほうを上に向けてテーブルに置いた。救急箱から抗生剤入りの軟膏のチューブを取りだし、大型絆創膏にたっぷりと塗った。そのあいだ、ずっとうつむいていた。まだ手が思うように動かない。

ゾーイが腕を伸ばして猫をなでた。バイロンはゾーイが座っている椅子の脚元をちょろちょろと動いていた。「ねえ」彼女は低い声で言った。「わたしたち、これから――」

「これからはない」アレックスは即座に答えた。

ゾーイがふたりの今後について話をしたがっているのはわかっていた。だが、代々ノーラン家の人間は拒絶することだけは得意だ。それに今はそうするのがいちばんいい。

静けさのなかに、亡霊の声が聞こえた。『もうそっちへ行ってもいいか？』

アレックスは悪態をついてやりたかったが、我慢した。

ゾーイは戸惑っていた。「さっきのはなかったことにするつもりなの？」

「あれは間違いだった」アレックスは絆創膏を患部にあて、粘着部分を丁寧に貼った。

「どうして？」

アレックスはいらだちを隠そうともしなかった。「いいか、これ以上、互いのことを知る必要はないんだ。きみにとっては得るものが何もないどころか、失うものが多すぎる。もっとまともな男を見つけろ。ゆっくり関係を深めて、話を聞いてくれて、せっせと気を遣ってくれるようなやつだ。きみには優しい男がふさわしい。だが、おれはそうじゃない」

『そのとおり』亡霊が相槌を打った。

「さっきのことは忘れろ」アレックスは続けた。「それについて今後いっさい話はしないし、同じことは繰り返さない。もし建設業者を変えたいなら、おれはかまわない。実際のところ――」

『だめだ』亡霊が反対した。

「あなたがいいわ」ゾーイは顔を赤くした。「だって、ほら、あなたは腕がいいから」

「まだ図面を見てもいないくせに」アレックスは言った。

亡霊はふたりのまわりを歩いた。『おい、この仕事を蹴るんじゃないぞ。おれはもうしばらく、あの別荘にいる必要があるんだ』

ゾーイは図面を何枚か手に取り、じっくりと眺めた。

アレックスは救急箱の蓋を閉めた。「キッチンとリビングルームの壁を取っ払って、アイランド型キッチンにした」できるだけ収納スペースを多く取り、自然光がたっぷり入るように窓の数も増やした。

「開放的な感じがとてもいいわ」ゾーイは言った。「このアイランドも使いやすそうだし。

こちら側に座る場所は作れる？」

「ああ。四脚ぐらいならスツールを設置できる」アレックスは身を乗りだし、次のページを指さした。「これがアイランドをキッチン側から見た図面だ。ここに電子レンジを備えつける。これはスパイス用の引き出しだ。それに、こっちはミキサーを収納しておいて、使うときには台ごと引きあげられる棚だ」

「ミキサーリフトね。ずっと欲しかったの」ゾーイが残念そうに言った。「でも、コストがかかりそう」

「この仕様に合う既成品の棚をリストアップしておいた。オーダーメイドより安くあがるからな。床板が修繕可能なら、そこでもコスト削減できるぞ」

ゾーイはさらに何枚かの図面を手に取った。「これは何？」小さいほうの寝室の図面だ。

「ここにはウォークインクローゼットがあったんじゃないかしら？」

アレックスはうなずいた。

「そのウォークインクローゼットをバスルームにする図面を描いてみたんだ」

「この狭さで、そんなことができるの？」

「たしかに、少々窮屈だ」アレックスはバスルームの図面を探しだした。「だからキャビネットは置けないが、壁をくり抜いて、タオルやなんかを置く棚なら作れる」しばらく迷ってから、言葉を続けた。「ずっと介護するわけだから、バスルームくらい分けたほうが、少しはほっとする時間ができるんじゃないかと思ったんだ」

ゾーイはまだ図面を眺めていた。

「想像以上にすてきな家になりそうだわ。工事期間はどれくらいかかる？」

「三カ月というところかな」

ゾーイは難しい顔をした。「祖母は一カ月ほどで看護施設を出てくるの。二週間くらいなら延長してもらえると思うけど、それ以上は費用的に無理だわ」

「きみのホテルにいてもらうというのは？」

「祖母にはきついと思う。階段が多いもの。それに夏場は稼ぎどきだから、ひと部屋ふさぐと収入が減るし」

アレックスはテーブルを指でこつこつ叩き、方法を考えた。「ガレージはあとまわしにして、下請け業者と同時進行で進めれば……六週間で住めるようにはできる。ただ、繰り形や塗装など、仕上げの作業は残るだろう。エアコンを新しいものにして、おばあさんの部屋を閉めきれるようにしたほうがいいな。人の出入りもあるし、工事中は結構うるさいから」

「平気よ」ゾーイが言った。「キッチンとメインのバスルームが使えさえすれば、ほかのことはなんとでもなるわ」

アレックスは疑わしげな顔をした。

「そういう祖母なの」ゾーイは言った。「人の出入りも、工事の音も、祖母は大いに楽しむと思うわ。結婚する前はベリンガム・ヘラルド紙の記者をしていたくらいだから」

「そりゃあすごい」アレックスは感心した。「その時代に女性で新聞記者だったとは、ずいぶん……」

『いかした女《ホット・トマト》だ』亡霊が言った。

「……ホット・トマトだな」アレックスはそう言ってしまってから、自分がまぬけに思え、慌てて口を閉じた。ホット・トマトって、どういう意味だ？

ゾーイは古めかしい表現にくすりと笑った。「そうね、そうだったと思うわ」

亡霊がアレックスに言った。『そのばあさんの具合を尋ねてみろ』

「今、訊くところだ」アレックスはつぶやいた。

ゾーイが図面から顔をあげた。「何か言った？」

「いや……」アレックスは取り繕った。「おばあさんの具合はどうだろうと思って」

「おかげさまで、リハビリが効いているの。看護施設にいるのはもうあきあきしちゃったみたいで、早く出たがっている。島に来るのをとても楽しみにしているわ。ここで暮らすのは、ずいぶん久しぶりだから」

「ここって、フライデーハーバーでということか？」

「そうよ。ドリームレイクの別荘は昔から祖母の実家が所有していたもので、それを祖母が受け継いだの。でも、祖母が育ったのは、本当はレインシャドー・ロードの家なのよ。ほら、あなたがサムのために改築しているあの家」アレックスが興味を示したのを見て、ゾーイは話を続けた。「祖母の実家の姓はスチュワートっていうんだけど、スチュワート家はこの島で魚を缶詰加工する事業をしていたの。でも、わたしが生まれる前にあの家は売ってしまったから、わたしがあそこに入ったのは、ルーシーに会いに行ったあの日が初めてよ」

亡霊がののしりの言葉を吐いたのが聞こえ、アレックスはちらりとそちらを見た。

亡霊は驚きとも、不安とも、興奮とも取れる表情をしていた。『おい、これですべてつながったぞ。ゾーイのばあさん、レインシャドー・ロード、それに別荘。あとはこれらをどう組みあわせるかだ』

アレックスは短くうなずいた。

『別荘の仕事、絶対に手放すなよ』亡霊が言った。

「わかった」アレックスはそうつぶやき、しまったと思った。

ゾーイが問いかけるような目でこちらを見た。

「その……」アレックスはまた慌てて取り繕った。「よかったら一度、おばあさんをレインシャドー・ロードの家に連れてきたらどうだ？　あまりにも変わってるんで、びっくりするだろうけどな」

「ありがとう。きっと喜ぶと思うわ。今週末にお見舞いに行くつもりだから、そのときに話してみる。これでまた島へ来る楽しみがひとつ増えるわね」

「よかった」アレックスは、図面を見ているゾーイに目をやった。何年かかるかもわからないのに、自分の生活を犠牲にしてまで、高齢の祖母を引きとって介護をするというのは並たいていの決意ではない。絶対に助けが必要だ。それにゾーイのことは誰が心配するのだろう。

「ゾーイ」アレックスは静かに尋ねた。「介護を手伝ってくれる人はいるのか？」

「ジャスティンがいるわ。それに友達も」

「ご両親はどうなんだ？」

ゾーイはあまりその話はしたくないというように肩をすくめた。「父はアリゾナに住んでいて、あまり行き来がないのよ。母のことは顔も覚えていない。わたしがまだ小さいときに家を出ていってしまったから。父はわたしを祖母に預けたの」

『ばあさんの名前は？』亡霊がはっとして尋ねた。

「おばあさんの名前はなんというんだ？」アレックスは伝言ゲームをしているような気分になった。最後には文章のつじつまが合わなくなってしまうのだ。

「エマよ。正式にはエマリン」ゾーイが言った。「父がアリゾナに行くときに、祖母はわたしを引きとってくれた。そのころはもう夫を亡くして、エヴァレットで独り暮らしをしていたわ。わたしはその家で父と別れるときに大泣きしたの。そんなわたしをアプシーは、それはもう優しく慰めてくれて――」

「アプシー？」

「ずっとそう呼んでいるのよ」ゾーイは照れくさそうに答えた。「わたしがまだ小さいとき、よく〝高い高い《アプシー・デイジー》〟と言いながらわたしを抱きあげてくれたから、自然と祖母のことをアプシーと呼ぶようになったの。父が行ってしまったあと、祖母はわたしをキッチンへ連れていって、ふたりで一緒にホットビスケットを作ったわ。ビスケットカッターの上手な使い方を教えてもらったりしてね」

「そういえば、うちの母親もたまにビスケットを焼いてたな」アレックスは珍しくぽろりと思い出話をしゃべった。普段は誰にも自分の過去を話したりしないのに。

「一から材料をそろえて？　それともミックス粉を使って？」

「いや、紙の筒に練った生地が入ってるやつだ。母親が調理台に叩きつけて開けてるのを、よく見てたよ」ゾーイが眉をひそめるのを見て、アレックスは愉快になった。「それなりにうまかったぞ」

「今からバターミルク・ビスケットを作るわ」ゾーイが言った。「すぐにできるから」

アレックスは首を振り、腰をあげた。

ゾーイへ目をやった。サクランボ柄の壁紙を貼った甘い香りのするキッチンで、ゾーイは先ほど床に落としたエプロンを拾いに行った。ゾーイがかがみこむと、デニムのカプリパンツをはいたヒップがきれいなハート形になった。それを見ただけで、アレックスはまたゾーイに触れたくなった。今すぐにでも、もう一度彼女を抱きしめ、柔らかい香りをかぎながら、いつまでもずっとそうしていたい。

欲しいものを拒絶するのも、亡霊につきまとわれるのもうんざりだ。人生のどこを振り返ってみても、よかったことなどほとんどない。ダーシーとの結婚生活は何も学ぶことなく終わってしまった。お互いに好き勝手に生き、求めるばかりで与えることをせず、これ以上ないほど傷つけあっただけだ。

「図面は置いていく」テーブルに戻ってきたゾーイに、アレックスは言った。「ジャスティンにも相談してみるといい。おれの電話番号とメールアドレスは知ってるな？　何かわからないことがあったら、いつでも訊いてくれ。また来週の初めごろに連絡する」ゾーイの腕に貼った絆創膏へ目をやった。「その火傷、ちゃんと気をつけてろよ。もし化膿するようなら……」口をつぐんだ。

ゾーイがかすかにほほえんだ。「あなたが絆創膏を貼り替えに来る？」

アレックスは笑みを返さなかった。

今はただ酒に逃げたかった。自分と現実のあいだにスモークガラスが五枚ほど入るまで酔っ払いたかった。

テーブルに置いてあった車のキーと財布を取りあげ、ゾーイに背を向けた。

「じゃあな」

ぶっきらぼうに言うと、振り返りもせずにキッチンをあとにした。

12

『愉快な見世物だったぞ』

ピックアップトラックは右折してスプリング・ストリートに入り、サンフアン・ヴァレー・ロードを目指していた。亡霊はまた言った。『今度はどこへ行くんだ？』

「サムの家だ」

『屋根裏部屋の片付けにか？』

「それもある」

『ほかには？』

いちいち次の行動を尋ねられることにアレックスはいらだった。「しばらく兄貴に会ってないから、顔でも見に行こうかと思ってね。先におうかがいを立てておかなくて誠に申し訳なかったたな」

『ドリームレイクの別荘の件を報告に行くのか？』

「どうせジャスティンからもう電話で聞いてるだろう。もしそうじゃなかったら、おれからは何も話さない」

『なぜだ？　秘密にしておくほどたいそうなことでもあるまいに』

「まだ仕事を受けると決まったわけじゃないからだ」アレックスはそっけなく答えた。「断るかもしれない」

『今さら断れるわけがないだろう』

「さあな」亡霊をいらだたせたことに、アレックスはひねくれた満足感を覚えた。

反論や侮蔑の言葉が返ってくるかと思ったが、亡霊は黙りこんだ。ピックアップトラックは商業地区を通り抜けようとしていた。


レインシャドー・ロードの家に着くと、アレックスはサムの大工仕事を手伝った。今日は暖炉の両脇の壁に、アンティークのランタンをふたつ取りつける作業だ。壁は同じくアンティークの手作り煉瓦《れんが》でできている。部屋の隅で、レンフィールドという名前のイングリッシュ・ブルドッグがクッションに座り、ぽかんと口を開けてよだれを垂らしながら、大きな目でこちらを見ていた。レンフィールドは保護された犬だったが、健康問題が多すぎて飼い主が見つからなかった。そこで長兄のマークが、恋人のマギーを通じてレンフィールドを引きとった。次兄のサムは最初は反対していたものの、今ではすっかりかわいがっている。

レンフィールドには亡霊が見えないらしい。『犬ってのは第六感があって、おばけや幽霊は見えるものかと思ってたぞ』あるとき亡霊がそう言った。

「レンフィールドには無理だ」アレックスは答えた。「調子のいいときでも、せいぜい第三感くらいまでしか働かないからな」

　今日のサムはのんびりして機嫌がよかった。女性相手にいいことがあったのだろう。亡霊が予言したとおり、恋人のルーシー・マリンに対して本気になったようだ。ただし、本人はいつもの気楽な関係にとどめると心に決めているらしい。「最高の彼女さ」サムは言った。「優しくて、頭がよくて、セクシーだし、気楽な浅い関係でいることを納得してくれている」

　サムがこれほど夢中になって女性のことを話したのは、いつ以来だろう。初めてかもしれない。いつでも女性に対しては冷静だったし、自分のであれ、ほかの人のであれ、感情に流されることはなかった。

「その浅い関係は、もう深い関係になったのか？」

「ああ。深遠なる関係にいたったよ。ベッドを出て一時間経っても、ぼくの体はまだルーシーに感謝している。それでも彼女は将来の約束を欲しがったりはしない」

「まあ、せいぜい頑張ってくれ」アレックスはランタンの高さを決め、ねじ穴を開ける位置にチョークペンシルでしるしをつけた。

　サムがけげんそうな顔をした。「どういう意味だ？」

「将来の約束なんかどうでもいいと言う女の九九パーセントは、内心ではそれを求めてるか、あるいは男から求められたいと思ってる」

「ルーシーがぼくをだましているとでも？」

「もっと悪いかもしれない。本人はジャンプ・オフでもいいと考えてるが、実際はそれに耐えられない場合もある」

「なんだ、その〝ジャンプ・オフ〟ってのは？」

「なんの約束も交わさなくてもつきあえる女のことさ。男はその女と寝て、あきると——」

「〝さっさと逃げる《ジャンプ・オフ》〟というわけか」サムが顔をしかめた。「ルーシーのことをそんなふうに言うな。今度、ぼくに彼女とうまくいってるかと尋ねるときはついでに、何もしゃべらないほうが身のためだぞと忠告してくれ」

「おれはルーシーとうまくいってるかどうか尋ねたわけじゃない。石材用のドリルビットを取ってくれと言ったんだ」

「ほら」サムはいらだたしげに、ドリルビットを手渡した。

しばらく、ふたりは黙って作業を行った。アレックスは煉瓦にドリルで穴を開け、穴のなかに残った粉を掃除機で吸いだした。配線を行い、穴に合わせてランタンを壁にあて、サムに支えさせた。穴にアンカーボルトを挿入し、金槌で打ちこんだ。最後にナットを締めて完成だ。

「いい感じだ」サムが言った。「もうひとつはぼくにさせてくれ」

アレックスはうなずき、ふたつ目のランタンを手に取った。

サムが軽い口調で言った。「じつはマークとマギーの結婚式で、花婿付添人になってほしいと頼まれたんだ。ぼくがしてもかまわないか？」

「なんでそんなことを訊くんだ？」

「ほら、花婿付添人はひとりだろう？　ぼくは次男だし――」

「おれがねたむとでも思ったのか？」アレックスは鼻で笑った。「兄貴はマークと一緒にホリーを育ててるんだから、もちろん兄貴が付添人になるのが筋だ。それに、おれが結婚式に出たら、そっちのほうが奇跡だ」

「それは何があっても出席しろ」サムは心配そうに言った。「マークのためだ」

「わかってる。でも、結婚式は嫌いなんだ」

「ダーシーのせいか？」

「結婚式ってのは、似合いもしないドレスを着た女たちに囲まれた花嫁が、何年も会ってないのに無理やり招待した友人を引き連れた二日酔いの花婿と、めでたく夫婦になる儀式だ。そのあとには披露パーティというものがあって、そこでは招待客が二時間ばかり人質に取られて、冷めた鶏の手羽肉か、甘ったるいアーモンドぐらいしか食い物がないのに、ＤＪがエレクトリックスライドや『恋のマカレナ』でラインダンスを踊れと洗脳して、酔っ払ったまぬけどもがそれにのせられる。結婚披露パーティのいいところは、ただで酒が飲めることだけさ」

「おまえ、今のもういっぺん言えるか？」サムが言った。「ちょっと書きとめておくから、披露パーティでのスピーチに使わせてくれ」

部屋の隅にいた亡霊が片脚を立てて床に座り、膝に頭を置いた。

サムは二箇所目の配線を行い、ランタンを壁にあててアンカーボルトで固定し、一歩さがって自分の作品を眺めた。

「よし、終わった。昼食でもどうだ？　冷蔵庫にサンドイッチの材料がある」

アレックスは首を振った。「いや、屋根裏部屋へ行って、しばらく片付けものをする」

「そういえば、あの古いタイプライター、ホリーにやったんだ。ちょっとばかり潤滑油をスプレーして、スタンプ台でインクリボンを復活させてね。もう大喜びだよ」

「そりゃあよかった」アレックスはそっけなく答えた。

「おもしろいものが入っていたよ。ツイードのケースがあっただろう。あれの裏地が破れているのをホリーが見つけてね。何か入っていたんで、引っ張りだしたんだ。なんだかわからない布地で、旗が縫いつけられて、漢字が書かれていた。それとは別に手紙もあった」

亡霊が顔をあげた。

サムはソファを顎で示した。「サイドテーブルの引き出しに入ってるよ」

工具の片付けと掃除をサムに任せ、アレックスはサイドテーブルのほうへ行った。亡霊がすぐそばに寄ってきた。「くっつくな」アレックスは小声で怒った。だが、亡霊は身動きもしなかった。

なんとも言えない不安が首筋をはうのを感じながら、アレックスは引き出しを開け、布地を取りだした。縦二五センチ、横二〇センチほどの黄ばんだシルクの布地だった。ところどころにしみがあり、角は黒ずんでいる。上方に中国国民党のものと思われる国旗が縫いつけられ、その下に漢字で六行の文章が印刷されていた。

「なんだ？」アレックスの声は掃除機の音にかき消された。
それでも亡霊には聞こえたらしく、小さいけれどもはっきりとした声で答えた。『ブラッドチットだ』アレックスの知らない言葉だった。それが何か尋ねる前に、亡霊が静かに答えた。『おれのだよ』
亡霊が何かを思いだしたらしく、感情が煙のようにゆらゆらと立ちのぼり、それがアレックスのほうへ漂ってきた。

目の前が煙と炎に覆われ、パニックに陥った。青い空と白い雲のあいだを、機体の内部であちこちにぶつかりながら猛烈なスピードで落ちていく。天国と地獄の力にねじられ、機体はアマクサの鞭のようにねじ曲がっている。膝と肘を体に引き寄せて、胎児のように丸まった。戦闘機のパイロットは墜落時に皆こうする。そう訓練されたわけではない。これから耐えられない痛みに襲われるのを本能的に察し、体が反応するのだ。

心のなかでは女性の名前を叫んでいた。何度も、何度も。


アレックスは頭をはっきりさせようと首を振り、亡霊を見た。

「それ、なんだと思う？」サムの声が聞こえた。

亡霊はアレックスが手にしているシルクの布地を凝視していた。『中国上空で任務にあたるすべてのアメリカ軍人は、これを与えられた』亡霊が言った。『機体が墜落したときのためのものだ。その文字は〝この外国人は中国軍を支援するために来た者だ。軍人も民間人もこの者を救助し、保護し、治療せよ〟と書かれてる。おれたちはそれを身につけたり、フライトジャケットの背中に縫いつけたりしたんだ』

アレックスは抑揚のない声で、聞いたままをサムに伝えた。

「へえ、おもしろいな」サムが言った。「誰のなんだろうな。タイプライターの持ち主がわからないかと思ってよく見てみたんだけど、ケースに名前は書かれていなかったんだ」

アレックスは手紙に手を伸ばした。炎に手を入れるような気分になり、思わずためらった。読みたくないと思った。誰の目にも触れるべきものではない気がしたからだ。

『早くしろ』亡霊が恐ろしい顔でささやいた。

古い紙で、宛名も署名もなかった。

〝これからの長い歳月をあなたなしで生きなければならないのかと思うと、あなたを恨みます。心臓はこれほど痛むのに、なぜまだ動いていられるのでしょう。これほど悲しいのに、なぜまだ生きていられるのでしょう。

床についた膝に痣ができるほど長く、あなたを返してくださいと祈りつづけました。神はまだそれに応えてくださいません。祈りを天に届けたいのに、それは雪に埋もれたコリンウズラのように、この地にとらわれています。眠ろうとすると、息が詰まりそうになります。

あなたはどこへ行ってしまったのですか。

わたしがいないのなら、そこは天国ではないと、かつてあなたは言いました。あなたを逝かせることなどできません。どうか戻ってきて。そしてわたしに取り憑いて。どうかお願い〟


アレックスは亡霊の顔を見ることができなかった。感情の煙に触れているだけでも、これほどつらいのだ。亡霊はどれほどの悲しみの渦に襲われているのだろう。これではまるで、じわじわと毒薬を打たれているようなものだ。

「女性が書いたと思うんだ」サムの声が聞こえた。「女の人っぽい文体だろう？」

「そうだな」アレックスは声を出すのもつらかった。

「でも、どうしてタイプなんだ？　こういう文面は普通なら手書きにするものだろう？　男のほうはどういう死に方をしたんだろうと思うよ」

さらに深い悲しみが、胸を切り裂く波となって、亡霊のほうから押し寄せてきた。アレックスは歯を食いしばり、亡霊に殴りかかりたい衝動をこらえた。どうせ腕がすり抜けるだけだとわかっていても、これを止めるためならなんでもしたかった。

「やめろ」アレックスはつぶやいた。喉が詰まりそうだった。

『自分じゃどうしようもないんだ』亡霊は言った。

「何をやめろって？」サムが尋ねた。

「悪い」アレックスは答えた。「このごろ、独り言を言う癖がついてしまったんだ……この布切れ、もらってもいいか？」

「ああ、ぼくは別に……」サムは言葉を切り、まじまじとアレックスを見た。「おい、おまえ、泣いてるのか？」

アレックスは目に涙がこみあげていることに気づいて愕然とした。今にも号泣してしまいそうだ。「埃が入っただけだ」なんとかそう言って顔をそむけ、くぐもった声でつけ加えた。「屋根裏部屋で仕事をしてくる」

「あとで手伝いに行くよ」

「いや、大丈夫だ。兄貴はここの掃除を頼む。おれはしばらくひとりになりたい」

「ひとりの時間なんていくらでも取れるだろう」サムが言った。「たまには話し相手がいるのもいいもんじゃないか」

アレックスは思わず笑いだしそうになった。もう何カ月もひとりになったことなんてないと打ち明けてしまいたかった。亡霊に取り憑かれているのだと。

サムの視線が体に突き刺さった。

「おい……大丈夫か？」サムが尋ねた。

「これ以上ないくらい元気だ」アレックスは声を荒らげて言い、部屋を出た。

屋根裏部屋に行っても、亡霊の気分は変わらなかった。どこへ行くにも亡霊につきまとわれるのはそれだけで充分やっかいだが、悲しみのかたまりとなっている亡霊にそばにいられるのはたまったものじゃないとアレックスは思った。

「念のために言っとくが」アレックスは殺気をこめて言った。「おれは自分の問題だけで手いっぱいなんだ。あんたの分まで面倒は見られない」

『少なくとも、おまえは自分の問題がなんなのかわかってる』亡霊がアレックスをにらんだ。

「そうさ。だから一日の半分は酒浸りなんだ」

『半分どころじゃないだろう』亡霊は嫌みを言った。

アレックスはブラッドチットの布地を振った。「これ、本当にあんたのか?」

『落ち着け。そうだ、おれのだ』

アレックスはもう一方の手に持っている手紙を掲げた。

「それでもって、これもあんたのことだと?」

亡霊はうなずいた。目は漆黒の闇のように暗く、表情は険しかった。

『それを書いたのはエマだ』

「エマ?」アレックスは怒りも忘れ、目をしばたたいた。「ゾーイの祖母か? あんたとエマが……それはいくらなんでも飛躍しすぎだろう。根拠はなんだ?」

『エマは新聞記者だった』

「そうだ。それにこの家に住んでもいた。だから、あのタイプライターがエマのものだという可能性はある。だが、証拠がない」

『証拠なんかいらん。記憶が戻りかけてるんだ。おれは彼女を覚えてるし、そのブラッドチットが自分のものだと知ってる』

アレックスは布地を広げ、もう一度しげしげと眺めた。

「名前が書いてあるわけじゃないのに、どうして自分のだとわかるんだ？」

『シリアルナンバーが振ってあるだろう？』

アレックスは布地をよく見た。「ああ、左のほうにある」

『W一七一〇一じゃないか？』

そのシリアルナンバーは……たしかにW一七一〇一だった。アレックスは目を見開いた。

亡霊が、そら見ろという顔をした。

「こんなことまで思いだしたのに、まだ自分の名前はわからないのか？」アレックスは尋ねた。

亡霊はがらくたの山に目をやった。段ボール箱にしまわれ、長年の埃をかぶった思い出の品々だ。『かつて誰かを愛してたことは思いだした。エマだ』フライトジャケットのポケットに両手を突っこみ、屋根裏部屋を行ったり来たりしはじめた。『だから何があったのかどうしても知りたいんだ。エマと結婚してたのか、それとも――』

「だからなんだ。あんたは死んだんだぞ」

『死ななかったのかもしれない。もしかすると生きて帰国したということもありうる』

「墜落事故に遭ったのに？」アレックスは皮肉を言った。「おれの知るかぎり、墜落事故ってのは不時着とは別物だ」

亡霊はなんとしても幸せな結末にしたいようだった。『誰かを心から愛してたら、何があってもその相手のもとへ帰ろうとする。どんなことをしても生き抜くはずだ』

「彼女は本気でも、あんたにとっては遊びだったかもしれないぞ」

『おれは彼女を愛してる』亡霊は静かではあるが力強く言った。「今でもそれを感じるんだ」こぶしを胸にあてた。『それがつらい』

本当にそうなのだろうとアレックスは思った。そばにいるだけで、つらさがひしひしと伝わってくる。

また行ったり来たりしはじめた亡霊を、アレックスは眺めた。

もし亡霊の外見が生前どおりだとしたら、いかにもパイロット向きの体をしている。贅肉がなくしなやかで、筋肉量が多い。これなら激しい空中戦でもブラックアウト（大きな重力加速度が働いたとき、一時的に視力を失う現象）せずに耐えられただろう。「当時、その身長でよくパイロットになれたな」

『P－四〇には乗れた』亡霊はぼんやりと答えた。

「ウォーホークを飛ばしてたのか？」アレックスは感嘆の声をあげた。ウォーホークことP－四〇は第二次世界大戦時代の戦闘機だ。子供のころ、サメの歯をペイントした機体のプラモデルを作ったことがある。「本当に？」

『間違いない』亡霊は考えにふけった。『背後から敵戦闘機に狙われたことがある』ようやく口を開いた。『おれは目いっぱい操縦桿を引いた。とんでもないGが体にかかり、頭から血の気が引いて、視界がぼやけた。うしろのパイロットはあきらめたんだか、ブラックアウトしたんだか知らない。だが、おれは逃げきった』

アレックスはポケットから携帯電話を取りだし、インターネットを開いた。

『誰に電話をかけるんだ？』

「電話をかけるわけじゃない。このシリアルナンバーからパイロットの名前がわかるかどうか調べてみるんだ」一、二分で情報を見つけた。けれども、すぐに眉をひそめた。

『どうした？』亡霊が尋ねた。

「だめだ。アメリカ側や中国側から出てる部分的な名簿はあるが、全員の名簿は見つからない。亡くなったパイロットのブラッドチットを、新しいパイロットに渡すこともあったらしい。それにシリアルナンバーは軍事機密とされてたから、もう破棄されてるかもしれないな」

『エマリン・スチュワートで調べてみてくれ』亡霊は言った。

「この携帯電話では無理だ。接続が遅すぎる」アレックスは携帯電話の画面を見ながら顔をしかめた。「パソコンじゃなきゃだめだな」

『〈ベリンガム・ヘラルド〉のサイトへ入れ』亡霊は主張した。『エマに関する情報が何かあるはずだ』

アレックスは言われたとおり、新聞社の公式サイトを開き、しばらく調べてみた。

「だめだ、アーカイブは二〇〇〇年からしかない」

『おまえ、調べものが絶望的に下手くそだな。サムに頼め。あいつなら五分で調べつくすぞ』

「八〇歳を過ぎた人の情報をインターネットで探せというのが無理なんだ。それに、サムに頼む件は却下だ。サムは理由を知りたがるだろうが、おれはしゃべりたくない」

『でも――』

「エマは島に来るから、どうせすぐに会える。だが、あまり期待するな。彼女はもう高齢だ」

亡霊は鼻で笑った。『おれをいくつだと思ってるんだ？』

アレックスは亡霊の姿をまじまじと眺めた。「二〇代後半か？」

『おれみたいな経験をすると、年はどうでもよくなるんだ。肉体は魂の器にすぎない』

「あいにく、こっちはそこまで悟りの境地に達してないんでね」アレックスは言った。携帯電話をポータブルスピーカーにセットし、業務用の大きなごみ袋を一枚引っ張りだした。

『何をしてるんだ？』亡霊がとがめた。

「片付けをするのさ」

『階下《した》に行けばサムのパソコンがある』亡霊は主張した。『借りればいいじゃないか』

「あとでな」

『どうして今しないんだ』

少し頭を冷やしたいからだとアレックスは心のなかで答えた。ゾーイのこと、そしてタイプライターで書かれた手紙のこと。今日はいろいろありすぎた。どっちつかずの感情や、ドラマティックな状況や、答えの出ない質問からいっとき逃れたい。こういうときは黙々と手を動かすのがいちばんだ。

アレックスの不機嫌を察したのか、亡霊は黙りこんだ。

トニー・ベネットのメドレーを聴きながら、税務書類や雑誌、割れた皿、虫食いだらけの衣類などが入った段ボール箱を片付けていった。床は虫の死骸や土埃で汚れている。ぼろぼろになった段ボール箱のうしろに、古いネズミ捕り器があり、干からびたネズミの死骸が入っていた。アレックスは顔をしかめ、ビニール袋を何枚も重ねて直接触らないように気をつけながら、ネズミ捕り器をごみ袋に入れた。

次の段ボール箱には、革表紙の会計帳簿と元帳が何冊か入っていた。一冊手に取ると、埃が舞いあがり、くしゃみが出た。膝をつき、腿を少し開いてかかとに尻をのせ、会計帳簿をぱらぱらとめくってみた。歳月のせいで紙は黒ずみ、インクは消えかけているが、どのページもきれいな文字で書きこまれている。

『それはなんだ?』亡霊が尋ねた。

「魚の缶詰工場の帳簿だと思う」アレックスは一、二枚、ページをめくった。「在庫リストだ。蒸し器、フライヤー、はんだ付けの道具、ブリキ用の鋏《はさみ》、それに大量のオリーブオイル……」

亡霊はアレックスがページをめくるのを見ていた。『ずいぶん儲けたんだろうな』

「そういう時期もあっただろう」アレックスは言った。「だが、このあたりの海は乱獲のせいで、いっときサケが姿を消したんだ。一九六〇年代に入ると、こういう工場や漁師は皆、仕事を失った」段ボール箱に手を突っこみ、別の帳簿を取りだした。なかを開くと、手書きの商用文が挟まっていた。一通はラベルの印刷会社に関するもので、もう一通は州の委員会から来た商品値下げの要請文だった。アレックスはその手紙をまじまじと眺めた。「缶詰工場の経営者の名前がウェストン・スチュワートになってる」

亡霊がはっとしてアレックスを見た。スチュワートといえばエマの実家の姓だ。

アレックスはほかの帳簿も開いてみた。手書きだった文字が、やがてタイプに変わっていた。新聞の切り抜きや白黒写真が何枚か出てきた。

『どんな写真だ？』亡霊が自分も写真を見ようとそばに来た。

「くっつくな。何かあれば教えてやるから。ただの建物の外観を写した写真だ」アレックスは缶詰工場の閉鎖を伝える記事を手に取った。「一九六〇年の八月に工場を閉鎖したんだ」

ほかの切り抜きも見ていった。〝島の缶詰工場、倒産も目前〟という見出しの記事があり、別の切り抜きは、缶詰工場から出る廃棄物の異臭に地元から苦情が出ているという内容だった。「これは経営者の死亡記事だ」アレックスは言った。「名前はウェストン・スチュワート。工場閉鎖から一年を経ずして死亡。死因は書かれてない。家族は妻のジェインと、三人の娘、スザンナ、ロレイン、エマリン」

『エマリン……』亡霊はまじないのようにその名前を口にした。

最後の切り抜きには、若い女性の写真が載っていた。髪はブロンドで、大きくて優雅なウエーブを肩まで垂らし、口紅をつけている。典型的な美人ではないが、人を惹きつけてやまない魅力があった。ただ、澄んだ賢そうな目には哀愁が漂い、将来になんの希望も抱けないという表情をしていた。

「これを見ろ」アレックスは言った。

亡霊が足早に近づき、アレックスの肩越しにのぞきこんだ。そして写真を見るなり、腹に一発食らったような声にならない声を発した。

〝エマリン・スチュワート、ジェイムズ・ホフマン、一九四六年九月に結婚予定

ミス・エマリン・スチュワートは〈ベリンガム・ヘラルド〉を退社し、結婚準備のため故郷のサンフアン島へ戻った。相手の男性は、中国・ビルマ・インド戦線で輸送機パイロットとして勤務した、ジェイムズ・オーガスタス・〝ガス〟・ホフマンである。ヒマラヤ・ルートによる空輸支援任務を二年間で五二回こなした。挙式はスプリング・ストリートの第一大長老派教会で、午後三時三〇分開始の予定〟

もう一度、記事に目を通しているとき、アレックスは重くて息が詰まりそうな感情の渦に襲われた。抜けだそうともがけばもがくほど、深みに引きずりこまれていきそうだ。

「やめろ」アレックスはなんとか口にした。

亡霊は涙こそ流さなかったものの、愕然とした顔で屋根裏部屋の隅へ行った。『努力はし

てるんだ』それが嘘なのはお互いわかっていた。亡霊にしてみれば、この悲しみこそがエマとの唯一のつながりだ。ほかにエマの存在を感じる方法がない。

「落ち着け」アレックスは吐き捨てるように言った。「おれが心臓発作を起こしたりしたら、もうあんたの役には立てなくなるぞ」

アレックスは新聞記事を持っていることすらできなくなった。黄ばんだ切り抜きが落ち葉のように舞いながら床に落ちるのを、亡霊はじっと見ていた。

『愛する相手と結ばれないというのは、こういう感情なんだ』

アレックスは思い出の品々が詰まった段ボール箱に囲まれ、埃まみれの床に膝をつきながら、自分ならこんな感情に耐えられるだろうかと思った。これほどつらい思いをするくらいなら、自分の頭を撃ち抜いたほうがはるかにましだ。

『おまえもいずれ経験するさ』アレックスの心を読んだように、亡霊が言った。『いつの日か、斧みたいに振りおろされる。人生には逃げられないものもあるんだ』

「人生で逃げられないものはみっつだけだ」アレックスは震える声で答えた。「死と、税金と、フェイスブック。だが、恋愛からは逃げられる」

亡霊が鼻で笑った。苦しい感情の渦がいくらか緩み、アレックスはほっとした。

『魂の片割れに出会ってしまったらどうする？　それでも逃げるのか？』

「ああ、逃げるね。だいたい、世の中には魂の片割れがいて、おれの魂とひとつになろうとするなんてのは、別のプログラムにこっちのデータを勝手に持っていかれるみたいで気に食わない」

『それは違う。魂の片割れに出会うのは、自分を失うことじゃない』

「じゃあ、どういうことなんだ？」アレックスは半分しか話を聞いていなかった。まだ万力で締めつけられているかのように胸が苦しい。

『人生が地面に向かって落ちてるとき、誰かに受けとめられたような感覚だ。それは同時に、おまえが相手の人生を受けとめることでもある。ふたりなら落ちていくのではなく、空を飛ぶことさえできるかもしれない』亡霊は床に落ちた新聞記事の写真を食い入るように見つめた。『きれいだろう？』

「ああ」アレックスは反射的に答えた。だが内心では、ゾーイにいくらか似てはいるが、彼女のような輝きがないと思った。

『ヒマラヤ・ルートによる空輸支援任務を二年間で五二回か』亡霊が新聞記事を声に出して読み、アレックスを見た。『輸送機のパイロットたちはヒマラヤをこぶ《ハンプ》と呼んでた。悪天候のなか、物資を満載して、非常に高い高度で飛ばなくてはならない。とても危険な任務だ』

「あんたは……」アレックスは床に落ちた切り抜きを手に取った。「このガス・ホフマンなのか？」

亡霊は考えこんだ。『いや、おれはP－四〇を飛ばしてた。それは間違いない。だから輸送機のパイロットだということはない』

「あんたが覚えてるのは、自分がパイロットで、敵と遭遇したことだけだ。戦闘機か輸送機かなんてわからないじゃないか」

亡霊が怖い顔をした。『それはまったく違う。戦闘機乗りは孤独だし、のんびりできる時間などない。コーヒーもサンドイッチもなし。話し相手もいない。ひとりで飛び、ひとりで敵と遭遇し、ひとりで死んでくだけだ』

その口調に尊大な誇りを感じ、アレックスは興味深く思った。「あんたはP－四〇に乗ってたという。だがそれを除けばわかってるのは、あんたはパイロットで、エマを愛してて、エマが育った家とドリームレイクの別荘を覚えてるという事実だ。まさにガス・ホフマンじゃないか」

『じゃあ、おれは生還したのかもしれない』亡霊はぼんやりと言った。『そしてエマと結婚した。ということは……』じろりとアレックスをにらんだ。『ゾーイはおれの孫娘だということになる』

アレックスは額をぽりぽりとかき、親指と人差し指で左右のこめかみを押さえた。

「勘弁してくれ」

『それがわかったからには、今後いっさいゾーイには手を出すな』

「さんざんけしかけてきたくせに」アレックスはむっとした。

『こうなったら話は別だ。おまえなんかをうちの家系図には入れさせん』

「おい、相棒、そんなにいきりたつな。おれはどこの家系図にも入るつもりはない」

『相棒などと気安く呼ぶな。おれの名前は……ガスだ』

「論理的に考えると、そうなるな」

アレックスは亡霊を一瞥し、立ちあがってジーンズの汚れを払った。新聞の切り抜きを脇に置いて、ごみ袋の口を結んだ。

『自分がどんな容貌をしてたのか知りたい。それに、いつどういう状況で死んだのかもだ。エマにも会いたいし、それに――』

「こっちは平和が欲しい。五分でいいからひとりになりたいんだよ。しばらく消えてくれるとうれしいんだがな」

『試してみることはできる』亡霊が言った。『だが、もしそれで、二度とおまえと話せなくなったらと思うと怖い』

アレックスは皮肉な目でちらりと亡霊を見た。

『終始孤独で、誰からも見えないのがどういうことかなんて想像もつかないだろうな。たとえおまえみたいなやつとでも話ができると、不覚ながらほっとするんだ』亡霊はアレックスの表情を見て、軽蔑の色を浮かべた。『おまえ、他人の立場になってみたことがあるのか？ほかの人の気持ちを想像してみたことがあるのか？』

「ない。おれは社会病質者《ソシオパス》だからな。『おまえはソシオパスなんかじゃない。ただのくそったれだ』

亡霊が苦笑いした。『おまえはソシオパスなんかじゃない。ただのくそったれだ』

「そりゃどうも」

『離婚して正解だったな』亡霊は言った。『ダーシーはおまえの魂の片割れじゃない』

「そんなのは出会った瞬間からわかってた。だから結婚したんだ」

亡霊はしばらく考えこみ、信じられないとばかりに首を振ったあと、顔をそむけた。

『さっきの言葉は取り消す。やっぱりおまえはソシオパスだ』

13

支払い方法に合意し、契約書を取り交わすと、ゾーイが決めなければならないことがたくさん出てきた。キッチンの棚をクリーム色にすることと、寄せ木の調理台をカエデ材にすることはあっさりと決着がついたが、ドアノブや取っ手や水道金具を選ぶのはこれからだったし、タイルやカーペット、電化製品、照明器具なども買わなくてはならなかった。

「予算がかぎられてると、楽な面もある」アレックスは言った。「値段を見ただけで、おのずと決まるものもあるからな」別荘のバンガローのような雰囲気は壊さないでおこうということでふたりの意見は一致していた。羽目板は簡素なものにし、建築資材はなるべく材木を使い、その代わりところどころにアクセントとして鮮やかな色を入れることにした。

ジャスティンは色見本にもタイル見本にも興味を示さなかったため、内装に関してはゾーイがすべてひとりで決めなくてはいけなかった。「実際に住む人が好きに選ぶのがいちばんいいのよ」ジャスティンは言った。

「それがあなたのお気に召さなかったら？」

「わたしはなんでも大丈夫」ジャスティンは明るく言った。「だから頑張って」

ホームセンターへ行くのも、カタログを見るのも、ゾーイは嫌いではなかった。それにアレックスと一緒に過ごす機会ができるのはうれしかった。何度会っても、アレックスは心の底から打ち解けてはくれず、そのせいでゾーイはいっそう彼のことをよく知りたいと思うようになった。兄のサムは人懐っこいタイプだが、弟のアレックスは愛想よくしようという気さえないらしい。いつもよそよそしく、どこか謎めいていて、それがまたセクシーだった。

本人も認めるとおり飲酒量が多すぎるのはたしかだが、仕事に支障をきたすほどではなかった。いつも約束の時間より少し早めに現れるし、きちんと予定を組むし、何かというとまめにリストを作った。驚いたのは、付箋を多用することだった。きっと箱買いしているに違いない。壁や窓、ケーブル、床見本、カタログなど、いたるところに付箋を貼りまくったし、名刺代わりに使ったり、買い物メモを書いたりもした。あるとき、ゾーイがその店の場所は知らないと言うと、地図を書いた付箋をバッグに貼られた。一緒に家電量販店へ行ったときは、別荘のキッチンにサイズが合う冷蔵庫や食器洗い機やオーブンに、次々とブルーの付箋を貼っていた。

「それって森林資源の無駄遣いよ」ゾーイは言った。「携帯電話のメモ機能を使うか、タブレットでも買うかすればいいのに」

「付箋のほうが早い」

「リストを書くなら、もっと大きい紙のほうがいいんじゃないの？」

「そういうときは大きめの付箋を使ってる」

まったくはめをはずさない人だけに、そういう変わった癖があると知ってゾーイは少しほっとした。もっと彼を知りたかったし、弱い一面も見てみたいし、自分がどう思われているのかも気になった。

だが、アレックスは全身に鎧をまとっていて、まったく隙がなかった。礼儀正しいものの、必要以上に親しくなろうとはしない。あのキスの一件は夢か幻だったのかと思うほどだ。それでもゾーイの家族や祖母についてはよく尋ねてきた。ガスという愛称で呼ばれていた祖父に関して訊かれたことさえある。ゾーイは祖父に会ったことがなく、第二次世界大戦中にパイロットとして戦地に赴き、帰国後はボーイング社でエンジニアとして働いて、ゾーイが生まれる前に肺癌で亡くなったことぐらいしか知らなかった。

「煙草を吸う人だったのか？」アレックスは尋問口調で尋ねた。

「当時の男の人はみんなそうだったんじゃないかしら」ゾーイは答えた。「祖母が言っていたもの。精神の安定には煙草がいいとお医者様から言われたって」

アレックスはこのひと言にとりわけ興味を示した。「精神を病んでたのか？」

「心的外傷後ストレス障害《PTSD》よ。当時は砲弾《シェル》ショックと呼ばれていたらしいわ。大変な経験をしたんですって。ビルマにいたとき、操縦していた機体が日本軍の戦線のなかに墜落したの。怪我をした体でジャングルに潜んで、二、三日してようやく救出されたと聞いているわ」

自分も家族の話をしたのだから、今度はアレックスが何か語ってくれないかとゾーイは期待した。ところが離婚のことや、兄たちのことばかりか、どうして建設の仕事に就いたのかと尋ねたときでさえも、アレックスは押し黙ってしまった。ゾーイにしてみれば歯がゆくて仕方がなかったが、いつかは心を開いてくれると期待して辛抱強く待つしかなかった。

ゾーイは本質的に人の世話をするのが好きだった。ジャスティンも同じだ。きっとホフマン家の血なのだろう。ふたりとも長旅に、あるいは人生に疲れた客をホテルに迎え入れることに喜びを感じている。生きているというだけで終わりのないさまざまな問題と格闘している人たちに、静かな部屋と寝心地のいいベッドを提供し、おいしい朝食でもてなすことに満足を覚えるのだ。その程度のことで問題を解決できるわけではないが、つらい現実をいっときでも忘れる手伝いはできる。

「いやになることはないの?」あるとき、クッキーを作っているゾーイに、皿を片付けているジャスティンが尋ねた。「毎日料理したり、お菓子を焼いたりしてばかりいて」

「全然」ゾーイはクッキーの生地を平らに延ばした。「どうしてそんなことを訊くの?」

「別に理由はないわ。ただ、いったい何がおもしろいんだろうと思っただけ。ほら、わたしは料理が大嫌いでしょ。今はあなたがいてくれるからいいけど、もし世の中に電子レンジがなかったら、とっくに餓死してたわ」

ゾーイはにっこりした。「わたしに言わせれば、どうしてあなたがそんなに走ったり、自転車に乗ったりしたがるのか、そっちのほうが不思議よ。運動なんて退屈で仕方ないのに」

「自然を楽しめるからよ。天気も季節も風景も毎日変わる。それに引き換え料理ときたら。クッキーを焼くのは何百回も見てきたけど、ちっともわくわくしない」

「わたしはわくわくするわよ。刺激が欲しいときはクッキー型を変えればいいだけ」

ジャスティンが笑った。

ゾーイは花やテントウムシや蝶の形をしたクッキー型を手に取った。「こうしているのは楽しいわ。クッキーさえあればたいていの問題は解決した子供のころを思いだすから」

「わたしは今でもその段階よ。悩みなんか何もないし。たいした悩みはってことだけど。今あるものに満足して、それを存分に楽しむのが幸せになるこつね」

「わたしは満足しきれていないかも」ゾーイはぼんやりと考えた。

「どういうこと？」

「熱い恋愛をしてみたいわ。そして、相手の人にそばにいてほしい」

「あら、独り身がいちばんよ。自立していられるもの。誰にも邪魔されずに、いつでも冒険できるのよ。したいことはなんでもできるわ。自由を楽しみなさい。自由って、なんて美しい響きの言葉かしら」

「わたしだって自由を楽しんでいるわ。それも、たっぷりと。でも、ときどき思うんだけど、それって金曜の夜に寄り添える人がいないということでもあるのよね」

「恋愛なんかしなくたって、そういう相手は見つけられるでしょ」

「愛していない人に寄り添っても……」

ジャスティンがにんまりした。「寄り添うって、ベッドでってこと？　そういえば、人生相談の回答者をしていたアン・ランダーズの死亡記事を思いだしたわ。彼女が書いたいちばんおもしろかった囲み記事は、抱きしめられるのとセックスとどちらが好きかと女性に尋ねたアンケート結果だったと書いてあった。四分の三の女性が抱きしめられるほうだと回答したそうよ」顔をしかめた。

「あなたなら迷わずにセックスと答えるでしょう」ゾーイは断定した。

「もちろん。抱きしめられるのも三〇秒ぐらいならいいけど、それ以上だともどかしくなっちゃう」

「体が？　心が？」

「全部よ。それに抱きしめてばかりいると、相手の男はあなたが真剣なのかと勘違いするわ」

「それのどこがいけないのよ」

「真剣というのは真面目ってことでしょ。真面目というのは楽しくないってことよ。人生楽しくなきゃと母がいつも言ってたわ」

　ジャスティンの母親であるマリゴールドに、ゾーイはもう何年も会っていなかった。マリゴールドは美人でエキセントリックな女性だ。ひとり娘であるジャスティンを、自分と同じく自由奔放な人間に育てた。多神教信仰《ウィッカ》のさまざまな祭りに連れていったり、シトラスと蜂蜜を入れた〝魔女の集会所のパン《カヴェンステッド・ブレッド》〟だとか、〝聖燭節のケーキ《グラウンドホッグ・デイ・ケーキ》〟だとか、〝ハーフムーン・カリフラワー〟だとか、聞いたこともない名前の料理を作ったりした。ジャスティンは遠い親戚の家に遊びに行ったあと、真夜中に森のなかで行われるウィッカの儀式を見てきたと話したことがあった。

どういうわけかマリゴールドがホテル〈アーティスト・ポイント〉を訪ねてきたことはなく、ジャスティンとは疎遠になっている。その理由をジャスティンに尋ねてみたが、答えたくないと言われて終わった。

「親というのは」ゾーイは言った。「人生はいつも楽しいことばかりじゃないと子供に教えるものよ。それ、あなたの記憶違いじゃないの？」

「いいえ、はっきり覚えてる。だから、ホテルの仕事はわたしにぴったりなのよ。新しい人と出会って、軽くお友達になって、また送りだす。いつでも表面的なつきあいで、誰かと楽しく過ごせるってわけ」

ジャスティンとは違い、ゾーイは一生続く人間関係が欲しかった。結婚していたころは、その安定感が好きだったし、いつも夫がそばにいるのは幸せだった。だからもう一度、結婚はしたい。ただ、今度こそ慎重に相手を選ぼうと考えている。クリスとの離婚は望みうるかぎり誠意に満ちたものだったが、それでもつらかった。あんな思いは二度としたくない。

そういう意味では、アレックス・ノーランはやめておいたほうがいいのだろう。彼には友情以上のものは求めないのが賢明だ。わたしには短い遊びの恋はできないのだから。アレックスからも、わたしは彼のような男の人を扱えるタイプではないと言われた。あの言葉を真剣に受けとめるべきだ。あのときアレックスは低い声でみずからのことを、何もかも自分の思いどおりにしないと気がすまないのだと言った。それに、優しくはないとも。わたしを遠ざけるための言葉に違いないが、それにしてもいったいどういう意味だったのだろう。

　ようやくドリームレイクの別荘の改築工事が始まった。今日はキッチンの壁を取り壊す予定だ。アレックスはギャヴィンとアイザックの三人でビニールシートを敷きつめ、先にコンセントなどを取りはずした。ギャヴィンは熟練工であり、アイザックは〝緑の建築《グリーン・ビルディング》〟に関する資格の〝環境性能評価システム《LEED》認定プロフェッショナル〟を取得しようと勉強中だ。ふたりとも信頼の置ける仕事熱心な部下であり、遅刻はせず、安全かつ効率的に作業をこなせる。保護ゴーグルと防塵マスクをつけ、バールで壁板と石膏をはがしていった。どうしてもはずれない釘は、金属用の電動のこぎりで切断した。

　肉体労働は精神的なストレス発散に役立った。ここ数日、ゾーイと一緒に過ごす時間が多かったせいで、相当まいっていたのだ。ゾーイにはいらいらさせられっぱなしだった。朝からわけもなく元気だし、何かというとすぐアレックスに食事をとらせようとする。料理本を小説のように読み、レストランに入れば、まるでアレックスも自分と同じくらい興味を持つだろうと言わんばかりに、メニューについて驚くほど詳しく説明してきた。アレックスは人生の明るい面ばかり見ている人間が昔から嫌いだが、ゾーイはまさにその達人と言ってよかった。家に鍵はかけないし、店の販売員を頭から信用する。家電量販店に入ると、ぺらぺらと店員に予算をしゃべってしまうのだ。

　ホームセンターであろうが、床材店であろうが、冷たい飲み物を買おうと立ち寄ったサンドイッチ店であろうが、ゾーイが入ると、必ず男どもが目を向けた。男なら誰もがあんぐりと口を開けてしまいそうな美貌と、最高クラスの肢体を、さりげなく眺める者もいれば、露骨にじろじろと見る者もいる。ゾーイは男にとってそれほど目の保養になる存在だ。だから当人には防ぎようがない。サンドイッチ店では四、五人の男があからさまに色目を使った。アレックスがゾーイの前に立ち、殺気のこもった目でにらみつけると、男どもはすぐにあらぬ方向を見た。ほかの場所でも何度かそういうことがあった。自分にそんな振る舞いをする権利がないのは承知していたが、それでもアレックスはゾーイを守ろうとせずにいられなかった。

ゾーイに寄ってくる虫を本気で追い払おうとすれば、一日じゅうかかりきりになってしまう。これまでは美貌が悩みだなどと言うやつがいれば鼻で笑っていただろう。だが、ゾーイに出会い、女性がこういう視線に執拗にさらされるのがいかに大変かが身にしみてわかった。ゾーイが控えめな性格なのは、そういう経験に理由があるのかもしれない。これまで彼女が男っ気なしで過ごしてきたほうが驚きだ。

だが、こうして別荘の改築工事が始まったからには、ばったりどこかで会うことでもないかぎり、ゾーイとは一カ月ぐらい顔を合わせずにすむ。そう思うと、アレックスはほっとした。これでしばらく頭を冷やせる。

明日は一回目の支払日だった。ジャスティンは小切手を郵送すると言ったが、アレックスは断り、朝いちばんに取りに行くと伝えた。すぐさま銀行口座に入金する必要があるからだ。

今回、初期費用はこちらで出している。だが、離婚で金をむしりとられ、口座にはほとんど現金が残っていない。

作業を終え、夜遅くに家へ戻った。あまりに疲れすぎていたせいで、食料を調達する気になれず、酒のボトルにさえ手を伸ばすことなく、シャワーを浴びてベッドに倒れこんだ。

朝六時半にアラームが鳴った。アレックスは最悪の気分で目覚めた。病気だろうかと思った。唇はかさかさに乾き、ひどく頭痛がして、歯ブラシがダンベルほど重く感じられた。長い時間シャワーを浴びたあと、Tシャツとジーンズを身につけ、ジャケット代わりにフランネルのシャツをはおったが、それでも寒くて震えが止まらなかった。プラスチック製のカップに水を入れて飲もうとしたものの、吐き気がひどくて喉を通らなかった。

バスタブの縁に座りこみ、少しでも水を胃に入れようと努力しながら、いったいどうしたのだろうとみじめな気分で考えた。亡霊がドアのところに立っているのに気づいた。

「こんなときに寄ってくるな」アレックスは言った。「出ていけ」

亡霊は動かなかった。『ゆうべは飲まなかったな』

「だからなんだ?」

『禁断症状だ』

アレックスは無言で亡霊を見た。

『手が震えるだろう』亡霊が続けた。『それは振戦譫妄《しんせんせんもう》だ』

「コーヒーを飲めば落ち着く」

『アルコールを少し体に入れろ。おまえのような飲み方をしてるやつは、いっきに酒を断つんじゃなく、徐々に抜いたほうがいい』

アレックスはかっとなった。亡霊がことさら大げさに言ったのに腹が立ったからだ。たしかに自分は飲酒量が多い。だが、どこまで飲める体質なのかはちゃんとわかっているつもりだ。こんな症状が出るのは、裏通りで酒浸りになっているホームレスか、毎晩バーで飲んだくれている常連客みたいな連中だ。あるいは自分の父親か。父親はメキシコのリゾート地で、ダイビング中に心臓発作で死亡した。長年の大量飲酒がたたり、もし死亡していなければ、心臓の冠動脈は五箇所ものバイパス手術が必要な状態だったと医師から聞かされた。

「抜かなければならないようなものは何もない」アレックスは言った。

亡霊があざ笑うか、見くだすか、あるいは申し訳なさそうな顔でもしてくれればまだよかった。だが、亡霊は憐れみを含んだ険しい表情でこちらを見た。

『今日は仕事を休んだほうがいい』亡霊が言った。『どうせその体じゃ使いものにならん』

アレックスは亡霊をにらみつけ、ふらふらと立ちあがった。そのせいでまた吐き気がこみあげ、トイレで嘔吐した。

そのまましばらく動けなかった。ようやく立ちあがり、口をすすいで、冷たい水で顔を洗った。鏡を見ると、腫れぼったい目をした、血色の悪い、やつれた顔が映っていた。思わずぞっとした。子供のころに何千回となく見てきた父親の顔と同じだったからだ。

シンクの両端をつかみ、もう一度顔をあげ、鏡のなかの自分を凝視した。

こんな人間になりたかったわけじゃない。だが、こうなってしまったのは自分のせいだ。泣けるものなら泣きたかった。

『アレックス』亡霊の諭すような声が聞こえた。『おまえは仕事を恐れてはいない。壊して、また作るのは得意なはずだ』

どれほど気分が悪かろうが、その言葉の意味するところは伝わってきた。

「人間は建物とは違う」

『誰もがちょっとばかり修復しなくてはならないものを抱えてる』亡霊は言葉を切った。『おまえの場合は、それが肝臓だったというだけの話だ』

アレックスは汗で湿ったTシャツとフランネルのシャツを苦労して脱いだ。

「頼むから……しばらくその口を閉じててくれないか」

亡霊は黙った。

別のTシャツを着るころには手の震えはいくらか治まったが、いやな汗の出る熱いような寒いような感覚はずっと続いていた。神経がささくれ立った。前日にはいたブーツをなかなか見つけられず、怒りが頂点に達した。ようやくブーツを見つけると、片方を思いきり壁に投げつけた。塗料がはげ落ち、壁板がへこんだ。

『おい』また亡霊が来た。『いいかげんにしろ』

アレックスはもう片方を亡霊に投げつけた。ブーツは亡霊の体を通り抜け、また壁にへこみを作った。

『すっきりしたか』亡霊が言った。

アレックスはブーツを拾って足を突っこんだ。頭痛をこらえ、頭を働かせようとした。これからジャスティンに会って小切手を受けとり、銀行へ行かなければならない。

『〈アーティスト・ポイント〉に行くのはやめろ』亡霊が慌てて止めた。『そんなひどい顔を誰にも見られたくないだろう』

「誰にもというのはゾーイのことか？」アレックスは言った。

『そうだ、彼女が動揺する』

アレックスは歯を食いしばった。「そんなのはどうでもいい」車のキーと財布と濃い色のサングラスをつかみ、ガレージへ行ってピックアップトラックを出した。道路へ出ると、日光に脳天をかち割られそうになった。アレックスはうめき声をもらして急ハンドルを切り、吐き気に耐えられなくなった場合に備えて、車を停められる場所を目で探した。

『おい、テレビゲームじゃないんだからな』亡霊が言った。

「だからなんだ？」

『事故を起こすぞ。おまえを人殺しにしたくないし、おまえにも死んでほしくない』

〈アーティスト・ポイント〉に着くころには、またTシャツが汗で濡れていた。悪寒がして、体が震えている。

『頼むから正面玄関から入るなよ。客が怯える』亡霊が言った。

アレックスはむっとしたが、たしかに一理あると思うと返す言葉がなかった。運転するだけで労力を使い果たした。ホテルの裏手へ車をまわし、キッチンの出入り口のそばに停めた。食べ物の匂いが漂ってきた。そのせいでまた吐き気がこみあげ、汗でサングラスがずり落ちた。腹立ち紛れにサングラスをつかみとり、悪態をついて道端に投げ捨てた。

『落ち着け』亡霊がいまいましそうに言った。

「うるさい」

キッチンの出入り口には網戸がついており、ゾーイがひとりで朝食を作っているのが見えた。深鍋で何かを煮こみ、オーブンで何かを焼いている。焦がしバターとチーズの匂いがして、アレックスはひるみそうになった。

網戸の側柱をこつこつと叩くと、ゾーイがまな板から顔をあげた。まな板の上には、へたを取ったイチゴが山のように盛られている。ゾーイはひだ飾りのある白いトップ、短いピンク色のスカート、かかとの低いサンダルという姿で、腰にエプロンをつけていた。脚は筋肉が引きしまり、肌の艶がよく、ふくらはぎは丸みがある。ブロンドの髪は頭の上でまとめられ、幾筋かのカールした髪が頰や首筋に垂れていた。

「あら、おはよう」ゾーイはほほえんだ。「どうぞ入って。元気？」

アレックスはゾーイと目を合わせずに、キッチンへ入った。「まあまあだ」

「よかったら朝食でも――」

「小切手を受けとりに来ただけだ」アレックスはぶっきらぼうに言った。

「そう」アレックスがぞんざいな口のきき方をするのは今回が初めてでないにもかかわらず、

ゾーイがどうしたのという顔でこちらを見た。

「今日が一回目の支払日だ」アレックスは言った。

「そうね。ジャスティンが小切手を切るわ。経理は彼女の担当だから。わたしじゃ、どの口座を使えばいいのかもわからないし」

「ジャスティンはどこだ？」

「ちょっと買い物に出ているの。五分か一〇分で戻ると思う。コーヒーメーカーが壊れてしまったから、お客様に出す朝食用のコーヒーをお店でポットに入れてもらっているのよ」タイマーが鳴り、ゾーイはオーブンから料理を取りだした。「しばらく待つ？」肩越しに言った。「コーヒーができているわ。それに何か食べるものを――」

「そんな暇はない」アレックスはさっさと小切手を受けとって立ち去りたかった。キッチンの明るさと暑さが体にこたえた。歯を食いしばっていないと、ねじをまわして歯をかたかたと鳴らせる頭蓋骨のおもちゃみたいなことになってしまいそうだ。「今日、取りに行くとジャスティンにはメールしておいたんだぞ」

ゾーイはキャセロールの大皿を鍋敷きの上に置いた。笑みは消えていたが、口調はいつもより優しかった。「きっとこんなに早い時刻に来るとは思わなかったのよ」

「早くなんかない。こっちはこれから一日じゅう仕事なんだ」怒りがこみあげ、アレックスは自分を抑えられなくなった。

「あとでわたしが別荘へ届けるというのはどう？　お客様の朝食が終わったら――」

「仕事を邪魔されるのはごめんだ」

「ジャスティンならすぐに戻ると思うわ」ゾーイは白い磁器のカップにコーヒーを注いだ。

「ねえ、具合が悪そうに見えるけど……」

「よく眠れなかっただけだ」アレックスは調理台のほうへ行き、壁のホルダーから荒々しくペーパータオルを引っ張りだした。アレックスはペーパータオルが長々と出てきた。アレックスはののしりの言葉を吐いた。芯がからからとまわり、ペーパータオルが長々と出てきた。

「いいのよ」ゾーイは即座に言った。「わたしが直しておくから。とにかく座って」

「座りたくなんかない」アレックスはペーパータオルを一枚引きちぎり、顔の汗を拭いた。ゾーイはペーパータオルを巻き戻した。アレックスは無性にいらだっていた。何かを投げつけるか、蹴りあげるかしたい気分だ。黙っていようと思うのに、言葉が語気鋭く口をついて飛びだしてくる。「きみたちはこんないいかげんな仕事をしてるのか？　約束しておきながら、それをきちんと守ろうとしない。支払い計画は仕切りなおしだ。おれの時間などきみたちにはどうでもいいんだろうが、こっちはその約束をあてにして動いてるんだ。さっさと仕事に行かなきゃならないってのに。うちの作業員たちはもう現場に来てるぞ」

「ごめんなさい」ゾーイはアレックスのそばにコーヒーを置いた。「あなたの時間はわたしにとってても大切よ。今度からは、朝いちばんに小切手を用意しておくようにするわ」

その言い方がまたアレックスの癇に障った。まるで頭がどうかしたやつか、吠え立てる犬をなだめるような口調だ。だが、効果はあった。ふいに怒りが静まり、そのせいでめまいがした。激しい疲労を覚え、立っているのさえままならなくなった。くそっ、おれの体はどうなってしまったんだ？

「明日、出直してくる」アレックスはなんとかそう言った。

「とにかくこれを飲んで」ゾーイがアレックスのほうへコーヒーを押しやった。

アレックスはカップを見おろした。ミルクが入っている。いつもはブラックコーヒーしか飲まないのだが、ふと手を伸ばし、そのカップを両手で包みこんだ。激しく手が震え、コーヒーがカップの縁からこぼれた。アレックスは愕然とした。

ゾーイはじっとこちらを見ていた。アレックスは毒づきたかったし、顔をそむけたかった。だが、ゾーイの視線が彼をとらえて放さなかった。大きなブルーの目が余計なものを見ている。おれがずっと隠しつづけてきたものを。おれが壊れかけていることを。だが、その目に非難の色は浮かんでいなかった。ただ同情と優しさがあるだけだ。

アレックスは疲れ果てていた。その場にひざまずき、ゾーイにしがみつきたかった。だが、そうはせず、ふらつきながらも自分の脚で立っていた。

ゾーイがアレックスの両手にそっと自分の両手を重ね、一緒にカップを持った。とても小さいが、驚くほどしっかりとした手だった。アレックスの震えはましになった。「さあ」ゾーイがささやいた。

カップが口元に運ばれた。ゾーイはまだ手を重ねたままだった。熱くてなめらかな液体が紙やすりのような喉を流れ落ち、悪寒のする体にしみた。ほんのり甘く、ミルクが苦味を和らげている。あまりのおいしさに、気がつくといっきに飲み干していた。血管が崇拝に近いほど感謝しながら力強く脈打ちはじめた。

ゾーイの手が離れた。「もう一杯どう？」

アレックスはかすれた声で返事をしてうなずいた。

ゾーイはコーヒーのお代わりを注ぎ、ミルクと砂糖を入れた。窓の鎧戸の隙間から日光が差しこみ、ゾーイの髪にリボンのような光がかかった。そういえば、ゾーイは金を払って宿泊している客のために朝食を作っているところだったと、アレックスは今さらながら気がついた。ガスレンジでは鍋がぐつぐつ煮えているし、オーブンにもまだ何か入っている。自分はそんな彼女の邪魔をしたばかりか、こっちの時間のほうが貴重だとばかりに暴言を吐いた。

「忙しいんだろ？」アレックスは謝らなければと思った。「おれは――」

「大丈夫よ」優しい声だった。ゾーイはテーブルにコーヒーを置き、椅子を引いた。座って飲めという意味だろう。

いったい亡霊になんと言われるかと思いながら、そっとあたりを見まわした。幸い、亡霊はどこかへ姿を消していた。アレックスは椅子に腰をおろし、ゆっくりとコーヒーを飲んだ。気をつけていれば、自分でカップを持つことができた。

ゾーイは料理に戻った。手際よく調理している鍋や皿や調理器具の音が、どういうわけかとても耳に心地よかった。誰にも邪魔されずにすむのがありがたい。目をつぶり、いっときの穏やかさを味わった。ここは聖地のようだ。

「お代わりは？」ゾーイの声が聞こえた。

アレックスはうなずいた。

「その前に、これをどうぞ」ゾーイは料理がのった皿をアレックスの前に置いた。かがみこんだときに、砂糖を入れた紅茶に似た、甘くて深い香りが肌から漂ってきた。

「腹はすいてないから――」

「いいから食べてみて」ゾーイはフォークを置き、またガスレンジのほうへ戻った。

アレックスにはフォークが鉛のハンマーのごとく重く感じられた。料理に目をやった。あいだに何かを挟んでパンを重ね、オーブンで焼いた料理で、表面にこんがりと焼き色がついている。「これはなんだ？」

「ストラータよ」

アレックスは仕方なく、ひと口食べてみた。カスタードのような、あっさりとした味だった。キッシュに似ているがこちらのほうが繊細で、熟したトマトと軽いチーズの味を楽しむにはもってこいの食感だ。最後にバジルの爽やかで刺激的な香りが舌に残る。

「どう？」ゾーイの尋ねる声がした。アレックスは空腹に襲われ、返事もせずに料理をむさぼった。

ゾーイが冷たい水を持ってきてくれた。きれいに食べ終えるとフォークを置き、水を飲んで、体の状態が変わったかどうか考えてみた。奇跡的とも言えるほど体調に変化があった。頭痛がなくなり、震えが治まった。まるで……酒ではなく料理に酔ったかのように、温かくておいしい料理に体が満足している。

「何が入ってるんだ？」アレックスは訊いた。夢のなかかと思うほど自分の声が遠くから聞こえる。

ゾーイはまたたっぷりとコーヒーを注ぎ、テーブルにもたれてアレックスを見た。ガスレンジの熱で頬が紅潮している。「わたしが焼いたフランスパン、直売所で買ってきたエアルームトマト、ロペス島で作ったチーズ、今朝、ワイアンドットという品種のニワトリが産んだ卵、それにうちのハーブ畑で育てたバジルよ。お代わりはいかが？」

いくらでも食べられるとアレックスは思ったが、黙って首を振った。これ以上、欲張るのはやめておこう。「客に出す朝食だろ？」

「たっぷりあるから大丈夫よ」

「いや、もういい」アレックスはコーヒーを飲み、まっすぐにゾーイを見た。「まさかきみの料理でこんなふうに……」言葉が続かなかった。自分の体に起きたことを、どう説明すればいいかわからなかった。

だが、ゾーイは理解したらしく、かすかにほほえんだ。

「たまにあるのよ。料理でお客様が変わることが……」

アレックスは首筋がぞくっとした。「どんなふうに変わるんだ？」

「そこはあまり考えないようにしているの。それを気にすると、すべてを台無しにしてしまいそうだから。でも、ときどき……奇跡的に元気になる人がいるわ」ゾーイはほほえんだ。

「あなたはこんな話、信じないわよね」

「じつはこう見えておれは驚くほど偏見のない人間でね」アレックスは言った。亡霊がキッチンに入ってきた。

『おやおや』亡霊がアレックスを見て、安堵したように言った。『さっきは今にもぶっ倒れそうに見えたのにな』

猫の鳴き声が聞こえ、ゾーイがそちらへ顔を向けた。網戸の向こうに毛のかたまりが見える。ゾーイが入れてやると、バイロンは腰をおろして顔をあげ、尻尾を振った。

「おはよう、ふわふわ坊や」ゾーイは甘い声で言うと、スプーンで何かを皿にすくい、それを床に置いた。

バイロンはそれをぺろりと平らげた。飼い主のことでさえ食べてしまいそうに見える。

「猫をキッチンへ入れるのは保健衛生条例に反するんじゃないのか？」アレックスは言った。

「これ以上奥には入れないし、ダイニングルームにも行かせないわ。ここへ来るのも一日に数分といったところよ。たいていはポーチかコテージで寝ているもの」ゾーイがアレックスの皿を取った。エプロンの胸元からちらりと谷間が見え、アレックスは軽いめまいを覚えて無理やり視線をゾーイの顔に引き戻した。「あなたは飲みすぎるといつも不機嫌になるわ」

ゾーイは穏やかに言った。

「違う」アレックスは答えた。「今日は飲んでないから不機嫌なんだ」

ゾーイがアレックスを見た。「お酒をやめたの？」

彼は短くうなずいた。酒を断つ理由はいくらでも挙げられるが、その筆頭はそれがなければ生きていけないようなものがあるのが気に食わないからだ。自分がこれほど酒に依存しているとわかったのはショックだった。身なりがだらしないわけでもないし、ホームレスでもないし、逮捕歴もない。仕事もちゃんとできているのだから大丈夫だと、これまでは自分をだましてきた。だが、今朝の出来事で、本当は問題を抱えていると認めざるをえなくなった。

酒飲みであることと、アルコール依存症であるのは、まったく別物だ。

ゾーイはアレックスの皿をシンクに置いた。「お酒はやめるのが難しいと聞くわ」

「今、努力してるところだ」アレックスは立ちあがった。「明日の朝、小切手を受けとりに立ち寄る」

「早めに来て」ゾーイの態度は変わらなかった。「オートミールを作るわ」

ふたりの目が合った。

「オートミールは嫌いなんだ」アレックスは言った。

「わたしが作ったオートミールは気に入るわよ」

アレックスは視線を引きはがすことができなかった。ゾーイはとても柔らかそうで、輝いて見えた。一瞬、彼女を抱いたらどんな感じだろうという思いが頭をかすめた。ゾーイに惹かれる気持ちが強すぎて押しつぶされそうだ。彼女に体の関係以上のものを求めてしまっている。だが、それは叶わぬ願いだ。今の自分は背後から強風が吹くなか、断崖絶壁の端に立ち、そこから落ちまいともがいているようなものだ。

アレックスにじっと見つめられ、ゾーイが顔を赤らめた。髪の色が淡いブロンドなので、頬の紅潮が際立って見える。「じゃあ、何が好きなの?」

「別にない」

「誰だって好きな食べ物くらいあるわ」

「おれはないんだ」

「だって、たとえば――」タイマーが鳴った。「あら、七時半だわ。お客様たちにコーヒーを出さなくちゃ。すぐに戻るから待っていて」


ゾーイがキッチンに戻ると、アレックスの姿はなかった。シンクの上の壁に付箋が貼ってあり、黒インクでこう書かれていた。

〝ありがとう〟


ゾーイは付箋を手に取り、文字を指でなぞった。甘くせつない気持ちがこみあげた。世の中には力になってあげられることもあれば、自分でなんとかしてもらうしかないこともある。

今のわたしにできるのは、アレックスを見守ることだけだ。

14

アレックスは延々と続く悪夢に苦しめられ、電流を流されたかのように何度も体がびくっと跳ねた。悪魔がベッドの足元に座り、長く鋭い鉤爪で今にもアレックスを引き裂こうとしている夢。足の下の大地が割れ、底なしの暗闇に落ちていく夢。夜道で車にはねられ、硬いアスファルトの道路に叩きつけられる夢。最後の夢のなかで、アレックスは意識のない自分の顔を見おろしていた。すでに死んでいる。

はっとして目が覚め、体を起こした。びっしょりと汗をかいて、シーツが肌に張りつくほど濡れている。かすんだ目で時計を見ると、真夜中の二時だった。

「くそっ」アレックスはつぶやいた。

そばに亡霊がいた。『水分をとれ。脱水症状を起こしてるぞ』

アレックスはふらふらとベッドから起きあがり、バスルームへ行った。水を少し飲み、シャワーの蛇口をひねって、長いあいだ首筋に熱い湯を浴びた。一杯飲みたかった。そうすればきっと楽になるだろう。悪夢など見なくなるし、このひどい発汗も治まるはずだ。酒の味が恋しかった。口のなかに焼けつく感覚が欲しかった。だが、体がそれほどアルコールを求めているからこそ、今は耐えるしかなかった。

のろのろとパジャマのズボンをはいた。シーツを替える気力もないので、ベッドから毛布をはぎとり、リビングルームへ行った。それだけで苦しくなって、ソファに倒れこんだ。

『医者に行ったらどうだ？』部屋の隅で亡霊が言った。『もっと楽に酒を抜く方法があるかもしれんぞ』

アレックスはソファの肘掛けにそっと頭をのせた。「楽に抜きたくはない」舌がふくれている。「断酒がどれほど大変か、体に覚えこませておきたいんだ」

『ひとりでするのは危険な賭けだぞ。失敗するかもしれん』

「ちゃんとやり抜く」

『たいした自信だな』

「失敗すれば終わりだ」

亡霊が鋭い目でアレックスを見た。『人生の？』

「そうだ」

亡霊は黙りこんだが、心配し、怒っているのが伝わってきた。

アレックスはゆっくりと呼吸をした。ひどく頭痛がする。昔のいやな思い出がよみがえった。「うちの両親はおれ以外の子供が独立したころから、昼夜を問わず酒を飲みつづけるようになった」まぶたを閉じた。「だからおれは親に甘えた記憶がほとんどない。親に存在を忘れられてるときが、いちばんほっとした。だが、うちにはもうひとり子供がいたと思いだされると大変だった。アルコール依存症の親ってのは地雷みたいなもんだ。いつ爆発するかわからない。腹が減ったとか、学校に提出する承諾書にサインをくれとか言っただけで、母親は怒りだした。いつか、父親がリクライニングチェアで眠りこけてたから、テレビのチャンネルを変えたんだ。そしたら父親がいきなり跳ね起きて、おれを平手打ちした。それ以来、おれは親に何も求めなくなったし、何かをしてほしいとも思わなくなった」

こんなことを誰かに話したのは初めてだった。ダーシーにさえ、ここまでしゃべったことはない。なぜだかはわからないが、亡霊に自分を理解してほしかった。

亡霊の気配はまったく感じられなかった。きっと部屋の隅で、夜の闇に紛れているのだろう。『独立したほかの子供たちはどうしてたんだ?』亡霊が尋ねた。『助けてはくれなかったのか?』

「みんなそれぞれ問題を抱えてたからな。酒飲みの親に育てられた子供は、健全には育たないのさ。問題は家族全員に及ぶ」

『おまえの親は立ちなおろうとはしなかったのか?』

「酒をやめるってことか?」アレックスは苦笑いをした。「いや、どっちもアルコール依存症の末路への道を突っ走ってた」

『おまえを道連れにしてというわけだな』

アレックスは寝返りを打った。だが、皮膚の不快な感じは取れなかった。神経が過敏になり、感覚が鋭くなっている。悪夢がすぐそばまで迫っているのがわかった。眠りに落ちれば、狼の群れのように襲いかかってくるだろう。

「死んだ夢を見た」ふと、そう言った。

『今夜か？』

「そうだ。おれは自分の死体を見おろしてた」

『それはおまえの一部が死にかけてる証拠だ』亡霊は淡々と言い、アレックスがショックを受けたのを感じとったのか、さらに言葉を続けた。『おまえのなかの、つらい現実を忘れようと酒に逃げてた部分が死にかけてるという意味だ。だがな、逃げてるだけじゃ問題は悪化するばかりだぞ』

「だったら、どうしろっていうんだ」アレックスは力なく言い返した。

『そうだな』しばらくして亡霊は答えた。『逃げるのをやめて、現実を受け入れればいい』

二、三時間後、拷問のような浅い眠りから覚めたあと、アレックスはシャワーを浴び、服を着て、ゾンビのような様子で〈アーティスト・ポイント〉へ向かった。今日はジャスティンには会いたくなかった。彼女との会話には耐えられる気がしない。
ありがたいことに、キッチンにはゾーイしかいなかった。ゾーイはアレックスを招き入れ、椅子に座らせた。「具合はどう？」

アレックスは不機嫌な顔でゾーイをちらりと見た。

「竜巻にたとえるなら、今朝の頭痛は最大級のＥＦ五だ」

「コーヒーを淹れるわね」

前頭部がずきずきと痛み、目玉をえぐりだしたい気分だった。アレックスは少しでも頭痛を和らげようと、テーブルに突っ伏した。「ついでにロング缶のビールを六缶パックごと持ってきてくれ」くぐもった声で言った。

ゾーイはテーブルにカップを置いた。「その前に、これを飲んで」

アレックスはカップをつかもうとした。

「ほら」ゾーイが手を添えてきた。

「自分で持てる」アレックスはうめいた。

「わかったわ」ゾーイは手を引っこめた。

彼女の忍耐強さにアレックスはいらだった。壁紙のサクランボ模様が目に痛い。頭のなかで、ヘビーメタルががんがん鳴っている。

カップを口に運び、命の水を得た思いでコーヒーを飲み干した。そして二杯目を頼んだ。

「先に朝食をどうぞ」ゾーイは浅い皿をテーブルに置いた。

オーブンで焼いたオートミールだった。四角くカットされ、細く刻んだ砂糖漬けのフルーツが入っており、シナモンの香りのする湯気が立っている。ゾーイはその皿にたっぷりとミルクを注ぎ、スプーンを手渡してきた。

ベイクドオートミールは外側がかりっとし、中身は柔らかいくせに歯ごたえがあり、柑橘系の甘い味がした。ミルクがしみてくるとオートミールがほぐれて、ひと口ごとにしっとりとしていき、どんどんおいしくなった。子供のころに食べた、灰色のどろりとしたオートミールとはまったく違う。

　食べていると毒気が抜けていくのを感じ、体に入っていた力が緩んで、深く息ができるようになった。心地よいぬくもりに包まれ、なんとも幸せな気分だ。ゾーイは忙しくキッチンのなかを動きまわり、深鍋の中身をまぜたり、ピッチャーにミルクを入れたりしながら、返事をする必要もない取りとめのない話をした。アップル・コブラーパイとアップル・ブラウンベティーの作り方の違いについてしゃべっているようだが、アレックスには何を言っているのかさっぱりわからなかった。それでもその清潔なコットンの毛布のようなゾーイの声に、アレックスはずっと包まれていたいと思った。


　それからは毎朝、仕事へ行く前に〈アーティスト・ポイント〉のキッチンに立ち寄り、ゾーイが用意してくれる朝食をとるようになった。そこで過ごす三〇分ほどのあいだ、ゾーイはいつもてきぱきと仕事をこなし、アレックスは見ていて気分がよかった。だが〈アーティスト・ポイント〉を出ると、安定した気分は時間が経つごとに薄れ、夕方になるころにはまた気持ちがすさんだ。

　夜は悪夢にうなされた。また酒に手を出した夢を見て、愕然として跳ね起きることもよくあった。そんなときは自己嫌悪で息が詰まり、ただの夢だとわかっていても、なかなか動揺が収まらなかった。それでもなんとか夜を乗りきれたのは、朝になればゾーイに会えると思ったからだ。

ゾーイはいつも明るい声で、おはようと声をかけてきた。ゾーイの作る料理は芸術品だった。ひと口ごとに、鮮やかな色と、えも言われぬ香りと、豊かな風味が舌に広がった。スフレは希望という名のメレンゲでふくらませたように柔らかく、エッグベネディクトはヒマワリ色のオランデーズソースに包まれていた。ゾーイは、卵と肉のシンフォニーを生みだし、パンの詩を詠《うた》い、フルーツのメロディを奏でた。

ゾーイにとってキッチンは、寝室よりもまだ個人的な空間だった。芸術家の工房のように、細部にまでこだわりがある。パントリーにはドアがなく、床から天井まである棚に、さまざまな深い色のスパイスが入った小瓶や、昔は量り売りのキャンディが入っていたようなレトロで大きなガラス瓶が並んでいる。そのガラス瓶には小麦粉や砂糖、オート麦、鮮やかな黄色のコーンミール、ベージュ色のピーカンナッツなどが入っていた。ほかにもスペイン産の黄緑色のオリーブオイル、黒インクの色のバルサミコ酢、ヴァーモント州産のメイプルシロップ、天然蜂蜜などの瓶もあれば、宝石のような色をした自家製のジャムやプリザーブが入った瓶もたくさんあった。ゾーイは食材となると決して妥協しなかった。アレックスが家を建てるときに、どこもかしこも完璧に計測し、必ず用途に応じた釘を使うのと同じだ。

仕事をしているゾーイを見ているのは楽しかった。ゾーイはコミカルに踊るバレリーナのようだった。優雅に動きまわっているかと思うと、ふいに立ちどまって重い鍋を持ちあげたり、オーブンの扉をぴしゃりと閉めたりする。それにまるで楽器を演奏するように、肘を使って巧みにフライパンを操った。フライパンのなかの料理は、ひとりでにジャンプしてひっくり返っているかに見えた。

〈アーティスト・ポイント〉に通うようになってから一週間目の朝食は、細かく切って焼いたスパイシーなレッド・チョリソーとチーズを散らしたバターミルク・グリッツ（乾燥トウモロコシの粗挽きをバターミルクで煮た料理）だった。グリッツにはチョリソーを焼いた脂が入っており、自然で豊かな塩味がついていた。

　アレックスが朝食を味わっていると、ゾーイが自分のコーヒーを飲みながら、そばに座った。アレックスは落ち着かない気分になった。いつもはアレックスが朝食をとっているあいだ、ゾーイはずっと料理をしている。ちらりとゾーイを見ると、腕の柔らかそうな肌にきれいに治った火傷の跡が見えた。アレックスはそこにキスをしたくなった。

「棚が届いたから、週末に取りつけてキッチンのアイランドを作る」

「自分で作るの？　注文したのかと思っていたわ」

「既製品の棚に手を加えて調理台をつけたほうが安くあがるし、手作り感が出るんだ」ゾーイの戸惑った表情を見て、アレックスは笑みを浮かべた。「きれいに仕上げるから安心しろ」

「心配なんかしていないわ」ゾーイが言った。「ただ、すごいなって思っただけ」

　アレックスはコーヒーに目を落としたまま、ほほえんだ。

「たいしたことじゃないさ。そんなのは基本的な技術だ」

「でも、わたしの家だと思うと特別すごいものに感じられるわ」

「あと一週間ほどで壁の色を決めてくれ」

「もうだいたい決めたの」ゾーイが言った。「腰板は柔らかい白で、壁はバター色。バスルームはピンクにしようと思っているの」

アレックスは本気かと目で問いかけた。

「ごく淡いブラッシュピンクよ」ゾーイは笑った。「落ち着いた色だから大丈夫。色の選択はルーシーに相談したの。ほら、彼女はガラス工芸作家だから。ルーシーが言うには、バスルームにピンク色を使うと、肌がきれいに見えて気分がよくなるからいいんですって」

不覚にも、アレックスの脳裏によからぬ想像が浮かんだ。ピンク色のバスルームで、バスタブから出てきたばかりのゾーイが、湯気でいくらか曇った鏡に濡れた肌を映している。

ゾーイは椅子から立ちあがり、オーブンの様子を見に行った。「水を飲む?」

アレックスは頭のてっぺんから爪先まで全身が熱くなっていた。「ああ、頼む」携帯電話を取りあげて画面を見るふりをしながら、余計なことを考えるんじゃないと自分に言い聞かせた。

ゾーイが近づき、水と氷が入ったグラスをテーブルに置いた。肌の香りがわかるほど距離が近い。ゾーイはコットンと花の匂いがした。そこにチョリソーのスモーキーな香りもほんの少し加わっている。アレックスは思わずその腰を抱き寄せ、腹部に顔をうずめたくなった。だがなんとか耐えてひたすら携帯電話をにらみつけ、今初めて読むわけではないメールの画面をスクロールした。

ゾーイはその場を立ち去らなかった。「そろそろ散髪したら？」ほほえんでいるのがわかる口調だ。首のうしろにゾーイの指が触れた。首筋の髪に……指を滑らせている。携帯電話を握る手に力が入り、カバーが割れそうになった。

アレックスはすばやく首を振った。ゾーイは手を離し、ガスレンジのほうへ行った。深鍋の中身をかきまぜる音がした。軽い口調で、今日はフライデーハーバーの水上市場に行こうと思うの、新鮮なオヒョウが入ったらしいから、などとしゃべっている。こみあげる欲求を抑えこもうと、頭のなかで数字を計算した。それでもうまくいかないとなると、目の前にあったフォークを強く握りしめ、先端をてのひらに食いこませた。ようやくいくらか気持ちが落ち着いて、なんとか歩けそうな気がしてきた。テーブルを押して立ちあがり、そろそろ仕事に行くといったことをつぶやいた。

「じゃあ、またね」ゾーイが明るすぎる声で言った。「明日の朝食はパンプキン・ジンジャー・パンケーキよ」

「明日は来られない」アレックスは言った。刺々しい口調だったことに気づき、急いでつけ加えた。「石膏ボードを取りつける作業に入るから、朝が早いんだ」

「だったら、何か持っていける朝食を用意するから、ちょっとだけ立ち寄って」ゾーイは言った。「車を降りてこなくてもいいわ。わたしが外に出るから」

「いや」アレックスはいらだちがつのり、優しい態度が取れなかった。

亡霊がキッチンに入ってきた。『もう行くのか？』

「ああ」アレックスは思わず声に出して答えた。

「じゃあ、来てくれるのね？」ゾーイが尋ねた。

「いや、来ない」アレックスは冷たく言い放った。

ゾーイがこわばった寂しそうな表情になった。

『ごめんなさい。後悔しているわ。あんなことをしなければよかった』

亡霊は当惑した顔になったあと、怒った声で言った。「おい、どうした。あれほど言っただろう。彼女を――」

「そうじゃない」アレックスはぴしゃりと言った。そして、ゾーイが不安そうな顔になったのを見て、慌てて取り繕った。「そうじゃないんだ。早とちりするな。きみは後悔しなきゃいけないようなことは何もしてない」

『おまえが後悔するはめになりそうだな』亡霊は黙らなかった。『ここはフェロモンがむんむんしてる』

ゾーイが顔をあげ、アレックスの目をのぞきこんだ。

「だったら、わたしが髪に触れたとき、どうして振り払ったりしたの？」

アレックスはどう答えていいかわからず、首を振った。

「いやだったんでしょう？」ゾーイは顔を赤らめた。

「違う」アレックスは抱きしめたい衝動をこらえ、ゾーイを調理台に押しつけて両脇に手をついた。ゾーイが驚いて目を見開いた。「少しもいやじゃなかった」ぶっきらぼうに言った。

「それどころか、もう少しできみをこの調理台に押し倒すところだった。もちろん、生地作りを手伝うためなんかじゃない」

亡霊がうめいた。『勘弁してくれ』さっさとどこかへ行ってしまった。

アレックスの荒々しさに、ゾーイは顔を真っ赤にした。「だったらどうして——」

「訊くな」アレックスはさえぎった。「わかってるくせに。おれは断酒できるかどうかも定かでない酒飲みだ。離婚したばかりで、いつ不渡りを出してもおかしくない。これほどひどい条件がそろった男がほかにいるか？　あと足りないのは、あっちのほうがだめだってことくらいだ」

「あなたは不能じゃない」ゾーイが断言した。そして、しばらくためらったあと尋ねた。「そうでしょう？」

アレックスは片手で目を覆い、声をあげて笑った。「不能だったら楽だったかもな」ゾーイが傷ついた顔をしたのを見て、アレックスはようやく自制心を取り戻し、ため息をついた。「おれは女性と清らかな関係のままお友達ごっこなんてできない。その対極にあるのは男女の関係だ。だが、きみとそうなるつもりはない」言葉を切り、ゾーイの頬に小麦粉がついているのに気づいて、思わずそっと親指で払った。「朝食をありがとう。おかげでこの一週間を乗りきれた。きみには借りができたな。お返しとしておれができるのは、お互いのためにしばらく距離を置くことだけだ」

ゾーイはしばらくその言葉を噛みしめていた。オーブンのタイマーが鳴った。ゾーイは残念そうに笑みを浮かべた。「わたしの人生はオーブンのタイマーに支配されているの。お願いだから、まだ行かないで」

アレックスは、ゾーイがオーブンから熱い天板を取りだすのを見つめた。焼き立てのビスケットの香りがキッチンに漂った。

ゾーイはアレックスのすぐそばへ戻ってきた。「あなたの言うとおりだと思う。わたしだって、一カ月ほどすれば祖母が島へ来ていろいろと大変になるわ」小さく肩をすくめた。「だからわたしにも余裕があるわけじゃないし、あなたが問題を抱えているのも知っている。ただ、困ったことに……」緊張した顔で、自嘲気味にため息をもらした。「どんなにいい人と出会っても、好きになろうとして好きになれるものじゃないの。それ以上につらいのは、この人はやめておいたほうがいいとわかっていながら、惹かれる気持ちを止められないことよ。叶わぬ願いだと思いながらも、その人を求め、何か起きるんじゃないかと期待し、その先を夢見てしまう。世の中にはひと言では表せないようなすてきな関係があって、その人とそんなふうになれたらどんなに……心が安らぐだろうと考えてしまうのよ。そうなれば、ほかには何もいらないって」震えながら息を吐いた。「わたしはあなたと距離を置きたくない。こんなことは話すべきじゃなかったのかもしれないけど、あなたにはわたしの気持ちを知っておいて——」

「そんなことはもうわかってる」アレックスは冷たくさえぎった。自分のなかで何かが壊れるのを感じた。「この件はもうおしまいだ。おれは仕事に行く」

ゾーイがうなずいた。つらそうな表情さえ見せなかった。こちらがそう言って立ち去るしかないのはわかっていたのだろう。いくら時間をかけても状況が変わりはしないことも。

アレックスはドアノブに手をかけた。ゾーイがその手首を押さえた。

「待って」ゾーイが言った。「もうひとつだけ」

ゾーイの手はすぐに離れたというのに、そんな出来事ひとつでも、アレックスの気持ちはまた揺れ動いた。絶望的だとアレックスは思った。胸が引き裂かれるようだ。

「もう二度とこの話はしないわ。わたしの気持ちは自分の胸にしまっておくし、あなたに友達でいてとも言わない。だから、最後にひとつだけお願いがあるの」

「猫用のドアか？」アレックスは降参した。

ゾーイは首を振った。「キスして。一度でいいから」

「なんだって？　冗談じゃない」アレックスは啞然とした。「だめだ」

「わたしに借りができたと言ったじゃない」

「だからなんだ？」

彼女は頑固だった。「あなたのキスを覚えておきたいの」

「一度したじゃないか。まさにここで」

「あれじゃあだめよ。あなたは途中でやめてしまったもの」

「今だって、本当はおれに断ってほしいと思ってるはずだ」アレックスは厳しい顔をした。

「いいえ」

「いいかげんにしてくれ。そんなことをしたって、何も変わりはしない」

「わかっているわ。別に何かを期待しているわけじゃない」声が震えていた。「ただ……アミューズブーシュが欲しいだけ」

「なんだ、そのアミューズブーシュってのは？」そう尋ねたものの、本当は答えなど聞きたくなかった。

「フランス料理で食事の前にシェフが出すオードブルみたいなものよ。注文されて提供するわけじゃないし、支払いも求めない。ただ、シェフの気持ちとして供するだけ」アレックスが言葉を失っているのを見て、ゾーイはさらに続けた。「フランス語で〝口を楽しませるもの〟という意味なの」

アレックスは暗い目でゾーイを見た。「借りなら返す。内装を少し豪華にするとか、照明をひとつ増やすとか、そんなことなら喜んで引き受ける。だが、きみの唇を楽しませるのはなしだ」

「たかだか一度のキスよ。二〇秒ほど唇を重ねるのが、そんなに怖いの？」

「キスの長さまで指定する気か？」アレックスは皮肉を言った。

「違うわ」ゾーイが言った。「それくらいならいいんじゃないかと言っているだけ」

「あきらめろ」

ゾーイがむっとした顔になった。「どうして怒るのかわからないわ」

「あたり前だろ。きみがどういうつもりでそんなことを言いだしたのか、察しがついてるからだ」

「どういうつもりだっていうの？」

「おれが何をあきらめようとしてるのかをわからせたいんだ。きみを追いかけなかったことを後悔させようとしてるのさ」

ゾーイは反論しようと口を開きかけたが、そのまま黙りこんだ。

「おれがきみにキスをするとしたら……」アレックスは続けた。「こんなことを言いださなければよかったと後悔させるためだ」相手がひるむのを願って、険しい表情をした。「それでもキスをしたいか？」

「ええ」ゾーイはためらいなく答え、目を閉じて顔を近づけてきた。


アレックスの言うとおりだとゾーイは思った。どんな形であろうが、彼とは関わらないほうがいい。だが、それでもキスをしてほしかった。

目を閉じて、どういう結果になろうともかまわないと覚悟を決めた。緊張に満ちた静けさがふたりを包み、やがてアレックスが近づいてきたのがわかった。ためらいがちに抱き寄せられて、体が震えた。この前のキスの感覚がよみがえる。あのとき、彼はわたしのすべてを求める口づけをした。あれは全身でわたしを感じ、わたしの息も、頬の紅潮も、心臓の鼓動も、すべてのみこんでしまうキスだった。

アレックスの手が顔に触れて、壊れ物を扱うようにそっと顎をあげさせた。かすかに唇が触れ、もう一度、軽くキスをされた。その繊細さに、ゾーイの唇は敏感になった。足元がふらついたが、きつく抱き寄せられ、体を支えられた。アレックスが顔を傾けて、熱くなった首筋に唇を押しあててきた。脈打つ血管に舌先が触れたのを感じ、ゾーイは膝の力が抜け、彼の肩にしがみついた。アレックスの唇が喉元から顎へとのぼってきた。片手で頭を支えられて、ゆっくりと、だがしっかりと唇が重ねられた。胸に喜びがこみあげ、ゾーイはめまいを覚えた。

せつない声がこぼれた。アレックスの頭に両手をあて、二度と離すまいとするかのように唇を押しあてた。くぐもった笑い声が聞こえた。目を開けると、アレックスがからかいを含んだ優しい顔でゾーイを見おろしていた。そんな表情を見るのは初めてだ。

ゾーイは荒い息をつきながら、声を出した。「アレックス……お願い」

「黙って」アレックスは半ばまぶたを閉じたまま言った。目は輝き、明るい表情をしている。

彼はゾーイの髪や背中を優しくなでた。

「ねえ……」ゾーイは何か言いたかったが、熱に浮かされたような感覚に包まれて、言葉が出てこなかった。「お願い……」

「わかってる」アレックスの顔から笑みが消え、また唇が重ねられた。

アレックスはゾーイの口を開かせ、舌を分け入らせた。唇をむさぼって舌を絡めあう激しいキスだった。アレックスが熱くなっているかどうかを確かめたくて、ゾーイは腰を押しあてた。はしたない振る舞いをしていると思いつつも、自分を止められなかった。ここがキッチンではなく、もっと静かで、暗くて、誰にも邪魔されない場所だったらと思わずにはいられない。何にもわずらわされずに、ふたりきりの世界に閉じこもれたらよかったのに。だが、めくるめくキスの感覚に、やがてそんなことも考えられなくなった。体の外側からも内側からも甘いうずきが押し寄せた。ゾーイは背中をそらし、さらに強くアレックスに抱きついた。

アレックスは唇を離し、ゾーイを抱き寄せた。「おしまいだ」声が震えていた。「ゾーイ……もう……終わりだ」

ゾーイは髪に熱い息がかかるのを感じ、体が震えた。アレックスの腰に両腕をまわしてジーンズのうしろポケットに指を差し入れ、心臓の音を聞いた。きつく抱きしめられていなければ、くずおれてしまいそうだ。

「これで貸し借りはなしだ」アレックスのささやく声が聞こえた。

ゾーイは顔を伏せたまま、うなずいた。

「こんなふうにするつもりはなかった」アレックスはゾーイの耳たぶを軽く噛んだ。「本当はきみを少しだけ……傷つけるつもりだった」

「どうしてそうしなかったの？」

長い沈黙があった。「できなかった」

アレックスはゾーイを放した。ゾーイは無理やり顔をあげ、彼の目をのぞきこんだ。そこには酒をやめると決意したときと同じ硬い表情が浮かんでいた。

アレックスは二度と、わたしにキスをすることはない。

オーブンのタイマーが鳴り、その鋭い音にゾーイはびくっとした。

アレックスは小さくほほえみ、視線をそらして彼女に背を向けた。

ゾーイは振り返らずにオーブンのほうへ行った。ドアが開き、そして閉まる音が聞こえた。

どちらも黙ったままの別れだった。

ときには沈黙のほうが容易なこともある。さよならしか言うべき言葉がないときには……。

15

一カ月が過ぎても、アレックスの断酒は続いていた。亡霊は、なんの因果か取り憑くはめになってしまったこの男から学ぶことは何もないと思っていたが、予想外にそれはあった。アレックスは一日に何回となく、いや何十回となくアルコールに手を出したい衝動に襲われながらも、不屈の精神で耐え抜いた。亡霊に言わせれば、酒をやめるのは、いざとなれば泳げるだろうという甘い考えで水に飛びこむようなものなのに。

アレックスはドリームレイクの別荘の仕事に打ちこむことで気を紛らせた。すべきことはたくさんあり、ひとつひとつを熟練職人も顔負けの技で仕上げていった。毎晩、遅くまで別荘に残り、やすりをかけたり、塗料を塗ったりした。亡霊が口うるさく言ったかいがあり、食事もきちんととるようになった。ただ、アルコールで摂取していた大量のカロリーを考えると、それだけでは足りないのだろう。糖尿病患者でなくとも高血糖になって意識を失いそうなほど、たくさんのチョコレートバーを食べた。

この一カ月で、アレックスは二度ゾーイに会った。一度目はアレックスが〈アーティスト・ポイント〉へペンキの色見本を取りに行ったときだ。このときは一分半でホテルをあとにした。二度目は改築工事の進捗状況を見せるため、ゾーイを別荘へ呼んだときだ。このときは、アレックスは淡々と対応し、ゾーイも余計なことは何も言わなかった。一方、ギャヴィンとアイザックはゾーイにすっかり目を奪われ、ゾーイが別荘にいるあいだは釘一本打てなかった。

亡霊が見るかぎり、アレックスはゾーイに会ったことで動揺している様子はなかった。そもそもアレックスは何が来てもびくともしない壁を作るのが得意で、たとえゾーイでも打ち破るのは不可能だ。それに、おそらく今の関係のままでいるのがいちばんいいのだろう。だが、それにしても残念だ。今では、ゾーイのことをどう思っているのか尋ねても、アレックスは決して答えようとしない。その話題はタブーになっている。

亡霊にはその気持ちが理解できた。

男が最良のことも最悪なこともしまいこんでいる魂の奥へ、女はやすやすと入っていくことができる。そしていったん入りこんだら、そこを占拠して二度と出ていかない。

だからこそ亡霊も、エマリン・スチュワートについて思いだしたことをまだアレックスに話していなかった。エマとの記憶はあるとき、映画を観ているようにするすると戻ってきた。

ウェストン・スチュワートの三人の娘のなかで、いちばん才気煥発だったのがエマだ。本の虫で、ユーモアにあふれ、読書用の眼鏡が必要なほど遠視だった。黒くて太いフレームのキャッツアイ・グラスを気に入っており、よくそれをかけて母親のジェインを悩ませた。母親は、そんな眼鏡をかけていたら男性に敬遠されると心配した。そんな母親に、エマはいつも、この眼鏡をかけていたらちゃんとした男性だけが寄ってくるわと答えていた。

湖のそばでピクニックをしたあと、エマとふたりで別荘へ行ったときのことも思いだした。エマは自分が書いた新聞記事を朗読した。ワットコム郡の高校が顔を塗ること、つまりおしろいや頬紅や口紅などのメイクを禁じ、女生徒たちがそれに反発していることを報じた記事だ。エマは三人の校長に取材した。

「口紅を塗ると、女の子が身を守るための防御壁がひとつ失われるそうよ」エマは眼鏡の奥で愉快そうに目を輝かせながら、ひとりの校長の言葉を伝えた。「次は煙草、そしてお酒。そこまで来ると、あとは言葉にするのもはばかられる行為とやらにいたるらしいわ」

「言葉にするのもはばかられる行為ってなんだ？」ありし日の亡霊はエマの頬や、首筋や、耳のうしろにキスをした。

「わかっているくせに」

「さっぱりだ。だから教えてくれ」

エマはくすくす笑った。「いやよ」

彼は説明をねだりながらキスを続け、エマの手を取って、自分の体を触れさせようとした。エマは笑いながらいやがるそぶりを見せ、彼をじらした。

「それは体のどの部分が関係してるんだ？」エマが答えないので、彼はその行為が関係していると思われるところへ手をあてさせた。

「それを言わせても、何も起きないわよ」

彼はにやりとした。「おれはもうきみのブラウスのボタンを四つはずしてる」

エマが顔を赤らめた。彼は甘い言葉をささやきながら、残りの小さなボタンをはずしていった……。

そのあとのエマとの熱いひとときは思いだすだけでも気持ちが高ぶるものだった。肉体よりも魂が得られた喜びのほうがはるかに深かった。

もうすぐエマに再会できる日が来る。だが一方で、何かもっと知らなくてはならないことがある気もしている。アレックスが別荘にこもってくれたおかげで、クモの糸のように細くはあるが、記憶を取り戻すための手がかりをいくつか見つけることができた。だが、それだけではまだ足りない。もう一度、レインシャドー・ロードの家に行きたい。あそこでもまだ何か思いださなくてはならないことがある気がするのだ。

ゾーイとジャスティンは倉庫として使っている部屋へ行った。そこには古い家具や額縁に入った絵など、うまい使い道が見つからない品々が保管されている。ゾーイはそこからドリームレイクの別荘へ持っていくものを選びだした。コーヒーカップの形をしたレトロな壁掛け時計や、緑がかったブルーのヴィクトリア朝様式の鋳鉄製のベッド枠や、ボウリング場で使われていたビンテージものの金属製ロッカーなどだ。このロッカーは、それぞれの扉が違う色に塗られている。エヴァレットでエマが暮らしていた高齢者向け住宅からこちらへ送ったものもある。革張りの安楽椅子のセットや、籐のトランクテーブルや、作り付けの本棚に飾れるティーポットのコレクションなどだ。改築してきれいになった室内には、こういった古い雑多なものがきっとよく似合うだろう。それにエマはそういう雑然とした雰囲気が大好きだ。

アレックスが別荘の改築工事に取りかかってから六週間が経っていた。当初の約束どおり、キッチンと、エマが使う寝室とバスルームは完成した。結局、リビングルームの床板は使えないとわかり、アレックスの提案どおり、蜂蜜色のラミネート張りにした。ラミネートは思っていた以上にきれいで自然な仕上がりになった。ただ、ゾーイが使う寝室と小さなバスルームは未完成だし、ガレージもまだできていない。つまり、ゾーイとエマが別荘に移り住んでからも、アレックスは作業に来ることになる。ゾーイはそれをどう考えればいいのかわからなかった。最近、顔を合わせたときには、お互いに接し方がわからず、気まずい空気が流れた。

アレックスは以前より健康そうに見えた。少しは眠れているみたいだし、目の下のくまも消えている。だが、笑みを見せることはほとんどなく、かすかに浮かべたほほえみはナイフの刃のように薄かった。人生をあきらめたような顔つきをしている。彼の情熱的な一面を知っているだけに、そのよそよそしさがゾーイにはつらかった。

別荘の準備はジャスティンが二日間ほど手伝ってくれる手はずになっている。そのあいだに皿やシーツや絵などを運びこみ、居心地がよくなるように整えるつもりだ。それが終わったらエヴァレットへエマを迎えに行く。

エマが入院している看護施設からは、リハビリや投薬の状況について、まめに連絡があった。それによればエマはすでに〝夕暮れ症候群〟の症状が出はじめているそうだ。夕方の時刻になるとそわそわと落ち着かなくなり、いつもよりさらに同じ質問を繰り返すようになる症状だ。

高齢者介護コンサルタントのコレット・リンとも何度か話し、今後、エマの認知症がどのように進行する可能性があるかについて教えてもらった。これから少しずついろいろな能力が失われていくだろうが、それが回復する見こみはないらしい。そのうちに日常の動作をするにも順序を間違えるようになり、やがてはコーヒーを淹れるとか、洗濯をするとかいった簡単なこともできなくなる。最終的に徘徊をするようになったら、本人の安全のため施設に入所させる必要があるとのことだ。

電話の声だけでエマの気分を読みとるのは難しいが、いつもの明るい性格で、現実的に自分の病気をとらえているように思えた。「みんなには若年性認知症だと言っておいて」エマはいたずらっぽく笑った。「そうしたら、若いと思われるでしょう?」こんなふうに話したこともあった。「夕食に何を作ろうが、わたしにはアプシーの好物だと言えばいいのよ。わたしは実際自分が好きなものなんだと思うだろうから」ゾーイが仕事に出ている午前中に来てくれる訪問看護師が見つかったと話したときには、こう言った。「その人、わたしにマニキュアを塗ってくれるかしら？」

「当人も本当は怖いと思うのよ」別荘へ荷物を運ぶ前夜、ゾーイはジャスティンに言った。「自分が少しずつ壊れていくのがわかっていながら、止めることができないんだもの」

「でも、あなたがそばにいるから安心してると思うわ」

「今はそうかもしれないけど」ゾーイは膝にのってきた猫の背中をなでた。「いずれそれがわからなくなるときも出てくるわ」

ジャスティンはワインの入ったグラスをゾーイに手渡した。そして自分のグラスにもワインを注ぎ、ゾーイの向かいのソファに座った。「それにしても不思議よね」ジャスティンが言った。「人は記憶も欲求もなくなったら、どういう存在になるのかしら？」

「無に帰すだけよ」ゾーイはぽつりと答えた。

「わたしはそうは思わない。魂が残るわ。魂は壮大な旅をしてるの。この世での人生は、その壮大な旅の一部にすぎないのよ」

「だったら、死んだらどうなるの？」

「わたしが教わったのは……主に母からだけど、なかにはめでたく、もっとも次元の高いところへ行ける魂もあるそうよ。天国という言い方もできるかもね」ジャスティンは脚を組み、ソファの端でくつろいだ。「でも、生きているときに過ちを犯した魂は、いわば待合室みたいなところで待機させられるの」

「待合室って何？」

「詳しいことは知らない。とにかく、そこで自分の何がいけなかったのかを反省し、そこから学ぶのよ。魔女はそこをサマーランドと呼んでるわ」

ゾーイの膝の上でバイロンがドーナツのように丸まって、喉を鳴らしはじめた。ゾーイはワインをひと口飲み、戸惑いながらも笑みを浮かべ、またいとこの顔をまじまじと見た。

「魔女ですって？」

「母と友人たちが、自分たちのグループを冗談でそう呼んでるだけよ」ジャスティンはくだらないとばかりに手をひらひらと振ってみせた。

「あなたもメンバーなの？」

ジャスティンは鼻で笑った。「わたしが箒《ほうき》に乗ってるのを見たことある？」

「掃除機を持っているのさえ見たことがないけど」ゾーイは笑いながらワイングラスに視線を落とし、ふと思いだして顔をあげた。「そういえば、あなたのクローゼットに箒が入っていたわよね？」

「田舎風の飾りつけをしたいときに使えって、母がくれたの。シナモンみたいな香りがするから、それが服に移るようクローゼットに入れといただけよ」ジャスティンはゾーイの表情を見て、おかしな顔をした。「何よ？」

「信じていた宗教にそむくことをなんて言うんだったかしら？」

「背教？」

「それそれ。あなた、もしかして背教の魔女？」ゾーイは尋ねた。

軽い口調だったにもかかわらず、ジャスティンは一瞬、じっとゾーイを見つめ、それからにんまりした。「もしそうだったら、どうする？」

「おばあちゃんを元気にする魔法をかけてとお願いするわ」

ジャスティンが表情を緩めた。「魔法で人の運命は変えられないわ。変えようとすれば、事態を悪化させる」長い脚を伸ばし、毛のかたまりのようなバイロンを足でなでた。「わたしにできるのは、あなたたちの友達でいることだけ。それで役に立てるかどうかはわからないけど」

「心強いわ」

翌朝、宿泊客に出す朝食の支度を終えたあと、ゾーイはエマに電話をかけた。

「わたしが今日、何をすると思う？」

「見舞いに来てくれるの？」エマが言った。

「惜しいな。今日と明日で別荘への引っ越しをすませて、あさって迎えに行くわ。あさってからは昔みたいに一緒に暮らすのよ」

「今日、迎えに来てちょうだい。そうしたら引っ越しを手伝えるから」

ゾーイはほほえんだ。祖母は本気でそう思っているのかもしれないが、今の体では何もしてもらえることはない。「今から予定を変えるのは無理よ。大丈夫、わたしとジャスティンでちゃんとしておくから。ジャスティンの恋人のドゥエインが手伝いに来てくれるし――」

「集団でオートバイに乗っている人だったかしら？」

「みんなでバイク乗りの教会を作っているのよ」

「オートバイはうるさいし、危ないわ。そんなのに乗っている人は、わたしは好きじゃない」

「わたしたちは家具を動かしてくれる力持ちが大好きなの」

「手伝いはドゥエインだけなの？　あの革張りの安楽椅子は重いわよ」

「アレックスも来てくれるわ」

「誰なの、それは？」

「別荘の改築工事をしてくれている人よ。彼のピックアップトラックはトレーラーを牽引できるの」

エマがからかうように尋ねた。「その人も力持ちなの？」

「アプシー」ゾーイはエマをたしなめ、抱きしめられたときのアレックスのたくましい胸を思いだして赤くなった。「ええ、力持ちよ」

「見た目はいい男？」

「とても」

「奥さんは？」

「別れたわ」

「離婚の理由は――」

「知らないわよ」ゾーイは笑った。「今は恋愛には興味がないの。それよりアプシーと一緒に暮らすのが楽しみだわ」

「天国へ召される前に、おまえの相手にお目にかかりたいものだわ」

「だったら、もうしばらくこの世にいてもらわなくちゃ。まだ当分、そんな人には巡りあえそうにないから」キッチンの裏口のドアが開く音がした。振り向くと、アレックスだった。

ゾーイはとっさにほほえみながらも、鼓動が速まった。

「いつ迎えに来てくれるの？」エマが尋ねた。

「あさってよ」

エマが戸惑った声を出した。「わたし、さっきも同じことを訊いた？」

「ええ」ゾーイは優しく答えた。「かまわないのよ」アレックスが調理台にある焼き立てのマフィンを見ているのに気づき、ゾーイはどうぞと手ぶりですすめた。アレックスはためらうことなくひとつ取りあげた。ゾーイは彼のためにコーヒーを注ぎながら、携帯電話に向かって言った。「さあ、今日は忙しくなるわ」

エマは自分の記憶が飛んだことを知り、気弱になったらしい。「そのうちおまえを見ても、食事を作ってくれる優しい娘さんだと思うだけで、自分の孫だとはわからなくなるんでしょうね」

その言葉を聞き、ゾーイは胸が痛んだ。こみあげる涙をこらえ、アレックスのコーヒーにミルクを入れた。「わたしはアプシーのことがわかるから大丈夫」

「記憶がなくなったら、もうおまえのおばあちゃんでもいられなくなるわね」

「たとえ記憶がなくなったとしても、わたしにとっては大切なおばあちゃんよ」ゾーイはそう言いながら、アレックスにごめんなさいという顔をした。待たされるのは大嫌いだと知っているからだ。だが、アレックスはくつろいだ様子で、あらぬ方向を見ながらマフィンを食べていた。

「それどころか、自分でさえなくなってしまう」エマが言った。

「そんなことはないわ。今よりちょっと多く助けが必要になるだけよ。忘れたら、わたしが思いださせてあげるから」エマは黙りこんだ。ゾーイは穏やかに続けた。「じゃあ、もう切るわね。またあとで電話するわ。アプシーも荷造りを始めておいて。あさって、迎えに行くから」

「あさってね」エマは答えた。「じゃあ、待っているわ」

「ええ、またね」

ゾーイは携帯電話をジーンズのうしろのポケットにしまった。コーヒーに砂糖を入れてかきまぜ、アレックスに手渡した。

「どうも」アレックスの表情は読めなかった。

ゾーイは喉が詰まり、声が出なかった。

それを察したのか、アレックスのほうから話しだした。「段ボール箱のたぐいはもうトラックに積みこんだ。荷物と一緒に別荘まで送ってくから、皿だの本だのを段ボール箱から出しといてくれ。ドゥエインが来たら、トラックにトレーラーをつけて、ふたりで家具を運ぶ」言葉を切ってコーヒーをひと口飲み、ちらりとゾーイの服に目をやった。

ゾーイはぶかぶかのTシャツにジーンズ、それに古いスニーカーという格好をしていた。ジャスティンはどんな服装であろうが、ほっそりして手足が長く見える。だが、ゾーイのように胸や腰まわりがある体型には、めりはりのない服は似合わない。

「太って見えるでしょう？」そう言ったことを、ゾーイはすぐさま後悔した。「今のは忘れて。つい口走っただけだから」アレックスに何も言わせないようにした。「別にお世辞を言ってほしかったわけじゃないの。なんだかいろんなことに自信がなくなってきて」

「これから新しい生活を始めようってときなんだから、不安に感じるのは当然だ」アレックスは言った。「きみに太ってるという言葉はあてはまらないよ」コーヒーを飲み干し、カップを置いた。「それに、お世辞が欲しいなら言うが、きみはとても料理が上手だ」

「料理しか褒めるところはないの？」ゾーイは残念に思いながら言った。

アレックスがほほえみかけたように見えた。唇の両端が少し動いたからだ。

「きみはおれの知ってるなかでいちばん優しい人だ」

ゾーイは言葉を失った。アレックスはドアのほうへ行き、ぶっきらぼうに言った。

「バッグを取ってくるんだ。別荘まで送るから」

ドリームレイク・ロードに面した別荘はしみひとつなく、明るくてきれいだった。新しく作られた一連の開き窓が日光を受けて輝き、新鮮な塗料と木の香りがする。ふたりで荷物を家のなかに運び入れた。アレックスは皿の入った重い段ボール箱をふたついっぺんに、キッチンの新しいアイランドまで持っていった。あとについていったゾーイは、クロムメッキの古いダイニングテーブルが、すっかり美しくなっているのを見て驚いた。クロムメッキは銀色に光り、椅子はもとの色合いに近い淡いブルーグリーンのビニールで張りなおされている。ゾーイは運んできた段ボール箱を床におろし、目を丸くしてダイニングテーブルをまじまじと眺めた。「きれいにしてくれたのね」光沢のある白いテーブルに指をはわせた。

アレックスが肩をすくめた。「クロムメッキ調の塗料をスプレーしただけさ」

彼のさりげない口調にゾーイはだまされなかった。

「それだけじゃないのは見ればわかるわ」

「気晴らしをしたいとき、ときどき直してたんだ。無理に使わなくてもいいぞ。それを売って、別のダイニングテーブルを買う手もある」

「まさか。こんなにすてきなテーブルなのに、売ったりするわけがないわ」

「ボウリング場のロッカーに合うな」

ゾーイは苦笑いした。「わたしのセンスを笑っているのね」

「いや、そうじゃない」ゾーイが疑わしそうな顔をしたのを見て、アレックスはつけ足した。

「本当にいいと思ってるよ」

ゾーイはまだ笑っていた。「あなたの趣味はさぞ高尚なんでしょうね」

「没個性的だ」アレックスは言った。「ダーシーによく言われた。わが家を見ても、わたしたちがどんな人間かは誰にもわからないだろうって。だが、おれはそれでいいんだ」

ゾーイはテーブルに置いてあるふたつのものに気づき、ひとつを手に取った。プラスチック製のストラップに、小型発信機に似たものがバックルで留められている。

「これは何？」

「猫用だ」アレックスは小さなリモコンのようなものを取りあげた。「これもそれに使う」

ゾーイは当惑して首を振った。

「ありがとう。でも……バイロンに電気ショック首輪をつけるつもりはないの」

アレックスはちらりと笑みを浮かべた。「電気ショック首輪じゃないさ」ゾーイの両肩を押し、中庭に通じる裏口へ連れていった。「これだ」

ドアの隣に、フレームのついたアクリル樹脂板が取りつけられていた。アレックスがリモコンのボタンを押すと、アクリル樹脂板がかすかな音をたててあがった。

ゾーイはぽかんと口を開けた。「バイロンのドア……つけてくれたのね」

「首輪に反応して開くんだ。だが、首輪がまっすぐに近づいてきたときしか作動しないから、クモなんかのほかの生き物が入ってくることはない」ゾーイが声も出せずにいると、アレックスは言葉を続けた。「おれからのプレゼントだ。ただでさえおばあさんの世話で忙しいのに、猫のためにいちいちドアを開けに行くのは大変だからな」アレックスはそばにある戸棚に付箋を貼った。「これが使い方だ。取り扱い説明書は――」抱きつこうとしたゾーイの両手首をとっさにつかんだ。リモコンが音をたてて床に落ちた。

「軽くハグするだけよ」ゾーイは笑いそうになった。バイロン用のドアができたことがあまりにうれしくて、アレックスとのあいだの気まずさなどどこかへ吹き飛んでしまった。

だがアレックスのほうはつかんだ手首を放さず、生死に関わる危機に瀕したかのような硬い表情をしている。

「ちょっとだけ」ゾーイはそう言って笑った。

アレックスは小さく首を振った。

彼の頬から鼻にかけてが赤くなるのを見て、ゾーイは目が釘付けになった。唾をのみこんだらしく、喉元が上下に動いた。淡いブルーの瞳は中心から周辺へ向けて星明かりのような筋が走っている。その目が、まるで生きたまま食べてしまいたいという顔で彼女を見ていた。

ゾーイは緊張するというより、なんだか気分が高まっていた。

まだ両手首をつかまれたままだったので、爪先立ちになり、そっと唇を重ねた。無理に手首を引き抜こうとはしなかった。アレックスが葛藤しているのがわかったからだ。彼は葛藤に負けた。ゾーイの手首をつかんだまま、手をゆっくりと彼女の腰へまわし、自分のほうへ引き寄せた。そして唇を奪った。ゾーイは両手を背後でつかまれて身動きが取れず、ただ唇でその濃厚なキスに応じた。

アレックスはとうとう手を離し、キスをしながら、両手でゾーイの頬を包みこんだ。この瞬間を全身全霊で感じ、いつまでもこうしていたいという強い思いが伝わってくる。どちらも理性を失って、何も考えられなくなっていた。ゾーイはアレックスのTシャツのなかに手を滑りこませ、背中にてのひらをあてて背筋をなぞった。アレックスは低い声をもらすと、ゾーイを木製の調理台に押しつけて、Tシャツの前をたくしあげた。息は荒かったが、胸を愛撫する手は優しかった。熱く深く舌を分け入らせながら、ブラジャーの内側に指を滑りこませた。手の甲が繊細な部分に触れた。柔らかい先端が硬くなり、甘いうずきが全身に走る。敏感になっているところを刺激されて、ゾーイは身もだえした。アレックスにしがみついてさらに高く爪先立ち、必死に唇をむさぼって、口を開いて舌を受け入れ――。

玄関のドアが開く音がした。

ゾーイははっとして身をこわばらせた。アレックスは急いでゾーイのTシャツをさげ、アイランドに置いた段ボール箱を持ちあげると、シンクのそばへ移した。

「来たわよ」ジャスティンが段ボール箱を抱え、肩でドアを押して入ってきた。「ドゥエインも一緒よ。まあ、見て！　すてき！」

まだ頭に夢のような雲がかかり、ゾーイはまともにものを考えられなかった。「きれいでしょう？」よろめきそうになりながら、床に落ちている小さなリモコンを拾いあげた。

「きれいだし、投資物件としても言うことないわ」ジャスティンが答えた。「これならいくらでも借り手がつきそう。さすがね、アレックス」

「どういたしまして」アレックスはつぶやき、ジャックナイフを使って段ボール箱を開いた。

「あら、元気ないわね。もう息切れしてるの？」ジャスティンがにんまりした。「力仕事ならドゥエインがいるから大丈夫」

「ジャスティン、これを見て」アレックスが何か言う前に、ゾーイは口を挟んだ。「アレックスがバイロンのためのドアを作ってくれたの」

ふたりがそのドアを絶賛しているあいだに、ドゥエインが段ボール箱をふたつ抱えて入ってきた。

ドゥエインはバイク仲間で作っている教会に欠かさず通う気のいい男性だ。喧嘩っ早いところはあるが、友情に篤く、困っている人を見ると助けずにはいられない。見た目は恐ろしげで、革製のベストから突きでた筋骨隆々たる腕は、肩から手首までびっしりとタトゥーが入っているし、顔も頬から顎まで髭に覆われている。最初のうち、ゾーイはドゥエインのそばにいると落ち着かなかったものだ。だが、ドゥエインはジャスティンにぞっこんだし、ふたりはもう一年近くつきあっている。

いつだったか、ドゥエインと結婚する気はないのかと尋ねたとき、ジャスティンは答えた。

「わたしは男にのめりこむタイプじゃないのよ」

「本気にならないように気をつけているということ？　それとも、ドゥエインじゃだめっていうこと？」

「本気になってもかまわないと思ってるし、ドゥエインは最高よ。でも、わたしは誰かを愛するってことができないの」

「あら、あなたほど愛情にあふれた人はいないと思うわ」ゾーイは反論した。

「友達や家族は愛せるけど、恋愛はできないのよ」

「だけど、ドゥエインとは関係を持っているんでしょう?」ゾーイは困惑した。

「そりゃあそうよ。恋愛感情がなくてもベッドで楽しむことはできるわ」

「いつか……」ゾーイは残念に思いながら言った。「恋愛とベッドでのお楽しみを両方いっぺんに試してみたらいいかもしれないわよ」

ラベルの貼られた段ボール箱をみんなで別荘のなかに運びこんだ。そのなかにはエマの荷物もあった。アレックスとドゥエインは家具を取りに行った。ゾーイとジャスティンは靴とハンドバッグの入った段ボール箱を開け、エマが使うクローゼットにしまいはじめた。「こんなにたくさん作り付けの棚があるなんて、請求書には書いてなかったわよ」ジャスティンが言った。「アレックスったらいろいろ気を遣ってくれたのね。それとも、あなたがわたしに隠れてこっそり支払ったの?」

「いいえ、わたしに尋ねもせずに作ってくれたの」ゾーイは答えた。「おばあちゃんのために、使いやすい家にしてくれたのよ」

ジャスティンがからかうような笑みを見せた。

「エマのためじゃないわね。あの歩く氷山とは、その後どうなってるの?」

「何もないわ」ゾーイはきっぱりと言った。

ジャスティンが眉をひそめた。「〝たまにはいい雰囲気のときもあるんだけどね〟とか、〝いい友達よ〟というならわかるけど、〝何もないわ〟というのは……嘘ね。そんなの信じられない。アレックスは誰にも見られてないと思ってるんだろうけど、あなたを見つめる目ときたら……」

「どんな目なの？」

「山で遭難して、三日間飲まず食わずで救助された人が、おいしそうなシナモンロールを見るような目よ」

「その話はしたくないの」ゾーイは言った。

「いいわ」ジャスティンは靴を並べつづけた。

しばらくすると、ゾーイのほうが耐えきれなくなった。

「キスしただけよ。わたしとつきあう気はないとはっきり言われたわ」

「それを聞いてほっとした。わたしの言わんとするところはわかってるわよね」ジャスティンは次の段ボール箱を開いた。

「アレックスはあなたが思っているよりいい人よ」ゾーイは擁護した。「彼が自分で思っているより、ずっと優しい人だわ」

「だめよ、ゾーイ」

「何が？」

「わかってるくせに。あなたはアレックスとつきあいたいと思ってる。望んでも報われない相手だから、さまざまな理由を挙げて彼とつきあうことを正当化しようとしてるのよ」

「ジャスティン、自分は恋愛ができないってさっき言っていたわよね」ゾーイは言い返した。

「それって男の人から見たら、望んでも報われない相手ってことでしょう？　つまり、誰もあなたと関係を持ってはいけないということになるわけ？」

「そうじゃない。わたしと関わっても大丈夫な男ならいいの。それでも相手が火傷をしたら、それは自己責任よ」

「わかった。もしわたしがアレックスと関わって傷ついたとしても、あなたには同情なんか求めないから」ゾーイのいらだった口調に気づき、ジャスティンが驚いた顔で振り返った。

「あら、わたしはあなたの味方よ」

「わかっているわ。あなたの言うとおりだってこともね。でも、どういうわけか指図されている気がして仕方がないの」

ジャスティンは段ボール箱から靴を取りだし、しばらくしてから口を開いた。

「どっちみち、わたしがどう思おうと関係ないわよ。あなたはエマのことで忙しくなって、アレックスに関わってる暇なんかなくなるから」

ドゥエインとアレックスが家具とマットレスを持って戻ってきた。ゾーイはふたりに家具をどこに置くか指示した。力仕事がそろそろ終わろうというころには、もう陽はすっかり傾いていた。あとは明日、ゾーイが小物を整理するだけだ。

アレックスが仕立て用の古いマネキンをかついで、まだ塗装の終わっていないゾーイの寝室へ運びこみ、引っ越し用の布をはずした。マネキンにはクリスタルや宝石やエナメルやラッカー塗りのさまざまなブローチがついている。「これはどこに置く？」アレックスが尋ねた。

「その隅でいいわ」ゾーイは答えた。ほとんどのブローチはマネキンにつけたまま運び、はずしたのはとりわけ価値のある五、六個だけだ。ゾーイははずしておいたブローチをバッグから取りだし、マネキンに戻しはじめた。

「きみの寝室が完成してなくて申し訳ない」アレックスが小さな部屋のなかを見まわして顔をしかめた。カーペットは新しいものを敷いたが、壁の塗装と照明は古いままだ。壁一面を使ったクローゼットは枠組みこそできているものの、仕切りや扉はついていない。

「いいの、あなたの仕事の速さは驚きよ」ゾーイは答えた。「それに、とりあえず必要なのはキッチンと祖母の寝室だもの。そっちは完璧だわ」マネキンの空いている場所を探してブローチを留めていった。「もうブローチの収集はやめるか、もうひとつマネキンを手に入れるかするしかなさそうね」

アレックスはゾーイのそばへ寄り、ブローチを眺めた。「いつから集めてるんだ?」

「一六歳のときから。祖母がこれを誕生日のプレゼントにくれたの」ゾーイはクリスタルの花のブローチを指さした。「こっちは調理学校を卒業したとき、自分へのお祝いに買ったものよ」金色の触覚がついた赤いエナメルのロブスターをてのひらにのせ、それをマネキンの胸に留めた。

「これは?」アレックスは金色の縁取りがある象牙のカメオに目をやった。

「クリスからの結婚プレゼント」ゾーイはほほえんだ。「カメオを七年間持っていると、幸運のお守りになるんですって」

「じゃあ、これからいいことがあるわけだ」アレックスが言った。

「幸運って、そのときは必ずしもそうだとはわからないのよね。あとになって、ああ、あれでよかったんだと思うだけ。クリスとの離婚がまさにそうだわ。今になってみれば、あれはお互いにとって最善の選択だったと思う」

「それは幸運とは言わない。たんに間違いを修正しただけだ」

ゾーイは少し顔をしかめた。「クリスとの結婚が間違いだったとは思いたくない。あれはわたしにとってくぐり抜けるしかない運命だったのよ。おかげで学んだこともあるし、ちょっとは大人になったわ」

「何を学んだんだ？」アレックスの目にからかいの表情が浮かんだ。

「許すことと、自立すること」

「崇高なる力によって離婚という運命の道をたどらなくても、それを学べたとは思わないか？」

「神様を信じていないのね」

アレックスは肩をすくめた。

「実存主義のほうが、神だの運命だのといったものよりもおれには理解できる」

「わたしはいまだに実存主義がどういうものかよくわかっていないの」ゾーイは正直に打ち明けた。

「実存主義っていうのは……世の中はばかばかしくてくだらない。だから自分にとっての真実、自分にとっての生きる意味を見つけるしかない。ほかはどうでもいいことばかりだ。崇高なる力など存在しない。ただ、人間はもがき苦しみながら生きてるだけだ……ということだ」

「信仰がないほうが幸せになれるってこと？」ゾーイには理解できなかった。

「実存主義者は、人生の不条理などくそくらえと思えるようになったらよしと考える。幸せは追い求めない」

「なんだか悲壮感が漂っているわね」ゾーイは笑った。「そういう考え方は、わたしには難しすぎるわ。わたしはもっとわかりやすいもののほうがいい。たとえばレシピとか。適量のベーキングパウダーはパンケーキをふくらませる。卵は材料をつなぎあわせる。基本的に人生とはよいものであり、人間はいい人たちばかり。チョコレートの存在は、神様が人間を幸せにしたいと思っている証拠。ほら、わたしはこんな浅い考え方しかできないの」

「きみの考え方は好きだ」ゾーイを見つめるアレックスの目にちらりと強い感情が浮かんだ。

「何か困ったことがあったら電話してくれ。そうじゃなければ、おれは二、三日、ここへは来ない」

「あなたの休暇を邪魔しようなんて気はさらさらないわ。この家の工事が始まってから、実際のところ一日も休まずに仕事をしてくれたんだもの」

「働くのはなんでもないさ」アレックスは答えた。「金をもらってるんだから」

「それでも感謝しているわ」

「月曜日からまた作業に入る。一〇時ごろまでは来ないつもりだ。それならエマも朝ゆっくり起きて、静かに朝食をとれるし」

「ギャヴィンとアイザックも一緒に作業するの？」

「いや、一週間ほどはおれだけだ。最初からいくつも新しい顔が来たら、エマも戸惑うだろうからな」

アレックスが祖母の気持ちを思いやってくれていると知り、ゾーイは少し驚くとともに、胸が熱くなった。「週末は何をするつもり？」

アレックスはドアのそばで足を止め、表情の読めない顔でこちらを振り返った。

「ダーシーが来る。あの家が売れやすいように飾りつけをするんだ」

「でも、もともと個性のない内装なんでしょう？　今のままでいいんじゃないの？」

「そうでもないらしい。ダーシーがコーディネーターを連れてくる。購入者があの家に愛着を感じるような色使いのものを置いたりするそうだ」

「そんなことが影響するの？」

アレックスは肩をすくめた。

「おれがどう思おうが関係ないからな。今じゃあ、どうせダーシーの家だ」

アレックスが週末のすべてではないにしても、いっときを元妻と過ごすのだと知り、ゾーイは複雑な気分になった。焼けぼっくいに火がついたらどうしようと思うと、ゾーイは気持ちが沈んだ。元妻が望めば、アレックスに断る理由はない。

いや、気持ちが沈んだどころではない。まるで毒の入ったフルーツでパイを作り、それを丸々食べきってしまったような感じだ。

これは嫉妬だ。

それでもゾーイは何も感じていないふりを装ってほほえんだ。唇が痛かった。「じゃあ、よい週末を」なんとかそう言った。

「きみも」アレックスは立ち去った。

あの人はいつも振り返らないで行ってしまう。ゾーイはそう思い、次のブローチをマネキンに思いきり突き刺した。


『さっきのあれはなんだ?』アレックスの隣を歩きながら、亡霊が険悪な口調で尋ねた。『実存主義?　崇高なる力など存在しないだと?　まさか本気でそう思ってるわけじゃないだろうな?』

「本当にそう思ってるさ。盗み聞きするのはやめてくれ」

『ほかにすることがなくてね』亡霊は苦い顔をした。『自分の状況を見てみろ。亡霊がそばにいるんだ。これほど非実存的なことはないぞ。おれが存在するということは、死はすべての終わりではないことを意味する。おまえに取り憑いてるということは、なんらかの目的でそうさせた大きな力が働いてるってことだ』

「あんたは亡霊なんかじゃなくて、おれの妄想にすぎないのかもしれない」アレックスはつぶやいた。

『おまえに妄想できるほどの想像力があるものか』

「鬱になれば、そういう症状も出る」

『だったら抗鬱剤でものんで、おれが消えるかどうか試してみろ』

アレックスはピックアップトラックのそばで立ちどまり、考えこんだ顔つきで亡霊を見た。

「そんなことをしても、あんたは消えない。おれはあんたにがんじがらめにされてるんだ」

『それを認めたってことは、実存主義者ではないということだな』亡霊が勝ち誇って言った。

『おまえはただのくそだ』

16

「あら、元気そうね」アレックスが玄関のドアを開けるなり、ダーシーは驚いた声でそう言った。まるでアレックスが、山のような空になった咳止めシロップの瓶や、違法薬物を吸引する道具に囲まれて倒れているのを期待していたと言わんばかりの口調だ。

「きみも元気そうだ」アレックスは答えた。

ダーシーはどの角度から写真を撮られてもいいようにメイクと服装を整えた、ファッション雑誌のモデルのようだった。ラメやグロスをたっぷり使った完璧なメイクをし、しゃれた服を着ている。ブラウスはボタンをひとつ多くはずし、ハイライトの入った髪はストレートアイロンできれいに伸ばしてある。たとえ人生に金儲け以外の崇高な目的を持っていたとしても、外見にはみじんも表れていなかった。だが、アレックスは皮肉を言う気にもなれなかった。どうせダーシーはすぐにでも再婚するだろう。アレックスよりもっと金持ちで、強力なコネがあり、離婚の際には財産分与や慰謝料として巨額の金を支払えるような男とだ。それがわかっていても、腹も立たない。彼女がその目的を隠そうとしたことは一度もないからだ。

ダーシーにコーディネーターを紹介され、アレックスは挨拶をした。コーディネーターは名前をアマンダといい、レイヤーカットにした髪をヘアスプレーでがちがちに固めた、年齢不詳の女だった。ダーシーとコーディネーターは、ほとんど家具のない家のなかを見てまわった。ときおり質問をされるため、アレックスはふたりのあとをついていくしかなかった。家のなかはきれいに掃除し、壁は必要なところを塗装しなおし、照明と配管はきちんと機能するように修理して、庭の植物は根覆いをしてある。

玄関の内側に、ダーシーが持ってきたルイ・ヴィトンの小ぶりな旅行鞄が置いてあった。アレックスはそれを見て、眉をひそめた。今夜、ここに泊まるつもりなのだろうか。彼女と会話しなければならないのかと思うと憂鬱になる。まだ結婚していたころでさえ、互いに話すことなど何もなかったのだ。

大きな喜びをほんの少しでも味わってしまったあとでは、もうこれまでと同じものは楽しめない。手には入らないが、もっとすばらしい経験があることを知ってしまったからだ。それはホットビスケットと同じだ。表面はかりっとしていて、内側は柔らかく、軽くふたつに割ったところへバターと蜂蜜をのせた、手製のビスケットを食べたあとに、市販の生地を使った安っぽいビスケットを出されるようなものだ。

『ダーシーが泊まると言いだす前に、そのことをちゃんと伝えたらどうだ？』そばをぶらぶらと歩いていた亡霊が言った。

「なんの話だ？」

亡霊が厚かましい笑みを浮かべた。『毒ヘビが詰まってるのかという顔で、あの旅行鞄を見てるからさ』笑みが和らいだ。『それに、今のおまえにダーシーは向かない』

ここ二、三日、亡霊はそわそわしていた。もうすぐエマに会えると思うとうれしい半面、期待と不安で落ち着かないのだろう。その感情の渦にさらされるのが、アレックスにはつらかった。今は自分の気持ちを抑えこむだけで精いっぱいだ。こんなときは感覚を麻痺させるために、つい一杯やりたいと思ってしまう。

ひとつ感謝しているのは、ここしばらく亡霊が離れてくれていることだ。説教くさいことを言ったのは、今のダーシーに関する会話だけだ。別荘でゾーイにキスをした件については何も言ってこない。それどころか、気づかなかったような顔をしている。一方、アレックスはといえば、あの出来事を必死に忘れようとしていた。

だが、脳みそが万力で固定されたかのように、記憶から逃れられなかった。こちらを見あげるゾーイの輝くブルーの目。爪先立って身を寄せてくる悩ましいそぶり。あの瞬間、自分はもしかしたら彼女を幸せにしているのかもしれないと思うと、高ぶる感情に圧倒されそうになった。ゾーイは彼の動きに合わせ、何をしても受け入れてくれた。きっとベッドでも、そんなふうに身も心も許すのだろう。

くそっ。

だが、もし関係を持てば、自分はゾーイを皮肉屋で、いつも怒っていて、身を守ることばかり考える女性に変えてしまうだろう。ちょうどダーシーみたいに。これまで関わってきた女はみんなそうだった。

　二時間ほど、タブレットで写真やデザインを見ながら打ち合わせをしたあと、コーディネーターは午後のフェリーに乗りたいから、そろそろ失礼すると言った。

「アマンダをフライデーハーバーまで送って、夕食を買ってくるわ」ダーシーはアレックスに尋ねた。「イタリアンなんかどう？」

「今夜、ここに泊まるつもりなのか？」アレックスはうんざりした。

　ダーシーは皮肉を言った。「わたしの旅行鞄を見たんでしょう？」ちらりといらだたしげな顔をした。「かまわないわよね。ここはわたしの家だもの」

「売却が決まるまで、こっちでメンテナンスして、請求書の支払いもしてるんだ。文句はないだろ？」

「そうね」ダーシーが挑発するようにほほえんだ。「あとでご褒美をあげましょうか？」

「そんな必要はない」

　一時間ほどすると、マリナラソースのパスタとサラダの入った箱を持って、ダーシーが戻ってきた。ふたりは料理を皿に盛り、キッチンのテーブルについた。結婚していたときと同じだ。どちらも料理をしないため、食事はいつもテイクアウトの料理か、冷凍ディナーか、外食だった。

「キャンティを買ってきたの」ダーシーは引き出しからワインオープナーを取りだした。

「おれはいらない」

ダーシーが肩越しに振り返り、驚いた顔をした。「冗談でしょう？」

調理台に座って長い脚を揺らしていた亡霊が、大仰に言った。

『こいつが冗談を言えるとは知らなかったぞ』

「今は飲みたい気分じゃないんだ」アレックスはダーシーに言い、亡霊をひとにらみした。

『わかった、わかった』亡霊は調理台からおり、キッチンを出ていった。

ダーシーは戸棚からワイングラスをふたつ出して、両方にワインを注いでテーブルに持ってきた。「アマンダが言うには、この家はもっと暖かみのある雰囲気を演出したほうがいいそうよ。家のなかはきれいに片付いているし、内装は一般的だから、難しくはないと言っていたわ。ソファに色とりどりのクッションを並べたり、観葉植物をいくつか置いたり、テーブルランナーを敷いたりすればすむって」

アレックスはグラスに注がれたキャンティの、ザクロのような濃い赤い液体に目をやった。味は覚えている。さっぱりとした辛口で、スミレの香りがするワインだ。酒をひと口も飲まなくなってから、もう何週間も経つ。一杯くらいなら、なんということはないかもしれない。ディナーをとりながらワインを飲む人間は、世の中に大勢いる。

ワイングラスに手を伸ばしたが、取りあげることはせず、ただ脚の台の部分を指でなぞった。そして、グラスを軽く押しやった。

元妻の顔に視線を戻し、話を聞こうと努めた。ダーシーは昇進したのだとしゃべっていた。大手ソフトウェア会社でマーケティング・コミュニケーション・マネージャーをしているのだが、最近、企業グループ向けに発行している社報の責任者に任命されたらしい。

「よかったな。きみなら完璧にこなすだろう」

ダーシーは笑みを浮かべた。「お世辞が上手になったわね」

「本当にそう思ってるからさ。おれはずっときみの成功を願ってきた」

「あら、それは知らなかったわ」ダーシーはおいしそうにワインを飲み、長い脚をアレックスの膝の下に滑りこませた。「あれから誰かと寝た？　それともわたしが最後？」

アレックスは何もないと首を振り、挑発してくる脚を押さえた。

「だったら、ストレスを発散しなくちゃね」

「いや、結構」

ダーシーが信じられないという笑みを見せた。「わたしの誘いを断るつもり？」

アレックスは気がつくとワイングラスに指を伸ばし、赤い液体を包みこむように手を添えていた。そっとキッチンを見まわしたが、亡霊の姿はなかった。グラスを持ちあげ、ひと口飲んだ。ワインの香りが口内に広がった。つかの間、まぶたを閉じた。ほっとする。すぐに気分が楽になりそうだ。もっと飲みたかった。息もつかずに、飲み干してしまいたい。

「最近、知りあった女性がいる」アレックスは言った。

ダーシーが目を細めた。「その人のことが気になるの？」

「そうだ」それは真実だ。たとえ自分には釣りあわない相手だとわかっていても。ゾーイのことをどうこうするつもりはない。

「ばれなければいい話よ」ダーシーが言った。

「おれの気がすまない」

ダーシーがからかい口調で冷ややかに言った。

「まだ関係も持っていない相手に、そこまで義理立てするの？」

アレックスはダーシーの脚をそっと床におろし、久しぶりに元妻の顔をまっすぐに見た。そこには不幸で孤独な表情が浮かんでいた。ゾーイが夫に裏切られるのがどういうものか話してくれたときに、同情を覚えたことを思いだした。

ダーシーもまた夫に裏切られたひとりだ。つまり、この自分に。守る気もないくせに、それがいけないことだとは感じず、結婚の誓いを立てた。あのときはお互い様だと思っていた。ダーシーのほうも、守る気はさらさらなかったのだから。だが、結婚の誓いとは、もっと重みのあるべきものなのだ。

アレックスは覚悟を決め、ワインをシンクに流し、グラスを脇へ置いた。忘れかけていた渋みのあるフルーティな香りが漂った。

「どうしてそんなことをするの？」

「酒はやめたんだ」

ダーシーは嘘でしょうという顔をした。「一杯くらいなんてことないわ」

「飲んでるおれは始末が悪いからな」

「しらふのあなたのほうがずっと始末が悪いわよ」

アレックスは力なく笑みを浮かべた。

「いったいどうしたの？」ダーシーが怒った口調で訊いた。「何をそんなに無理しているのよ？　あなたがどんな人か、わたしはよく知っている。一緒に暮らしていたんだもの。そうするのもその女のためなの？　相手はもしかしてモルモン教徒？　それともクエーカー教徒？」

「そういうことじゃない」

「ばかみたい」

ダーシーは吐き捨てるように言った。だが、口調には動揺が感じられた。アレックスはダーシーが憐れに思えた。関係を修復するのに遅すぎることはないと、何かで読んだか聞いたかしたことがある。だが、それは嘘だ。自分たちの場合は互いを傷つけすぎた。結婚にはもはや後戻りできない一線があり、それを越えてしまうとどんな意味においても関係修復は不可能になる。

「すまなかった」アレックスは謝った。ダーシーは、先ほど彼がそうしたかったように、いっきにワインを飲み干した。「おれと結婚したばかりに、きみは不当な扱いを受けた」

「この家を手に入れたわよ」ダーシーはさらりとかわした。

「離婚のことじゃない。結婚生活のことを言ってるんだ」胸の内をさらすのはやめたほうがいいと思う自分もいた。だが、ダーシーはせめて真実を知る権利がある。「おれがもっとまともな夫だったらよかったんだ。ちゃんときみに今日は一日どうだったかと尋ねてその返事に耳を傾け、犬の一匹も飼い、この家をホテルの豪華なスイートルームじゃなくもっと家庭的な雰囲気にするべきだった。きみの人生の邪魔をしてすまなかった。すべておれが悪かったと思ってる」

　ダーシーが椅子から立ちあがり、アレックスのほうへ近寄ってきた。顔を真っ赤にし、驚いたことに目に涙を浮かべ、顎を震わせている。抱きつかれるのかと思い、アレックスは落ち着かなくなった。そんなことはまったく望んでいない。だが、違った。ダーシーはアレックスの頬をひっぱたいた。鋭い音がキッチンに響き、アレックスの頬は感覚が麻痺したあと、炎のように熱くなった。

「自分が悪かったなんて嘘よ。あなたはそんなふうに思える人じゃない」

　アレックスに何も言わせまいとするように、ダーシーは怒りに満ちた低い声で続けた。

「勝手にわたしを夫に放っておかれたみじめな妻に仕立てあげないで。あなたに愛されたいなんて思ったことは一度もないわ。そんな愚かな女じゃないもの。あなたと結婚したのは、稼ぎがよくて、ベッドで楽しませてくれたからよ。でも、今のあなたは両方ともだめ。いったいどうしちゃったの？　あっちのほうまでできなくなるなんて。そんなふうに娼婦を見るみたいな目で見ないで。わたしをこんな女にしたのはあなたよ。あなたと結婚すれば、みんなそうなるんだわ」ダーシーはワインのボトルとグラスをつかみ、足早にキッチンを出ていった。客用寝室のドアが閉まる音が家じゅうに響いた。

　アレックスは顎をなでながら調理台にもたれかかり、ダーシーのことを考えた。まさかこんな反応をされるとは思ってもいなかった。

亡霊がそばに来た。その目には、友人として同情している表情が浮かんでいた。

アレックスは深く息を吸いこみ、ゆっくりと吐きだした。「どうして止めなかった？」

『ワインに口をつけたことか？　おれはおまえの良心じゃないんだ。それは自分の問題だろう？　おれは永遠におまえにくっついてるわけじゃないからな』

「その言葉、忘れるなよ」

亡霊が笑った。『あれでよかったんだ。ダーシーにはきちんと話しておくべきだった』

「彼女が少しは救われると思うか？」アレックスは半信半疑で尋ねた。

『いや』亡霊は答えた。『だが、おまえが救われる』


翌朝、ダーシーはひと言も口をきかずに帰っていった。その週末、アレックスはレインシャドー・ロードの家で、屋根裏部屋のがらくたを片付けたり、腰高の壁を取りつけたりして過ごした。日曜の午後、ゾーイに携帯電話からメールを送り、エマはもう別荘に来たのかと尋ねた。

〝無事に着いたわ〟すぐに返信があった。〝この別荘をとても気に入っている〟

〝何かおれにできることはないか？〟アレックスは我慢できずに、またメールを送った。

〝あるわよ。アップルパイを焼くの。明日の午前中、手伝いに来て〟

〝朝食にアップルパイか？〟

〝そう〟

〝わかった〟

〝gn〟

〝gn〟

〝gn〟とはもちろん〝おやすみ《グッド・ナイト》〟の略だが、ふとそれが〝服を脱ぐ《ゲット・ネイキッド》〟に見えた。ゾーイが服を床に滑り落とすところが頭に浮かび、体がうずいた。

だが、そんな気分はすぐに消え失せた。亡霊が高まる期待と抑えきれない緊張に満ちた感情をほとばしらせながら近づいてきたからだ。

「やめてくれ」アレックスは言った。「いいか、明日、別荘でもそんなふうに感情的になるなら、おれはさっさと帰るからな。こんなんじゃ仕事にならない」

『わかった』だが、亡霊の感情は少しも落ち着かなかった。

誰かを愛するというのは、そういうものなのだろう。だが、今はたとえ間接的にでも、そんな気持ちを感じるのは勘弁してほしかった。

「祖母はまだ眠っているのよ」ゾーイが玄関のドアを開け、アレックスを招き入れながら言った。「今日はできるだけ寝かせておいたほうがいいかと思って」

アレックスは足を止め、ゾーイを見た。地味なタンクトップにカーキ色のショートパンツ姿だ。疲れているらしく、目の下にはくまができているし、髪は洗っていないようだ。けれども、それでも輝いて見えたし、メイクを施していない顔はあどけなかった。アレックスはゾーイを抱きしめて安心させてやりたい衝動に駆られた。

だが、それはできない。「またあとで来る」

背後にいた亡霊がきっぱりと言った。『だめだ、なかへ入れ』

「一緒に朝食をとっていって」ゾーイはアレックスの手を引き、家のなかへ連れていった。

バターと砂糖と温かいリンゴの匂いが漂っていた。アレックスは唾をのみこんだ。

「パイじゃなくて、フライパンでアップルクリスプを作ったの。キッチンの椅子に座っていて。お皿に取りわけるから」

アレックスはゾーイについてキッチンへ行った。亡霊がリビングルームの本棚の前で足を止めた。その表情は見えないが、身じろぎもせずに何かを見つめている。それがなんなのか確かめるため、アレックスはさりげないふうを装って本棚に近づいた。

棚の一段に写真立てが並んでいた。なかには古くなってセピア色に変わっているものもある。エマがよちよち歩きの赤ん坊を抱いているスナップ写真があった。それを見て、アレックスは笑みを浮かべた。ブロンドの髪をした愛らしい赤ん坊はゾーイに違いない。その隣には、一九三〇年型のセダンの前に三人の少女が立っているモノクロームの写真があった。エマとふたりの姉だろう。

七〇年代にはやった髪型をして、頬髭を生やし、大きな下顎が突きだしている男の写真に目が行った。少し気取った男だ。

「これは誰だい？」アレックスはその写真立てを持ちあげた。

ゾーイがキッチンから振り返った。「父のジェイムズ・ホフマン・ジュニアよ。最近の写真を送ってくれと何度も頼んでいるのに、いつも忘れるの」

「お母さんの写真は？」

「ないわ。母が家を出たあと、父がすべて捨ててしまったの」アレックスがじっと見ているのに気づき、ゾーイはかすかにほほえんだ。「写真なんかなくてもいいのよ。わたしは母にそっくりらしいから」そのささやかなほほえみでは、母親に捨てられた悲しみは隠しきれていなかった。

「お母さんが家を出た理由は知ってるのか？」

「いいえ。父はひと言もその話をしないのよ。とても若かったから、子育ての責任を引き受けられなかったのだろうと祖母は言っているわ」ゾーイはおかしそうにため息をついた。「小さいころは、わたしが泣きすぎたから母は出ていったんだと思っていたの。だからわたしは、いつも楽しそうなふりをすることにしていた。本当はちっとも楽しくなんかないときでもね」

今でもそうだとアレックスは思った。できるものならゾーイのそばに近寄って抱きしめ、おれと一緒にいるときは楽しそうなふりをしなくてもいいんだと言いたかった。だが、必死にその気持ちを抑えた。

亡霊がぶっきらぼうに言った。『この写真のことを尋ねろ』

それは結婚写真だった。エマは若くて魅力的だが、笑っていなかった。ジェイムズ・オーガスタス・ホフマン・シニアはがっしりしていて、顎が広かった。息子とよく似ている。

「これが〝ガスおじいちゃん〟か？」アレックスは尋ねた。

「ええ。のちに眼鏡をかけるようになったんだけど、そうするとクラーク・ケントにそっくりだったらしいわ」

『こいつはおれか？』亡霊が写真をにらみながら、かすれた声で尋ねた。

アレックスは首を振った。亡霊は顔が細く、目は黒っぽく、それなりのハンサムだ。ガス・ホフマンとはまったく似ていない。

亡霊は安堵と失望のあいだで引き裂かれたような顔をした。

「だったら、おれはいったい誰なんだ？」

アレックスは結婚写真をそっと棚に置いた。顔をあげると、亡霊がエマの部屋に入っていくのが見えた。

アレックスは不安を覚えながら、キッチンへ戻ってアイランドのスツールに腰をおろした。エマに心臓発作を起こさせるようなまねを亡霊が慎んでくれることを願うばかりだ。

「今朝、ホテルの朝食は誰が作ったんだ？」

「ときどきアルバイトで手伝ってくれる友人がふたりばかりいるのよ。だから、キャセロールを用意して冷蔵庫に入れておいて、焼き方のメモを残してきたわ」

「無理をすると疲れがたまるぞ」アレックスは言った。ゾーイはキツネ色の崩れやすいトッピングがのったアップルクリスプを二枚の皿に取りわけた。「少し休め」

ゾーイがほほえんだ。「あなたに言われてもね」

「睡眠はどれくらい取れてるんだ？」

「きっとあなたよりは多いわよ」

ふたりは並んで座った。ゾーイは、エマをフェリーで連れてきたときのことや、エマが別荘をとても気に入っていることや、エマがのんでいるさまざまな薬のことを話した。それを聞きながら、アレックスはアップルクリスプを食べた。トッピングはさくさくした食感にオートミールの歯ごたえのよさがまじっており、口に入れるなりとろけた。シナモンとオレンジで香り付けしたリンゴは、いくらか酸味があって食欲をそそられる。

「もし死刑囚になったら、この世で最後の食事にはこれを頼むことにするよ」アレックスは言った。冗談のつもりではなかったのだが、ゾーイはおかしそうに笑った。

猫用のドアが開く音が聞こえ、われこそがこの屋敷の主《ぬし》だと言わんばかりの顔でバイロンが入ってきた。

「あの自動ドア、うまくできているわね」ゾーイが言った。「バイロンに使い方を訓練する必要もなかったわ。勝手に覚えたの」彼女はペルシャ猫を愛おしげに眺めた。バイロンはリビングルームへ行き、ソファに飛びのった。「ただ、首の発信機がかわいくないのよね。あれを少しデコレーションしたら、機能に問題が出るかしら？」

「それは大丈夫だが、デコレーションなんかするな。猫にも尊厳というものがある」

「ちょっとスパンコールをつけるだけよ」

「猫はショーガールじゃないんだぞ」

「バイロンはデコレーションが好きなの」

アレックスはちらりとゾーイを見た。「まさか猫に服を着せたりしてないだろうな？　きみはそういうタイプではないと思ってたんだが」

「着せていないわよ」ゾーイが急いで答えた。

「よかった」

「でも……クリスマスにはちょっとだけサンタクロースの格好をさせたし……」ゾーイは言葉を切った。「それにハロウィンでは――」

「それ以上は聞きたくない」アレックスは笑いをこらえた。「いいかげんにしてくれ」

「あなた、笑っているんでしょう？」

「歯を食いしばってるんだ」

「それは笑っている顔よ」ゾーイは楽しそうに言い張った。

ふた皿目のアップルクリスプを半分ほど食べたころ、アレックスは亡霊とエマのことを思いだした。エマが使っている主寝室のドアは閉まっており、音は聞こえなかった。だが、甘くて熱い空気がこちらまで漂ってきてアレックスにまつわりつき、肺や皮膚から体にしみこんだ。ひとつまみの塩がケーキの香りを強めるように、複雑な思いが昂揚感を高めている。めまいを覚えるほどの至福がアレックスの胸をこじ開けようとしてきた。アレックスはうつむき、寄せ木の調理台の木目をにらみつけた。

やめてくれ。誰に言っているのかもわからず、そう心のなかで訴えた。

エマ……。

亡霊はベッドで眠っている女性に近づいた。鎧戸が片側だけ開いた窓から朝の光が差しこみ、繊細な肌を輝かせていた。エマは今でも美しかった。顔の形がきれいだからだろう。その肌には、亡霊が分かちあえなかった幾千もの喜びと悲しみが刻みこまれていた。ともに人生を歩んでいれば、亡霊の顔にもまた物語が描かれ、時の流れが記されたに違いない。人生を顔にまとう……それは神からの贈り物だ。

『やあ』亡霊はエマを見おろしてささやいた。

エマのまつげが震えた。やがて彼女は目をこすって体を起こし、一瞬、亡霊が見えているような顔になった。亡霊の胸に希望がわいた。

『エマ』静かに声をかけた。

エマはベッドをおりた。レース飾りのついたパジャマを着た姿は細くて弱々しい。窓辺に寄り、外の景色を眺めた。そして震える手で顔を覆い、指のあいだから嗚咽をもらしはじめた。それを聞き、亡霊は心臓がつぶれそうになった。いや、亡霊に心臓はない。陽光に照らされて光る涙は、魂を打ち砕いた。亡霊は魂そのものだ。

『泣かないでくれ』聞こえないとわかっていながらも、亡霊は慌ててエマを慰めた。『落ち着くんだ。エマ、愛してる。おれはずっと……』

エマはパニックに陥ったのか、呼吸が速くなり、泣き声がだんだん大きくなった。片足を引きずりながらドアのほうへ行った。

『エマ、転ばないように気をつけてくれ……』亡霊は悲しみと不安に押しつぶされそうになりつつ、エマのあとをついていった。

エマがよろめきながらリビングルームへ出ると、朝食をとっていたアレックスとゾーイが同時に振り返った。

ゾーイは血相を変えてスツールから飛びおり、祖母のもとへ駆け寄った。

「アプシー、どうしたの？　悪い夢でも見た？」

「わたしはどうしてここにいるの？」エマは震えながら泣きじゃくった。「どうやってここに？」

「昨日、わたしと一緒に来たの。これからふたりで暮らすのよ。その話は――」

「いやなの、家に帰らせてちょうだい。家に……帰りたい」エマは激しく泣いている。

「ここがアプシーの家よ」ゾーイは優しく言った。「アプシーのものは全部ここにある。今、見せてあげるから――」

「触らないで！」エマはさらに取り乱し、部屋の隅へ逃げこんだ。

アレックスは亡霊をにらみつけた。「何をした？」

亡霊に向けて小声で言ったつもりだったが、ゾーイが答えた。

「今朝はまだ薬をのんでいないの。ちゃんと起こしてのませればよかった」

「いや、きみに言ったんじゃない」アレックスはいらだった。ゾーイが困惑顔で、目をしばたたいた。

『エマはおれのことが見えないし、声も聞こえない』亡霊が答えた。『どうしてこんなことになったのか、おれにもわからないんだ。おい、エマをなんとかしてやってくれ』

「アプシー、お願いだから座って」ゾーイが手を差し伸べた。だが、エマはその手を払いのけ、激しく首を振った。

アレックスはエマのそばに寄った。

『怯えさせるな』亡霊が命令口調で言った。『エマはおまえを知らないんだぞ』

アレックスはその言葉を無視した。アレックスとエマの外見はまったく対照的だった。片やたくましく、片や華奢で震えている。それが亡霊を不安にさせた。一瞬、アレックスがエマを拘束するか、何か怖がらせるような振る舞いをするのではないかと心配になった。ゾーイも同じことを思ったのか、アレックスの腕に手を置き、何か言いかけた。

だが、アレックスはエマしか見ていなかった。「ミセス・ホフマン、アレックスです。ずっとあなたに会いたいと思ってました」彼は続けた。「大工のような仕事をしてます。兄がレインシャドー・ロードにヴィクトリア朝様式の家を所有してるので、そこの改装もしてます。ミセス・ホフマン、あなたはあの家に住んでいらしたことがあるんですよね？」言葉を切り、小さくほほえんだ。「仕事をするときは音楽をかけてます。ぼくの好きな曲を聴いてもらえますか？」

エマがうなずいて涙をぬぐったのを見て、亡霊とゾーイは驚いた。

アレックスはポケットから携帯電話を取りだし、手早く操作すると、スピーカーの音量をあげた。ジョニー・キャッシュのバリトンが流れてきた。哀愁漂う歌い方の《ウィル・ミート・アゲイン》だ。

エマが驚いた顔でアレックスを見た。涙が止まり、ため息がもれた。ふたりは見つめあったまま、数小節ほど歌を聴いた。アレックスが柔らかいがしっかりした声で、一、二小節、歌詞を口ずさんだ。

ゾーイは驚いたとばかりに首を振り、魅入られたようにアレックスを見つめた。

アレックスがほほえみを浮かべ、エマに片手を差しだした。エマは夢のなかに入っていくように、その手を取った。アレックスはエマを引き寄せ、背中に腕をまわした。歌声がリボンのごとく空中を漂い流れるなか、ふたりはダンスを踊りはじめた。アレックスはエマの悪いほうの脚をかばいながら踊った。

過去を忘れたい若者と、過去を覚えておきたくて必死になっている年老いた女性。境遇はまったく違うふたりが、この瞬間になんらかの糸で結ばれていた。

亡霊は呆然とその様子を眺めた。今、目にしているものが信じられなかった。アレックスについては、もう彼が何をしても驚かない自信があるほどよく理解しているつもりだったのに。こんなしゃれたまねができるとは夢にも思わなかった。

アレックスが顔を傾け、エマの髪に頬をあてた。今までどこに秘めていたのだろうと思うような優しさだ。低く響く歌声でエマを包みこんでいる。

亡霊は戸外で開かれた夜のパーティで、エマと踊ったときのことを思いだした。そこには、絵が描かれたランタンがいくつもつるされていた。


「この曲、嫌いよ」エマは言った。

「この前は好きだと言ったくせに」

「たしかにきれいな歌だけど、聴くたびに悲しくなるもの」

「なぜだ?」彼は静かに尋ねた。「もうじき帰るからまた会えるという歌詞じゃないか」

エマは肩にもたせかけていた顔をあげ、彼を見あげた。

「違う。誰かを失って、天国で再会できる日を待つしかないという歌よ」

「歌詞に天国なんて言葉はどこにもないぞ」彼は言った。

「でも、そういう意味の歌なの。あなたと離れ離れになるなんて耐えられない。一年、いいえ、一日だっていやよ。だから、わたしを残して天国へなんか行かないで」

「もちろんさ」彼はささやいた。「きみがいないのなら、そこは天国じゃない」

そのあと、おれとエマはどうなったのだろうと亡霊は思った。結婚はしなかったのか?だが、これから戦争に行くというのに、その前にエマと夫婦になりたいと思わなかったわけがない。プロポーズはしたはずだ。それは間違いないという確信がある。では、彼女に断られたのか？　それとも彼女の家族が反対したのか？　あれほど愛しあっていたのに、別れたなんて考えられない。きっと何か事情があるはずだ。それがなんだったのか、どうしても知りたい。

最後はコーラスとともに歌が終わった。アレックスはゆっくりと顔をあげ、エマを見おろした。

「彼がよくこの歌を歌ってくれたの」エマが言った。

「知ってますよ」アレックスはささやいた。

エマはアレックスの手を握りしめた。手の甲に繊細な青いレースのように静脈が浮きでた。

ゾーイが近づいてきてエマの肩に腕をまわし、小さな声でアレックスに言った。「ありがとう」

アレックスはそっとほほえんだ。

エマはゾーイに肩を抱かれ、ダイニングテーブルの椅子のほうへ歩いた。

「たしかにゾーイが言っていたとおりね。なかなかたくましそうな若者だわ」

ゾーイが慌ててアレックスへ目をやった。

「そんなことは言っていないから。わたしはただ……」

アレックスはからかうように両方の眉をあげた。

「つまり……」ゾーイはぎこちなく言い訳した。「別にあなたがたくましいとか、そんな話をしたわけじゃなくて……」言葉尻が消え、顔が赤くなった。

思わず浮かんだ笑みを隠すためにか、アレックスがそっぽを向いた。「道具を取ってくる」

亡霊があとをついてきた。

『助かった。礼を言うぞ』亡霊は言った。アレックスはピックアップトラックから、大きな道具袋をふたつ取りだした。

それを地面に置き、亡霊のほうを向いた。「いったい何があった？」

『目が覚めたら、泣きだしたんだ。理由はわからない』

「エマは本当にあんたの姿が見えないし、声も聞こえてないのか？」

『間違いない。それにしても、なぜあの歌を流したんだ？』

「あんたの好きな曲だからさ」

『そんなことがどうしておまえにわかる？』

アレックスが皮肉な表情を浮かべた。

「しょっちゅう歌ってるじゃないか。おや、怒った顔だな」

亡霊はしばらく黙りこんだあと、不機嫌に言った。『おまえはいいな、彼女と踊れて』

アレックスの表情が変わった。同情の色を浮かべている。心から愛する人のそばにいながら、触れることもできない苦しみがわかるとでもいうように。かつての姿はとどめているものの、影の存在でしかいられない悲しみが理解できるとでもいうように。

しばらくすると、アレックスは語りはじめた。

「エマはバラの香水と、ヘアスプレーと、雨あがりの空気みたいな匂いがした」

亡霊は一言一句聞きもらすまいと、アレックスに近寄った。

「それに、とても柔らかい手をしてた」アレックスは続けた。「女性によくあるように、手は少し冷たかった。踊りは軽やかだった。昔はさぞうまかったんだろう。今でも脚さえ悪くなければ、もっと上手に踊れそうだ」言葉を切った。「すてきなほほえみだった。目が輝いてたよ。あんたが知ってるころのエマは、なかなかおもしろい女性だったんだろうな」

亡霊は慰めを得られたような気がしてうなずいた。


ゾーイはエマに朝食を出し、バスルームへ薬を取りに行った。鏡を見ると、頰を紅潮させ、目を輝かせている自分がいた。息の仕方さえ忘れてしまった気がする。

《ウィル・ミート・アゲイン》は三分程度の短い曲だ。だが、その三分のあいだ、地球が回転軸からはずれ、星々のあいだを飛びまわっているような気がした。

わたしはアレックスを愛している。

〝あなたはわたしが大好きなもののすべてよ〟彼にそう言いたかった。〝あなたはわたしのラブソング、わたしのバースデーケーキ、大海原の波、すてきなフランス語、赤ちゃんの笑い声。スノーエンジェル、クリームブリュレ、それにきらきらした万華鏡よ。愛しているわ。あなたはわたしに追いつけない。わたしのほうが先に走りだして、光の速さで駆けつづけているから〟

あなたのことをそんなふうに思っていると伝えたら、アレックスはわたしから離れていくだろう。彼は心が深く傷ついている人だから、わたしも傷つくことになる。それでもかまわない。この気持ちはもう止まらない。

ゾーイは背筋を伸ばし、薬をエマのところへ持っていった。エマはすでにアップルクリスプを半分ほど食べていた。「アプシー、お薬よ」

「彼は大工の手をしているのね」エマが言った。「たこができていて、力強い手。わたしも昔、そういう手をしていた人を好きになったことがあったわ」

「そうなの？　なんて名前の人？」

「忘れたわ」

ゾーイは笑みを浮かべた。「それ、嘘ね」

アレックスが戻り、道具袋をゾーイの寝室の前に置いた。

「入っていいかい？　クローゼットを作りたいんだ」

ゾーイはまともに目を合わせられなかった。また頬が熱くなった。「どうぞ」

アレックスはエマを見た。「ミセス・ホフマン、クローゼットに仕切りを入れたいんですが、音がしても大丈夫ですか？」

「エマと呼んでちょうだい。わたしのパジャマ姿を見た男性なんだから、もうそんな丁寧な口をきく必要はないわ」

「じゃあ、エマ、またあとで」アレックスは短い笑みを浮かべた。それを見て、ゾーイはめまいがしそうになった。

アレックスが寝室のドアを閉めると、エマが言った。「いい男だわ。もうちょっと太っても いいけど」

「せっせと食べさせているところよ」ゾーイは答えた。

「わたしがおまえくらい若かったら、ころりとまいっているでしょうね」

「そんな簡単な話じゃないの」

「弱気になってはだめ」エマが言った。「ときには失恋で傷つくよりも後悔することがあるんだから」

「そうなの？」ゾーイは疑わしそうに訊いた。

「傷つくのを恐れて、好きな男をあきらめてしまったときよ」

ゾーイはその言葉を噛みしめた。「わたし、どうしたらいいと思う？」

「食事に誘って、手料理でもてなせばいいの。そして、デザートはわたしよって言うのよ」

ゾーイは思わず笑った。「それじゃあ、もっと深入りしちゃうじゃない」

「どうせもう深入りしているんだから」エマが言った。「せいぜいそれを楽しみなさいな」

17

「左手を使って」ゾーイはパントリーの隣にある洗濯機の入ったクローゼットの前で、理学療法士からもらった日常生活におけるリハビリについて書かれた小冊子を読みながら、辛抱強くエマを指導した。

エマは洗濯機の扉を左手で開け、ゾーイを見た。

「洗濯物を一枚ずつ乾燥機に移すの。ほら、転ばないようにわたしの手を持って」

「洗濯機につかまるからいいわ」エマは面倒くさそうに答えた。

アレックスはほほえましく感じながら、ゾーイの寝室からそれを見ていた。今日は、以前はクローゼットだった場所へ、小さなバスタブを取りつける作業をしている。亡霊は洗濯機に腰かけていた。

「二枚いっぺんにつかんじゃだめ」エマが二枚のシャツを乾燥機に入れたのを見て、ゾーイは注意した。

「そのほうが早く終わるのに」エマは反論した。

「効率がいいかどうかは問題じゃないの。大切なのは、なるべくたくさん手を閉じたり開いたりすることだから」

「これが終わったら何をするの？」

「乾いた洗濯物を一枚ずつかごに入れて、それから手首の運動のために埃を払いましょう」

「おまえがわたしのことをどう思っているかわかったわ」エマが言った。

「どう思っているの？」ゾーイは尋ねた。

「ただで家事をしてくれる家政婦でしょう」

アレックスは忍び笑いをもらした。

その声に気づき、ゾーイがわざとらしく怒った顔でアレックスを見た。「アプシーをいい気にさせないで。あなたたち、一緒にいすぎよ。どっちがどっちをたぶらかしているんだかわからないわ」

「それをいうなら〝そそのかす〟よ」エマが洗濯機に手を突っこみながら言った。「〝たぶらかす〟はだますってことだもの。いい気にさせるという意味なら、〝そそのかす〟が正しいわ」

乾燥機に洗濯物を入れているエマを見おろし、ゾーイは苦笑いを浮かべた。

「間違いをご指摘いただいて、どうもありがとう」

エマの声が乾燥機のなかでくぐもった。「そういうことはわかるのに、どうして自分が勤めていた新聞社の名前を思いだせないのかしら」

「〈ベリンガム・ヘラルド〉よ」ゾーイは水を飲みにキッチンへ来たアレックスと、ちらりと視線を交わした。このごろでは慣れつつある。エマを安心させなくてはいけないのに、それができずに自信をなくしている目だ。

エマがドリームレイクの別荘に来て二週間が経つが、そのあいだに何度か記憶障害、見当識障害、興奮状態などの症状が出た。元気よくきびきびと動く日もあれば、ぼんやりしている日もある。そのときの機嫌や、次の日まで何を覚えていられるかは予測がつかない。

「わたしのまわりをうろちょろしないで」ある日の午後、エマが腹立たしげに言った。「落ち着いてテレビを見たいのに」

ゾーイは謝り、キッチンへ行った。そして心配そうな表情で、こっそりエマを見た。

「ほら、まだうろちょろしている」エマが言った。

「こんなに離れているのに、どうして気になるのよ」

「アレックス」エマは言った。「この娘《こ》を散歩に連れだしてちょうだい」

「アプシーを置いて行けないわ」ゾーイは抵抗した。「ジーニーもいないのに」

ジーニーは訪問看護師で、早朝から昼ごろまでエマの世話をしている。ゆったりと落ち着いた性格なので、エマも着替えや風呂やリハビリなど、個人的なことを安心して任せられるようだ。

「一五分でいいから」エマは譲らなかった。「アレックスと一緒に外へ出て、新鮮な空気を吸っていらっしゃい。アレックスが忙しいなら、おまえひとりでも仕方ないけど」

アレックスはキッチンにあったエマの携帯電話を取りあげ、自分の電話番号を登録した。

「エマ、ゾーイと散歩に行ってくるよ」携帯電話をエマに手渡した。「何かあったら電話してくれるね？」

「わかったわ」エマは満足げに返事をした。

その様子を見ていた亡霊が眉をひそめた。『気に入らん』

「大丈夫さ」アレックスはゾーイへ顔を向け、静かに言った。「さあ、行こう。エマならなんともないから」

ゾーイはまだ迷っていた。「あなただって仕事の真っ最中なのに」

「休憩くらい取れる」アレックスは手を差しだした。

ゾーイはしぶしぶその手を取った。

指が触れているというささやかな幸せに、アレックスの心は酔いしれた。これまでも、たまたま腕が触れあうとか、ゾーイがアレックスの前に皿を置くときに髪が耳に触れるとか、そういう小さな接触を大事に味わってきた。何かにぶつけたらしく向こうずねにできた痣や、農産物の直売所で買ってきた花の香りがする石鹸など、ゾーイに関することなら何ひとつ見逃さなかった。

彼女に対して感じるこんな気持ちや、今のふたりの関係をなんと呼べばいいのかわからない。こうして手を握っていると、ただ肌が触れているだけではなく、ただぬくもりを分かちあっているだけでもなく、ふたりで一緒に何かを守っているような気がする。

手を離してもその感覚は消えず、ふたりのあいだにある名状しがたい絆が感じられた。

エマは大いに満足した顔をしてソファでくつろぎ、テレビを見ていた。バイロンがソファに飛びのって、膝の上に座った。

亡霊はそのそばに立っていた。『企んだな』小気味がよかった。『アレックスとゾーイをふたりきりにしたかったんだろう？　知ってたか？　きみは昔から男を見るだけはあった』

ずっとエマのそばにいたかったが、やがてアレックスと結びついている力に引きずられ、やむなくその場を立ち去った。

「わかってはいるんだけど……」ゾーイが言った。ふたりは森を貫く道路の端を歩いていた。頭上はヒロハカエデとマドロナの葉に覆われ、その根元にはシダがはびこり、陽あたりのいい場所ではブラックベリーが育っている。「わたしは心配しすぎなのよ。いちいちうるさいんだろうと思う。でもアプシーには怪我をしてほしくなくて。これ以上の介護が必要になるのはかわいそうだもの」

「エマに必要なのは、いや、きみたちに必要なのは、たまには離れることだ。週にひと晩くらいは遊びに出かけたほうがいいぞ」

「じゃあ、一緒に映画でも観に行ってくれる？」ゾーイが誘ってきた。「今週末なんてどう？」

アレックスは首を振った。「シアトルで兄貴の結婚式があるんだ」

「ああ、そうだった。忘れていたわ。ルーシーもサムと一緒に行くそうね。あなたは誰か連れていくの？」

「いや」アレックスはゾーイを散歩に連れだしたのを後悔していた。ふたりきりでいると気持ちが浮き立ち、つい心を開いてしまいそうになる。

「ルーシーとサムはうまくいっているみたいね」ゾーイが言った。「あのふたり、真剣な交際になるのかしら？」

「結婚を前提にということか？」アレックスは首を振った。「あのふたりに結婚しなくてはならない理由は何もない」

「もちろんあるわ」

「夫婦で合算申告すると税金が安くなるとか？」

「まさか」ゾーイは怒りを含んだ顔で笑った。「愛しあっていれば、結婚するのは自然なりゆきよ」

「いつまでもいちゃいちゃしてたいなら、結婚しないのがいちばんだ」ゾーイの顔から笑みが消えたのを見て、アレックスは自分がげすな男に思え、わが身を恥じた。「すまない。結婚式に行くと思うと憂鬱なんだ。まして今回は時間をつぶそうにも……」

ゾーイはすぐに理解した。「バーがあって、お酒は飲み放題なのね」

アレックスは短くうなずいた。

静かな声で質問が続いた。「お酒をやめたこと、お兄さんたちには話していないの？」

「ああ」

「打ち明けて、支えてもらえば？　きっとお兄さんたちも――」

「支えなんかいらない。いつまた飲みだすんじゃないかと、じっと見張られてるのはごめんだ」

ゾーイがアレックスの腕に指を絡めた。

「あなたなら大丈夫よ」


長兄のマークとマギーの結婚式は、シアトルのユニオン湖に浮かぶ退役したフェリーで行われた。幸いにもすばらしい晴天に恵まれたが、たとえ雨が降っていたとしても、熱いふたりは気づきもしなかっただろう。シャンパンが配られ、サムの音頭で乾杯が終わると、招待客たちはビュッフェ形式の豪華な料理を食べはじめた。アレックスは船尾へ行き、手すりに近い椅子に腰をおろした。たわいもない会話は嫌いだし、シャンパンやカクテルを手にした相手と話をするのは苦痛だ。この状況にアルコールという支えなしに臨むのは奇妙なものだ。まるで自分自身を演じているかのような気がする。今後はこういう状態にも慣れなくてはいけないのだろう。

次兄のサムがルーシー・マリンと踊っていた。ルーシーは自転車で交通事故に遭い、まだ足首に装具をつけている。ふたりは音楽に合わせて仲睦まじそうに体を揺らし、ときおりキスをした。サムがあんな目で女性を見つめるのは初めてだ。当人たちにそのつもりはなくても、恋に落ちるときはあるということなのだろう。あのふたりはどう見ても立派なカップルだ。だが、サムはまだそれに気づいてさえいない。きっとあの鈍感な兄は、いまだにいっときの軽い交際を楽しんでいるだけだと思っているのだろう。

アレックスは船尾でひとりひっそりとハイボールグラスに入ったコーラを飲んでいた。亡霊は隣の椅子で黙りこくっている。

「何を考えてるんだ？」アレックスは小声で尋ねた。

『エマは夫を愛してたんだろうか？』

「そうであってほしいと思うのか？」

亡霊はしばらく悩んだ末に、ようやく答えた。

『ああ。だが、おれのほうが大切な存在であってほしい』

アレックスは笑みを浮かべ、グラスに入った氷をまわした。

亡霊は沈んだ表情で、日光に照らされた湖面へ目をやった。

『おれが何かしちまったんだろうな。きっとエマを傷つけたんだと思う』

「まだ生きてるときにってことか？」

亡霊はうなずいた。

「軍隊なんかに入ったから、それで怒らせたんじゃないのか？」アレックスは言った。

『もっとひどいことだろう。どうしてもそれを思いだしたいんだ。何か取り返しのつかないことが起こる前に』

アレックスはまさかと思った。「取り返しのつかないことってなんだ?」

『わからない。とにかくもっとエマのそばにいたい。彼女といると、いろいろなことを思いだせる。先日も……』亡霊は話をやめた。『黙ったほうがよさそうだな。マギーが来た』

マークの妻となり、アレックスの義理の姉になったマギーが、こちらへ近づいてきた。磁器のコーヒーカップを手にしている。「こんにちは」マギーは目を輝かせ、幸せそうな顔をしていた。「楽しんでいる?」

「ああ、いい披露パーティだ」アレックスは椅子から立ちあがろうとした。

「座っていて」マギーは身ぶりで止めた。「ちょっと様子を見に来ただけだから。ところで、あなたに紹介してほしくてたまらない女性が何人かいるわよ。そのうちのひとりは、わたしの妹なんだけど。よかったらここに連れて――」

「いや」アレックスは断った。「ありがとう、マギー。だけど、今はしゃべりたい気分じゃないんだ」

「何か持ってきましょうか?」

アレックスは首を振った。「おれにかまわず、どうぞご主人と踊ってきてくれ」

「ご主人ね。いい響きだわ」マギーはほほえみ、手にしていたカップを手渡した。まだ湯気の立っているブラックコーヒーだった。「飲みたいだろうと思って持ってきたの」

「それはどうも。だが……」まだ飲みかけのグラスをマギーがそっとテーブルから取りあげたのを見て、アレックスは黙った。

『おまえが酔っ払ってると思ってるんだ』亡霊がわざわざ教えてくれた。『もう四杯目だし、こんな片隅に座って、ぶつぶつ独り言を言ってるからな』

「それはただのコーラなんだ」アレックスは言った。

「わかっているわよ」マギーが明るく答えた。

亡霊は鼻を鳴らした。『信じてないな』

アレックスは自嘲的な笑みを浮かべ、苦いコーヒーを口にした。これまでの行いを考えると、こういう場で酔っ払って醜態をさらすかもしれないと思われるのも仕方がない。そんなことになって恥をかいたりしないように、マギーなりの優しさから気遣ってくれているのだろう。「ところで、おれは独り言を言ってたわけじゃないんだ」アレックスは言った。「隣の椅子に見えない男がいるもんでね」

マギーは笑った。

「教えてくれてありがとう。危うくその人の膝に座っちゃうところだったわ」

『ぜひともどうぞ』亡霊は躊躇なく答えた。

「そいつは気にしないだろうから」アレックスはマギーに言った。「どうぞ座ってくれ」

「ありがとう。でも、そのお友達との会話を邪魔しちゃ悪いから、わたしはもう行くわ」マギーが腰をかがめ、アレックスの頬にキスをした。「そのコーヒー、ちゃんと飲んでね。いい？」そう言うと、飲みかけのコーラのグラスを持って立ち去った。

18

月曜日の朝、アレックスがドリームレイクの別荘へ行くと、訪問看護師のジーニーが玄関で出迎えてくれた。その表情を見て、アレックスは何かあったのだと察した。

「どうした？」アレックスは尋ねた。

「この週末は大変だったの」ジーニーは静かに答えた。「エマが発作を起こしたのよ」

「どういう発作だ？」

「医学用語では一過性脳虚血発作というんだけど、頭の血管が一時的に詰まって、脳の一部へ血液が流れにくくなったの。症状そのものはたいしたことがないから、発作だとは気づかないくらいよ。でも、そうやって脳の損傷は積み重なっていく。エマのような混合型認知症の場合、発作を繰り返すことで認知症の症状が進むのは避けられないわ」

「医者には診せたのか？」

ジーニーは首を振った。「血圧は安定しているし、別にどこかが痛むわけじゃないから、それは大丈夫。発作のあとは一時的に症状が改善するせいで、今日は元気なの。でも、今後は頭が混乱したり、いらだったりする症状が今よりも多くなるし、長引くようにもなる。それにもの忘れも進むわ」

「具体的には、その発作が起きて、どんなふうになったんだ？」

「ゾーイから聞いたところでは、土曜日の朝、エマは目覚めたときから頭痛を訴えていて、それでも自分で朝食を用意することにしたらしくて、わたしが来たときには目玉焼きを作ろうとしていたの。ゾーイがそばについていて、フライパンにバターを入れるとか、火を弱めるとか教えるんだけど、それができなかったのよ。いつもなら簡単にできることがうまくいかないものだから、エマも不安になって、しまいには怒りだしたの」

「ゾーイに八つあたりしたのか？」アレックスはゾーイが心配になった。

ジーニーがうなずいた。「エマにしてみればいちばん身近な相手だから、いらだちをぶつけやすいのよね。ゾーイもそれは理解しているはずだけど、やっぱり精神的にきついでしょうね」言葉を切った。「昨日のエマは、ずっと車のキーを貸せと言っていたし、インターネットに接続しようとしてゾーイのパソコンをめちゃくちゃにしたし、わたしには煙草をくれと言って聞かなかったわ」

「エマは煙草を吸うのか？」

「ゾーイが言うには、四〇年くらい前にやめたそうよ。それに煙草は脳の血管によくないのよね」

アレックスのうしろで亡霊が言った。『吸わせてやればいいのに』

ジーニーはあきらめた顔をしていた。アレックスはその表情を見て、彼女はいったい何度こんな経験をしてきたのだろうと思った。患者につき添い、病状が進行していくのを見つづけ、愛する人が死に近づいていることに悲しみと戸惑いを覚える家族を支えるのは大変な仕事だ。

「少しは精神的に慣れるものなのか？」

「患者さんが？　それとも――」

「きみがだ」

ジーニーはほほえんだ。「優しいのね。こういう患者さんはたくさん見てきたし、これからどうなるのかもだいたい想像がつくけど……いいえ、慣れることはないわ」

「エマはあとどれくらいもつんだ？」

「ベテランの医師でもそれはわからないのよ」

「個人的な見解でいい。きみはずっと患者と向きあってきたんだから、なんとなく感じるものがあるはずだ。エマの病状は、今後どうなると思う？」

「余命はあと数カ月というところでしょうね。いずれ大きな脳梗塞か、動脈瘤破裂を起こすような気がするわ。でも、それでいいのかもしれない。長く患った患者さんも見てきたけれど、それはそれで大変だもの。エマには、それにゾーイにも、そんな思いはさせたくないでしょう？」

「ゾーイはどこだ？」

「仕事に行っているわ。帰りに食料品を買ってくると言っていた」ジーニーは脇へどき、アレックスを家のなかに招き入れた。「エマはもう起きて、着替えもすんでいる。今日は大騒ぎすることはないと思うわ」

「なるべく音を出さないようにするよ」

ジーニーがほっとした顔になった。「ありがとう」

アレックスはリビングルームに入った。今日は気温が高いというのに、エマは膝に毛布をかけ、テレビを見ていた。亡霊はすでにエマのそばにいる。

発作のことを知らされなくても、エマの変化には気づいただろうとアレックスは思った。これまでにない優美さをたたえ、オーラのようなものを発している。魂がもう体のなかに収まりきらなくなっているかのようだ。

「おはよう」アレックスはエマに近寄った。「気分はどうです？」

エマは座るよう身ぶりで示した。アレックスはそばにあった足のせ台に腰をおろし、膝に両腕をついた。エマはしっかりして見えた。目は澄んでいるし、まっすぐこちらを見ることもできるし、表情は穏やかだ。

「部屋を片付けてくるわね」ジーニーはそう言い、エマの寝室へ向かった。「エマ、何か欲しいものはない？」

「大丈夫よ、ありがとう」エマはジーニーがいなくなるのを待ち、アレックスのほうへ顔を向けた。「あの人、ここにいるのね」

アレックスは驚いたが、それを顔に出さないように努めた。亡霊の存在を感じとっているのだろうか？　だが、どうしておれがそれを知っていると思うんだ？　とっさにさまざまなことを考えた。エマは精神的に不安定な状態だから、言葉を選んだほうがいい。だが、嘘はつきたくない。

アレックスは表情を変えずに尋ねた。「あの人とは？」

『おい！』亡霊が怒った。『何を悠長に訊いてるんだ。おれがここにいると言え。すぐそばにいて、今でも彼女を愛してると――』

アレックスはひとにらみで亡霊を黙らせた。

エマの視線は揺らがなかった。「あの人がそばにいると、いつもこんなふうに感じたものだわ。だから……次にまたこんな感じがしたら、そのときは彼がわたしのところへ戻ってきた証拠だと思っていた。でも、アレックス、あなたが近くにいるときしか、この感じはしない。彼はあなたと一緒にいるのね」

「エマ」アレックスは静かに言った。「話してしまいたいという気持ちはあります。だが、あなたに負担をかけるんじゃないかと思うと心配なんですよ」

エマは乾いた薄い唇に小さな笑みをたたえた。「また血管が詰まるんじゃないかって？　そんなのはしょっちゅうよ。あと一、二本詰まったところで、誰も気づかないわ。とりわけ、このわたしはね」

「あなたがそれでいいのなら」

「あの人のことは誰にも話さずに生きてきた」エマが言った。「でも毎日、いろいろなことを忘れていくから、そのうち彼の名前も忘れてしまうんじゃないかと思ったのよ」

「じゃあ、その前に教えてくれますか？」

エマは震える笑みが逃げそうだとでもいうように、指で唇を押さえた。

「トム・フィンドリー」

亡霊の目はエマに釘付けになっていた。

「ああ、久しぶりにこの名前を口にした」エマの頬が、光にかざしたピンク色のグラスのような色になった。「トムはね、世の母親があの男には近づくなと娘に言うような人だったのよ」

「あなたのお母さんもそう言ったんですか？」

「ええ、もちろん。わたしは耳を貸さなかったけれどね」

アレックスはほほえんだ。「想像がつくな」

「トムは毎週末、わたしの父親の工場でアルバイトをしていたの。ブリキを切ったり、はんだ付けをして缶を作ったりする仕事でね。高校を卒業すると、大工になった。本を読んで勉強したと言っていたわ。賢い人で、手先が器用だった。アレックス、あなたと同じよ。トムに仕事を頼めば間違いないと、みんなが言っていた」

「トムの家族は？」

「父親はいなかった。母親がこの島に渡ってきたときには、もうトムを連れていたの。いろいろと噂が流れてね。いい噂じゃないけれど。母親はとてもきれいな人だった。愛人をしているんだとわたしの母親は言っていたわ。町の有力者を何人か渡り歩いたらしくてね。わたしの父親もそのうちのひとりだったんだと思う」エマはため息をついた。「かわいそうに、トムはいつも喧嘩をしていたのよ。男の子たちがよくトムの母親の悪口を言っていたから。女の子たちはみんなトムのことをちらちらと見ていた。そりゃあいい男だったもの。でも、堂々とデートしようという娘はいなかった。それに、トムがちゃんとしたパーティやピクニックに招かれることもなかった。鼻つまみ者だったから」

「どういうきっかけで彼と知りあったんですか？」

「わたしの父親が、ポートランドから船で運んだステンドグラスの窓を家に取りつけるとき、トムに仕事を任せたのよ。母親は反対して、ほかの人を雇ってくれと頼んだ。でも父親は、素行はともかく、トムは島でいちばん腕の立つ大工だから、高価なステンドグラスをほかの者に扱わせることはできないと突っぱねた」

「どんなステンドグラス？」

エマはかなり長いあいだ返事をためらっていた。忘れてしまったのだろうかとアレックスが思ったころ、ようやく口を開いた。「木の絵柄だったわ」

「どんな木？」

エマはあいまいに首を振った。話したくないのだろう。「ステンドグラスの取りつけが終わったあとも、父親は次々とトムに仕事を頼んだ。戸棚とか、家具とか。応接間に立派な暖炉を作ったこともあった。わたしはちょっと悪い噂のあるいい男というのがとても魅力的に思えて、トムが仕事をしているとき、よくおしゃべりしに行ったの」

『うれしかったよ』亡霊が言った。

「でも、デートはしなかった」エマはアレックスに言った。「母親に叱られると思ったのよ。ある夜、町のダンスパーティにトムが来ていた。彼はわたしのそばに寄ってきて、きみはおれの誘いを断るような意気地なしかって訊いたの。そう言われたんじゃ、一緒に踊るしかないわよね」

『そうでも言わなけりゃ相手にしてくれなかったからな』亡霊が口を挟んだ。

「それで、次は紳士的に誘わないと踊ってあげないと言ったの」エマはアレックスに言った。

「それで、次は紳士的だった？」アレックスは尋ねた。

エマはうなずいた。「かわいかったのよ。真っ赤になって、口ごもったりして。それでわたしはあっという間に恋に落ちたというわけ」

『口ごもったりなんかしてないぞ』亡霊が異議を唱えた。

「トムとつきあっていることは内緒にしていたの」エマは言った。「その夏は毎日のように会っていて、この別荘がわたしたちのお気に入りの場所だった」

『ここできみにプロポーズしたんだ』亡霊が思いだしたように言った。

「結婚の話は出なかったんですか？」アレックスはエマに尋ねた。

エマの顔が曇った。「そんな話は出なかったわ」

『そんなことはない』亡霊が反論した。『エマは忘れてるだけだ。おれはちゃんと結婚を申しこんだ』

ふたりの話が食い違うのが気になり、アレックスはもう一度、穏やかに尋ねた。

「本当に?」

エマはまっすぐにアレックスを見た。「そのことについては話したくないの」

『どうしてだ?』亡霊がすがるように訊いた。『何があった?』

エマが答えたくないなら、無理強いはするまいとアレックスは思った。

「それで、トムは?」

「戦争で亡くなったの。戦闘機が中国で墜落してね。トムの飛行中隊がヒマラヤ越えの輸送機を護衛していたとき、敵に攻撃されたのよ」エマは肩を落とし、疲れた顔をした。「そのあと知らない人から手紙が来た。輸送機のパイロットよ。武器や物資を運ぶ、大きくて不格好な飛行機の……」

『C-四六だ』亡霊がつぶやいた。

「トムは英雄として死んだと書かれていた。空中戦で二機の敵機を撃ち落として、輸送機に乗っていた三五人の命を守ったと。でも、トムが操縦していたウォーホークは敵機に負けた。日本の戦闘機のほうが軽くて、小まわりがきいて……」エマは動揺しているように見えた。体が震え、手はぴくぴくと毛布をつかんでいる。

アレックスは腕を伸ばし、エマの手をそっと握った。「その手紙を書いた人の名前は?」

訊かなくてもわかる気がした。

「ガス・ホフマンよ。彼はトムのフライトジャケットに縫いつけられていた小さな布も送ってきた」

「ブラッドチットですね」

「そうよ。わたしはお礼の手紙を書いた。それから二年間、文通をしたの。純粋に友達のつもりだった。でもガスは、無事に帰還できたら結婚してほしいと書いてきたの」

『なんてやつだ』亡霊は顔をゆがめた。嫉妬の感情が空気を貫いた。

「プロポーズを受けたんですか？」アレックスはエマに尋ねた。

エマがうなずいた。「トムがいないのなら、もう誰と結婚しても同じだと思ったのよ。ガスは優しい手紙をくれたし……。そんなとき、ガスの操縦していた輸送機が墜落したの。わたしはトムのときのことを思いだしてぞっとした。だから、ガスが無事だとわかったときは、心の底からほっとしたのよ。ガスは頭に怪我をして、手術で金属片が摘出された。そのあと負傷兵として除隊し、帰国して入院したの。彼が退院するのを待って、結婚したのよ。でも、問題があってね」

「どんな問題が？」

「頭を怪我したせいで、人が変わってしまったのよ。感情の起伏に乏しい性格になった。知性はあるけど、情緒がなくなってしまったというか……何にも興味を示さなくなってしまって、まるでロボットみたいだったわね。ガスのご家族も、昔の彼とはまったく違うと言っていたし……」

「頭部を損傷すると、そうなると聞いたことがあります」アレックスは言った。

「結局、ガスは治らずじまいだった。ずっと何にも関心を示さなかったのよ。自分の息子にさえね」エマは疲れた子供のように目をしばたたき、アレックスの手から自分の手を引き抜いてソファに置いた。「結婚したのは間違いだったんでしょうね。かわいそうなガス……。ああ、疲れたわ」

「寝室へ行きますか？」アレックスは尋ねた。

エマは首を振った。「ここがいいわ」

アレックスは腰をあげ、エマの脚を足のせ台に置いた。

彼が毛布を肩までかけなおしていると、エマが言った。「アレックス」

「はい？」

「あなたの力にならせて」エマは目を閉じ、弱々しい声で言った。「あの人のためにも」

アレックスはその言葉をどう解釈していいのかわからなかった。

亡霊は震えていた。『エマ……』

カーポートに車が停まる音がした。アレックスは外へ出た。ゾーイだった。ゾーイは車を降り、トランクを開けて、食料品でいっぱいになったキャンバス地のトートバッグをふたつ取りだした。

「持とう」アレックスは車に近寄った。

ゾーイが驚いて振り返った。「あら」声こそ明るいが、血色が悪く、疲れた目をしている。

「結婚式はどうだった？」

「よかったよ」アレックスはトートバッグを受けとった。「元気か？」

「もちろん」返事が早すぎた。

アレックスはトートバッグを地面に置き、彼女を自分のほうへ向かせた。ゾーイは緊張した面持ちで体をこわばらせ、身構えていた。

「エマのこと、ジーニーから聞いたよ。大変だったらしいな」

ゾーイは視線を合わすのを避けた。「ちょっとね。でも、もう大丈夫よ」

アレックスはじれったくなった。自分の前では、そんなふうに強がらないでほしい。両手をゾーイの腰に置いた。「話してごらん」

ゾーイが動揺した顔で見あげてきた。だが、アレックスが無言でゆっくり抱き寄せると、不安そうに息を吸ったあと、ふっと力を抜いた。アレックスは精いっぱいの思いやりをこめて、その体を抱きしめた。ふたりはぴったりひとつになった。

アレックスはゾーイの髪をすいた。「エマがパソコンに何かしたんだって？」

ゾーイは彼の肩に頭をもたせかけたまま、くぐもった声で答えた。「画面をとんでもなく拡大しちゃったの。アイコンも超巨大よ。わたしはもとに戻せない。それに、どうやったんだか知らないけど、タスクバーを一〇個ぐらいコピーしたの。わたしはその消し方もわからない。きわめつけは、画面全体が逆さまになっていたことよ」

「それぐらいならおれでも直せる」

「あら、パソコンの天才のサムにお願いしなくちゃだめかと思っていたわ」

「忠告しておくが、サムを絶対にパソコンに近づけるな。パスワードを勝手に変えられて、きみのパソコンから国防総省へ違法アクセスされて、ブルートゥースをいじられてトースターも使えなくなるぞ」ゾーイが肩に顔をうずめたまま笑ったのがわかった。髪をなで、耳元でささやいた。「今のきみに必要なのは天才じゃない。おれみたいな、なんでも屋だ」

「じゃあ、あなたを雇うことにする」まだ顔は伏せたままだ。

アレックスはゾーイが彼の腰に腕をまわしてきた。「ほかに何か仕事はないか？」

「別に何も」

「なんでもいいから考えろ」アレックスは促した。

「そうね……」ゾーイは涙声になっていた。

ゾーイは涙声になっていた。「今朝、父に電話をかけたの。来るつもりがあるなら早くしたほうがいいって。アプシーは息子の顔を覚えていられなくなるかもしれないから」

「お父さんはなんと？」ゾーイの体がまたこわばったのを感じ、背中をさすった。

「今週末に来ると言っていたわ。一緒に住んでいるフィリスという女性と一緒に、〈アーティスト・ポイント〉に泊まるって。あまり乗り気じゃないみたいだけど、それでもとにかく来るって。わたし、丹精をこめて料理を作るつもりよ。父と、その恋人と、ジャスティンと、それにアプシーのために。もし、いやでなければ……」ゾーイは言葉尻を濁し、アレックスの背中をなでた。

「おれもいたほうがいいか?」

「ええ」

「わかった」

「本当に?」

「喜んで」

「うれしい」ゾーイはふいにアレックスのシャツを強くつかんだ。

アレックスははっとして手を止めた。「痛かったか?」

ゾーイが大きな目で彼を見あげ、頬を紅潮させてゆっくりと首を振った。

アレックスは何を求められているのかわかり、体がうずいた。一瞬、一糸まとわぬ姿のゾーイに覆いかぶさっている妄想が頭に浮かんだが、そのゾーイはまるで本のページに挟まれた花のように押しつぶされていた。

「もうひとつ、あなたにしてほしいことがあるの」ゾーイが言った。その声は合法的な性的興奮剤も同然だった。

ゾーイから離れられる気がしなかった。それでも指を一本一本引きはがすようにして手を離した。「それはまたあとで話そう」アレックスは不機嫌に言い、家のなかへ戻った。

19

それから二、三日のあいだ、ゾーイが見るかぎりエマの状態は安定していた。だが、ものを忘れたり、ぼんやりしたりすることが多くなった。朝の日課は、ひとつひとつ何をするか思いださせなければならなかった。そうしないと、朝食やシャワーそのものを忘れかねなかった。シャワーを浴びはじめても、シャンプーやコンディショナーを使う手順を抜かしそうになることもあった。

週の後半に、ジャスティンがエマを連れだしてくれた。美容院でエマの髪をカットし、港の近くでランチを一緒にとったらしい。ゾーイは息抜きができてほっとした。エマはジャスティンに車で送られ、ご機嫌で帰宅した。

「わたしがどういう男とつきあうべきか、三時間もレクチャーしてくれたわよ」翌朝、ホテルのキッチンで皿を洗っているゾーイに、ジャスティンが言った。

「オートバイに乗るような人はだめと言われたでしょう？」

「あたり。そのあと、自分が言ったことを忘れて、また一からレクチャーしなおしてくれたわ」

「ごめんね」

「ううん、わたしはちっともかまわないの。でも、一緒に暮らすのは大変ね」

「それほどでもないわ。調子の悪い日もあるけど、ちゃんとしている日もあるから。どういうわけか、アレックスがいるととてもまともなの」

「へえ。どうして？」

「アレックスのことが好きなのよ。だから彼がいると、頭をはっきりさせようと努力するのね。このところ、アレックスはずっと小さいバスルームを作っているの。この前なんて、アプシーったらわたしのベッドに座って、タイルを張っているアレックスに向かって機関銃みたいにしゃべっていたわ」

「おばあちゃん世代にも、建築業の男は頼もしくてセクシーに見えるのかしら？」

ゾーイは笑った。

「そうね。アレックスは辛抱強く話を聞いてくれるから。とても優しい人よ」

「まあ、アレックス・ノーランが優しいだなんて、そんなことを言う人は初めて見たわ」

「本当にそうなんだもの」ゾーイは言った。「どれだけアプシーを支えてくれているかわからないわ」

「あなたのことも？」ジャスティンが顔を寄せて、じっとゾーイを見た。

「そうよ。土曜日のディナーにも来てくれるって。ほら、父がいるから、誰かについていていてほしかったの」

「わたしがいるじゃない」

ゾーイはシンクのほうを向き、焼き型を洗いはじめた。

「できるだけ多くの味方が欲しいってこと。父はあんな人だもの」

ジャスティンがため息をついた。「まあ、それであなたの気持ちが少しでも楽になるなら、アレックスを歓迎するわ。愛想よくだってするわよ。ところで、土曜日はどんな料理を作るの？」

「何か特別なメニューにするつもり」

ジャスティンが期待に目を輝かせて飛びあがった。「お父さんにあなたの料理を食べる権利があるとは思えないけど、わたしもご馳走にありつけるのはうれしいわ」

父のために料理を作るわけではない。エマのためでもない。すべてはアレックスに食べてもらうためだ。ゾーイはそう思ったが、それは胸の内に秘めておいた。アレックスに味や食感、香り、色という言葉で話しかけるつもりだ。持てる技術と才能のすべてを総動員して、彼に決して忘れられない料理を出したいと考えていた。


アレックスが〈アーティスト・ポイント〉に着くと、ジャスティンが玄関まで出迎えてくれた。いつもはポニーテールにしている黒っぽい髪を、今日は肩に垂らしている。襟ぐりの深いエメラルド色のトップに細身のパンツ、それにフラットシューズという格好がとても魅力的だ。だが、今日はいつものジャスティンとは違い、元気のよさが少し抑えられているように見えた。

「こんばんは、アレックス」ジャスティンはアレックスが手にしているものへ目をやった。ラベンダーのバスソルトが入ったガラス瓶で、紫色の薄いリボンが結ばれている。「それは何？」

「招待してもらったお礼だ」アレックスはそれをジャスティンに手渡した。「きみとゾーイへのプレゼントだよ」

「まあ、ありがとう」ジャスティンが驚いた顔をした。「うれしいわ。ラベンダーはゾーイが好きな香りよ」

「知ってる」

ジャスティンはアレックスの顔をじろりと見た。

「あなたたち、最近ずいぶんと親しそうね」

アレックスは警戒した。「そうでもないさ」

「そうかしら。今日のディナーにあなたも同席するという事実が、すべてを物語ってる気がするけど？　ゾーイとお父さんの関係は地雷だらけなの。お父さんはゾーイをずっとほったらかしにしてたのよ。だからゾーイは、自分を裏切るような男にばかり引っかかるのかもしれない」

「何か言いたそうだな」

「ええ。ゾーイをほんのわずかでも傷つけたりしたら、あなたに呪いをかけるわよ」

ジャスティンが真面目な顔で言ったため、アレックスは思わず尋ねた。「どんな呪いだ?」

「あなたが一生、何かができなくなる呪い」

きみには関係ないとアレックスは言いたかったが、ジャスティンのまたいとこを心配する気持ちに心を打たれる自分もいた。「覚えておくよ」

ジャスティンは納得したらしく、アレックスを図書室へ案内した。

「ドゥエインも来るのかい?」アレックスは尋ねた。

「別れたの」ジャスティンは淡々と答えた。

「理由を訊いてもいいか?」

「彼を怖がらせちゃったのよ」

「どんなふうに……いや、この話はもうやめよう。ゾーイの父親はいつここに到着したんだ?」

「ゆうべよ」ジャスティンが答えた。「今日は恋人のフィリスと一緒に、一日じゅうエマのところに行ってたわ」

「エマの具合は?」

「元気よ。ときどき物忘れが出て、フィリスが誰なのか何度も尋ねたらしいけど。でも、フィリスはとてもいい人だから大丈夫。あなたもきっと好感を持つと思うわ」

「ゾーイの父親には?」

ジャスティンは鼻を鳴らした。「ジェイムズが好きな人なんていないわよ」

　ふたりは図書室に入った。マホガニーの長いテーブルには白いテーブルクロスがかけられていた。それぞれの席にクリスタルグラスがセットされ、ガラスの器に生けた黄緑色のアジサイが一列に飾られている。エマと、ゾーイの父親と、その恋人が、暖炉のそばに立っていた。暖炉のなかには火のついた蠟燭がたくさん並べられていた。それぞれが異なる水銀ガラスの燭台に立てられている。

　アレックスが来たのを見て、エマが顔をほころばせた。濃い紫色のワンピースを着ており、銀色の髪が蠟燭の炎を受けて輝いている。「いらっしゃい」エマは言った。

　アレックスはエマのそばに行き、腰をかがめて頰にキスをした。「おきれいですよ」

「ありがとう」エマはダークブラウンの髪の女性のほうを向いた。「フィリス、この水も滴るいい男はアレックス・ノーラン。別荘の改築工事をしてくれている人よ」

　フィリスは大柄な女性で、ボブカットがよく似合っていた。「はじめまして」アレックスと握手し、にっこりした。

「そしてこちらが……」エマは中背でがっしりした男性を紹介した。「息子のジェイムズよ」

　アレックスは握手をした。

　ゾーイの父親は、行儀の悪い生徒たちの前で自己紹介をする代理教師のような愛想のよさで、アレックスに挨拶した。童顔のまま年齢を重ねた顔をしており、太縁眼鏡の奥にある目は笑っていなかった。

「今日、別荘へ行ってきた」ジェイムズが言った。「まあまあの仕事ぶりだな」

「ジェイムズにとっては褒め言葉なの」フィリスが慌てて取りなし、アレックスに向かってほほえんだ。「すてきな家だったわ。ジャスティンとゾーイから聞いたんだけど、あなたが手がけたんですってね」

「まだ終わってないんですよ」アレックスは言った。「来週からガレージに取りかかる予定です」

会話が進み、ジェイムズがじつは自分はアリゾナで家電量販店の店長をしており、フィリスは馬の専門医としての資格を持つ獣医なのだと言った。二万平方メートルの牧場を買うことを検討しているらしい。「二万平方メートルとはいっても、ゴーストタウンの端にある牧場なのよ」フィリスが説明した。「昔は豊かな銀鉱山で栄えた町だったんだけど、銀が出なくなってからはすっかり寂れちゃって」

「幽霊は出ないの？」エマが尋ねた。

「美容院だった建物に出ると噂で聞いたことがあるわ」フィリスが答えた。

「おかしなものだな」ジェイムズが言った。「幽霊がきれいな家に取り憑いたという話は聞いたことがない。いつもあばら屋か廃墟ばかりだ」

本棚の前をうろうろしながら背表紙を見ていた亡霊が、皮肉をこめて言った。

『おれには屋根裏部屋とホテルで好きなほうを選ぶという権利はないわけだな』

エマが真面目な顔で口を挟んだ。

「幽霊は自分がいちばん苦しんだ場所に取り憑くのよ」

ジェイムズが笑った。「母さん、まさか幽霊の存在を信じてるわけじゃないだろうな？」

「だめかしら？」

「幽霊がいると科学的に証明したやつは誰もいないよ」

「幽霊がいないと証明した人もいないでしょうに」エマは指摘した。

「じゃあ、母さんはレプラコーン（アイルランドの伝説の妖精）やサンタクロースの存在も信じてるのかい？」

水の入ったピッチャーを持ってきたゾーイが、ドアのところで声をあげて笑った。「お父さんはいつもサンタクロースなんていないと言っていたわ」誰にともなく話した。「でも、わたしは本当にいると思いたかったから、もっとすごい人に尋ねたの」

「神様？」ジャスティンが訊いた。

「ううん、アプシーよ。そうしたら、信じたいものを信じればいいと言われたわ」

「さすが母さんだな。なんという堅実きわまりない現実のとらえ方だ」ジェイムズが辛辣な口調で言った。

「ちゃんと現実はわかっているわよ」エマは動じずに答えた。「でも、ときどきその現実というものをねじ伏せてみたくなるの」

亡霊が称賛の目でエマを眺めた。『たいした女だ』

ゾーイは笑い、アレックスを見た。「いらっしゃい」穏やかな声だった。

アレックスは一瞬、言葉を失った。肩紐のついた黒のツイストフロントのワンピースを着た姿が、あまりに美しかったからだ。柔らかい布地が曲線美を際立たせている。アクセサリーはVネックの先端につけられたアールデコのブローチだけだ。半円形に白と緑のラインストーンがちりばめられている。

「音楽のことをすっかり忘れていたの」ゾーイが言った。「あなたの携帯電話に何か入っている？　アプシーが好きそうな昔の曲があったらうれしいわ。本棚に携帯電話用のスピーカーがあるから」

アレックスの反応が遅かったため、亡霊がじれったそうにせかした。

『ジャズがいい。さっさと何かかけろ』

頭をはっきりさせようとアレックスは首を振り、携帯電話をスピーカーにセットした。しばらくするとデューク・エリントンの《プレリュード・トゥ・ア・キス》の官能的なメロディが流れだした。

アレックスはエマの隣に座った。ゾーイが白い磁器のスプーンをのせたトレイを持って部屋に入り、客人たちの前にひとつずつ置いていった。磁器のスプーンには何かのピューレと、きれいな焼き色のついたホタテがのっていた。

「ホタテのソテーとカリカリに焼いたパンチェッタのアーティチョーク・ピューレ添えよ」ゾーイはアレックスにほほえみかけた。「どうぞひと口で食べて」

アレックスはそれを口に入れた。ホタテの甘みとパンチェッタの塩気がちょうどよくまじりあい、ブラックペッパーの香りが舌触りのなめらかなアーティチョーク・ピューレの味を引き立てている。テーブルのまわりで、うっとりとした声がいくつももれた。

ゾーイはまだそばに立ったまま、まぶたを半ば閉じてアレックスの表情を見ていた。

「気に入った？」

こんなにおいしいものは初めて食べたとアレックスは思った。

「お代わりはないのか？　ほかの料理はいらないから、これだけ食べてたいくらいだ」

ゾーイはほほえみながら首を振り、アレックスの前からスプーンをさげた。「わたしからの口を楽しませるもの《アミューズブーシュ》よ」そう言うと、次の料理を取りにキッチンへ行った。

「なんだかうきうきしてきたわ」フィリスは楽しそうに言い、ベニー・グッドマンの《シング・シング・シング》が始まると、椅子に座ったまま軽く体を揺らした。ワインのボトルを取りあげ、アレックスにすすめた。「一杯いかが？」

「ありがとう。でも、結構です」アレックスは答えた。

「〝酒を断つ《アブスティナンス》と、人の心は愛情が深くなる〟と言うから」エマがつぶやき、アレックスの肩をぽんぽんと叩いた。

向かい側に座っているジェイムズにもエマの言葉が聞こえたらしい。

「母さん、間違ってるよ。それをいうなら、〝会えないと《アブセンス》〟だ」

「いや……」アレックスはエマにほほえんだ。「エマはすべてわかったうえで言ってるんですよ」

次の料理は小さな皿に盛りつけられたゼンマイの温製サラダだった。鮮やかな緑色になるまで湯がいたゼンマイを、焦がしバターと新鮮なレモンと海塩で作った温かいビネグレットソースで和え、それにあぶったクルミの実をまぶし、削ったパルメザンチーズをかけてある。誰もが感嘆の声をあげ、ゼンマイを舌で転がし、口内に広がる香りを堪能した。フィリスとジャスティンはお互いにドレッシングを一滴も残さずに平らげた皿を見て、くすくすと笑った。

ただ、ゾーイの父親だけは料理になんの感動も示さなかった。それどころか、サラダを食べている途中でフォークを置き、不機嫌そうな顔でワインをあおった。

「残すの?」フィリスが信じられないという顔で尋ねた。

「好きじゃない」

「じゃあ、わたしがもらうわ」フィリスはジェイムズの皿を手元に引き寄せ、うれしそうにゼンマイをフォークで突き刺した。

自分のサラダを食べはじめたばかりのゾーイが、心配そうな顔で父親を見た。

「普通のグリーンサラダでも用意しましょうか?」

ジェイムズがどうでもいいとばかりに首を振った。まるで空港で自分が乗る便のアナウンスを待っている旅行者のように、仕方なくその場にいるといった様子だ。

ビリー・ホリデイの声量あふれる《アイム・ゴナ・ロック・マイ・ハート》が流れてきた。しばらくするとジャスティンとゾーイが、深皿に盛られたイガイのワイン蒸しを配った。白ワインとサフランとバターとパセリの香りのする湯気が立っている。客人たちは、その艶やかに光る貝を指でつまみ、小さなフォークを使って身を取りだして食べ、殻は空の深皿に入れた。

「ソースがたまらないわ」ひとつ目のイガイを口にしたジャスティンが声をあげた。「このソースだけ飲んでいたいくらい」

殻を扱うカチャカチャという音とともに、テーブルはくつろいだ楽しい雰囲気に包まれた。忙しく手を動かしながらも、会話へと誘われずにはいられない料理だった。蒸し汁がまたなんとも言えない味を出しており、極上の風味とうまみが口のなかを刺激した。アレックスは蒸し汁を最後の一滴まで飲み干さないうちは皿を返すものかと心に決め、スプーンをくれと頼もうとした。そのとき、自家製のパンが配られた。外側はかりっと、内側はふんわりとした、嚙みごたえのあるフレンチロールだ。客人たちはパンをちぎり、そのえも言われぬ蒸し汁に浸して食べた。

話題は、ジェイムズとフィリスが翌日の午前中に行く予定にしている半日のホエール・ウオッチング・ツアーと、フィリスが訪ねたいと思っているアルパカ牧場のことになった。

「アルパカを診察したことはあるの？」ゾーイがフィリスに尋ねた。

「それがないのよ。わたしが診るのは犬と猫と馬がほとんどなの」フィリスは遠い目をした。

「一度、鼻炎になったモルモットを治療したことがあったわ」

「これまででいちばん変わってたのはどんな症例なの？」ジャスティンが尋ねた。

フィリスは笑った。「難しい質問ね。変わった症例はたくさん見てきたから。そういえば最近、胃の調子が悪いという犬を連れてきた男女がいたわ。レントゲンを撮ったら、胃に奇妙な物体が入っていたの。内視鏡カメラを使って取りだしたんだけど、出てきたのはなんと真っ赤なレースの下着だったのよ。わたしはその下着をビニール袋に入れて、女性のほうに渡したわ」

「まあ、ばつが悪いわね」エマが声をあげた。

「それだけじゃないの」フィリスが続けた。「女性は下着を見るなり、男性をハンドバッグでひっぱたいて、怒って帰ってしまったの。自分の下着じゃなかったのね。男性はひとり取り残されて、自分の秘密をあばいた飼い犬の治療代を払うはめになったのよ」

客人たちはこの話を聞いて大笑いした。

それぞれがワインを注ぎあっていると、フィンガーボウルが運ばれた。バラの花びらが浮いた水で指先を洗い、ナプキンで拭いた。口直し用のソルベが来た。レモンの中身をくり抜いて作ったカップに凍らせたピューレが入っており、レモンの皮とミントが添えられている。

ゾーイとジャスティンが次の料理を取りに図書室を出ていくと、フィリスが感激した声で言った。「どれもこれも本当においしい。これまで食べてきた料理とは全然違うわ」

ジェイムズが顔をしかめた。どういうわけか料理のコースが進むにつれ、どんどん不機嫌で無口になっている。「大げさに騒ぐな」

「何を言っているの」エマが息子をたしなめた。「フィリスの言うとおりよ。これだけの料理はそうそう食べられないわ」

ジェイムズはおもしろくなさそうなうめき声をもらし、自分のグラスにワインを注いだ。

次は皮をカリカリに焼いたウズラのローストだった。蜂蜜と塩に漬けこんだウズラ肉を、オーブンで焼いたものだ。それにみじん切りしたアンズタケと、ナッツのような香りがするフジマメをボール状にまとめたクネルが添えられている。

アレックスはこれまでもウズラ肉を食べたことはあったが、これほど香ばしくて風味豊かなウズラ料理は初めてだった。みんな口数が少なくなり、顔を紅潮させ、目をしばたたき、部屋じゅうに満足感が漂った。デザートはコーヒーと、自家製のチョコレートのトリュフと、ポ・ド・クレームだった。ポ・ド・クレームとは、卵とクリームと蜂蜜とバニラエッセンスをまぜ、水を張った天板で焼いたプディングに似た菓子だ。舌の上でとろりと溶け、味蕾を至福の味で包みこみ、喉を滑り落ちていく。

みんながうっとりとため息をついているなか、ジェイムズ・ホフマンだけは無愛想に黙りこくっていた。何が気に入らないのだろうとアレックスは不思議に思った。料理の大半を残したところをみると、きっと体の具合が悪いに違いない。

フィリスも同じことを思ったのか、心配そうな顔でジェイムズに尋ねた。

「大丈夫？　料理にほとんど手をつけていないじゃない」

ジェイムズはフィリスから顔をそむけ、目の前のポ・ド・クレームをにらみつけると、顔をまだらに紅潮させた。「こんなのは食えたもんじゃない。どれもこれも苦いだけだ」椅子から立ちあがり、ナプキンをテーブルに放り投げ、驚いているみんなの顔を怒りに満ちた目で見まわした。そして、娘のうつろな顔に視線を留めた。「わたしの料理にだけ何か入れただろう。いやがらせのつもりか?」

「ジェイムズ」フィリスが慌てて止めに入った。「さっきあなたのサラダを食べたけど、同じ味だったわ。きっと今日は舌の調子がおかしいのよ」

ジェイムズはいらだたしげに首を振り、部屋を出ていった。

フィリスはあとを追いかけようとしてドアのところで振り返り、申し訳なさそうにゾーイに言った。

「あなたの料理は本当にすばらしかったわ。こんなにおいしいものは食べたことがないくらいよ」

ゾーイは弱々しくほほえんだ。「ありがとう」

フィリスが出ていくと、ジャスティンが首を振った。

「どうかしてるわ。最高のディナーだったのに」

「ゾーイはちゃんとわかっているわよ」エマはそう言い、孫娘へ目をやった。

ゾーイはあきらめ顔で祖母を見た。「これが今のわたしにできる精いっぱいの料理よ。でも、あの人はわたしを認めてくれたことなんか一度もないから」椅子から立ちあがり、みんなには座っていてと身ぶりで示した。「コーヒーのお代わりを持ってくるわ」部屋をあとにした。

ジャスティンが立ちあがろうとするのを見て、アレックスは静かに言った。

「おれが行こう」

ジャスティンは眉をひそめたが、黙ってアレックスを見送った。

何を言おうか決めていたわけではない。だが、この二時間、ゾーイがどれほど丹精こめた料理の数々を父親の前に並べようが、ジェイムズは一度も礼を言わなかった。その状況がアレックスには痛いほど理解できた。自分にも経験があるが、親から愛されるというのはあくまで理想であって、現実は必ずしもそうなるとはかぎらない。世の中には自然に子供を愛せる親もいれば、ジェイムズ・ホフマンのようにいわれのないことで子供を責めたり、罰したりする親もいる。

キッチンへ入ると、ゾーイがコーヒーの粉を量り、小さなコーヒーメーカーのバスケットに入れているところだった。足音に気づいたらしく、こちらを振り返った。アレックスが来るのはわかっていたような顔だ。どこか決意を秘めた表情にも見える。

「こうなるのはわかっていたの。どうせ父には何も期待していないもの」

「だったらなぜ、お父さんのために料理を作ったんだ？」

「父のためじゃないわ」

アレックスは目を見開いた。

「あなたが来ないんだったら、レストランに行くつもりだった」ゾーイは続けた。「あなたのために料理をしたかったの。あなたが喜ぶ顔を思い浮かべながら、メニューを考えたわ」

アレックスのなかで葛藤と混乱が渦巻いた。シルクの糸でできた繊細な網で絡めとられたような気分だ。女性はたんなる親切心や思いやりからこういうことをしたりしない。そこには必ず何か理由があり、その理由がわかったときはすでに手遅れなのだ。

「どうしておれのために料理を作ったりしたんだ？」アレックスは荒々しく尋ねた。

「もしわたしがオペラ歌手なら、あなたのためにアリアを歌う。画家なら、あなたの肖像画を描く。でも、わたしがいちばん得意なのは料理だから」

アレックスはまだ口のなかにポ・ド・クレームの味が残っていた。クローバーや野生の花の濃厚な琥珀色をした蜜の味だ。それが舌の上に広がり、甘く喉を締めつけ、全身に広がり、しまいには肌から香りが立ちのぼってくるような気さえした。そんなつもりはなかったのに、大股でゾーイに近づいて両腕をつかんだ。悩ましい肌の感触に血が騒いだ。感情と欲求が爆薬のようにまじりあい、火花ひとつでわが身を吹き飛ばしてしまいそうだ。これほど彼女を求めているというのに、拒絶しつづけなくてはならないのはうんざりだ。

「ゾーイ」アレックスは言った。「こんなことをするのはやめてくれ。おれのためには何もしなくていい。おれなんかを喜ばせようとするな。きみのせいで、おれの人生はもう充分におかしくなってしまってるんだ。この先ずっと女性を見るたびに、きみだったらよかったのにと思うだろう。片時もきみが忘れられない。夜もきみの夢を見る。だが、そばにいることはできない。おれは必ず身近な相手を傷つける。それがいちばんの得意技だから」

ゾーイが表情を変え、口を丸く開けて驚いた顔になった。「アレックス、それは違うわ」

「いや、きみのことも傷つけるに決まってる。そして、きみをいやな女に変えて、不幸にするんだ」魂の奥底から、真実を告げる声が聞こえた。〝おまえは何者でもない。価値のない人間だ。おまえが他人に与えられるのは苦痛しかない〟そのとおりだとアレックスは思った。そう考えると、すべてつじつまが合う。

ゾーイの顔が怒りに満ちてきた。それを見て、アレックスはほっとした。きっとゾーイはおれをひっぱたいて離れていくだろう。これで彼女は守られる。

ゾーイの指がアレックスの頰に触れた。とても優しく。

その手がそっと顔を包みこみ、まるで今の鋭い言葉を消そうとでもするかのように、親指で唇をなぞった。ゾーイの怒りは自分に向けられているのではないと気づいて、アレックスは動揺し、混乱した。「違う」ゾーイがささやいた。「あなたはまったくの考え違いをしているわ。傷ついているのはあなただけ。あなたはわたしを守ろうとしているんじゃなくて、自分を守ろうとしているのよ」

アレックスはゾーイの手を払いのけた。「おれが誰を守ろうとしてるかなんてどうでもいい。問題は、世の中には壊れてしまったら、修復できないものがあるってことだ」

「人はそうじゃない」ゾーイが反論した。

「とくに人はそうだ」

重い沈黙が流れた。

「傷ついたっていいじゃない。何もしないよりましよ」

「うまくいくわけがない」アレックスは自嘲気味に言った。

ゾーイは首を振った。「そんなのはやってみなければわからないわ」

アレックスはその言葉を信じたくなった。そして、そうさせたゾーイを憎んだ。

「おかしなことを言うな。おれなんかと関わったらどうなるのか、想像がつかないのか？」

「もうすでに関わっているわよ」ゾーイは感情を爆発させた。「あなたと関わってからどれほど経つと思っているの？」

アレックスはゾーイをつかんだ。その体を揺さぶって正気に戻させたかった。だがその気持ちを抑え、心臓が激しく打っている胸に引き寄せ、彼女の体を抱きしめた。キスはせず、ただゾーイの息が頬にかかるのを感じたくてうなだれた。

「抱いて」ゾーイが小声で言った。「あなただってそうしたいと思っている。だから今夜、わたしを別荘まで送っていって」

キッチンのドアが開く音が聞こえ、アレックスはびくっとしたが、それでもゾーイを放さなかった。

「あら」ジャスティンの声だった。「失礼」

ゾーイが振り返った。「ジャスティン」落ち着いた声で言う。「今夜は車を出してくれなくてもいいわ。アレックスがわたしとエマを別荘まで送ってくれるから」

「そうなの？」ジャスティンの声に警戒の色がにじんだ。

ゾーイがブルーの目でアレックスを見あげた。愛おしげな、懇願するような表情だ。

もういいだろうとアレックスは思った。どうにでもなれという気分だった。自分の気持ちを抑えつづけることに疲れた。もう限界だ。

アレックスは短くうなずいた。

やめておけという理性の声はいっさい無視した。

20

エマは眠いらしく、家に帰ろうという提案にあっさりと応じた。言うまでもなく、孫娘が父親のひどい言動を気にしていないとわかり、ほっとした様子だった。

「もう慣れたわ」ゾーイは明るく笑った。「お父さんはああいう人だもの。フィリスがいてくれてよかった。彼女のことは好きよ」

「わたしもよ」エマは言葉を切り、少し考えこんだ。「フィリスほどの女性が惚れるってことは、ジェイムズにもちょっとはいいところがあるのかしらね」

「わたしたちから離れていると別人になるんじゃないの?」ゾーイは答えた。「アリゾナでは、もっと前向きな生き方をしているのかもしれないわ」

「そうだったらいいけど」エマは疑わしそうに言った。

アレックスは無言のまま、葛藤と闘っていた。ゾーイとエマを別荘で降ろしたら、そのまま帰るべきなのはわかっている。それができそうな気もしていた。七五パーセントくらいの確率で。

いや、六五パーセントくらいか。

ゾーイを求める気持ちが強すぎて、ほかのことは何も考えられなくなっていた。胸の内は火山のように熱い。だが、この数分でそれが氷河のように冷たくなった。急激な温度差で胸が割れそうだ。

後部座席でエマの隣に座っている亡霊は何も言わなかった。だが、こっちの動揺には気づいているだろうし、何かがおかしいとは感じとっているはずだ。

「アレックスがコーヒーを飲んでいくって」ゾーイが車から降り、エマに言った。

「それはいいわね」エマは孫娘につかまって玄関へ向かった。

「アプシーも一緒にどう？」

「こんな遅い時刻に？　遠慮しておくわ。今日は楽しかったけれど、もう疲れた」エマは肩越しに振り返った。「アレックス、送ってもらって申し訳ないわね」

「どういたしまして」

三人は家に入った。ゾーイがアレックスに言った。「ちょっとだけ待っていて。冷蔵庫にラベンダーレモネードが入っているから、お好きにどうぞ」

ゾーイはエマと一緒に寝室へ入り、ドアを閉めた。

ラベンダーレモネードなんてどうせ花瓶の水みたいな味だろうとアレックスは思った。だが、体が熱く、喉が渇いて、肌がかさかさしていた。冷蔵庫の扉を開けてピッチャーに入ったレモネードを取りだし、グラスに注いだ。

酸味のある軽い味で、よく冷えていた。キッチンのスツールに座り、喉を鳴らしてそれを飲んだ。亡霊の姿は見えなかった。

心のなかに重くわだかまる感情を、ひとつひとつほどいてみた。ゾーイを求める気持ちがいちばん大きいのは間違いない。そして怒り。一抹の不安もある気がするが、怒りと絡まりあっていて定かではなかった。最悪なのは胸に突き刺さる優しさだった。誰かに対してこんな気持ちになったのは生まれて初めてだ。

互いの欲望を満たすだけの荒々しい関係にするわけにはいかない。彼女はもっと穏やかで……紳士的な振る舞いを望んでいるだろう。くそっ、どうすればそう見せかけられるのか見当もつかない。

エマの寝室のドアが開き、静かに閉められた。ゾーイはハイヒールを脱ぎ、悩ましい黒のワンピース姿でこちらへ歩いてきた。ギャザーの入った布地が体の曲線美を引き立てている。アレックスはスツールに座ったまま動かなかった。胸が締めつけられ、あまりの渇望に地獄へ堕ちてしまいそうだ。ゾーイを道連れにして。

「眠ったわ」

ゾーイがささやき、アレックスの前に立った。ほほえむ口元がこわばっている。アレックスは手を伸ばし、月の光のように白い首筋に触れた。そのまま指を滑らせて鎖骨をなぞった。

ゾーイが体を震わせた。

アレックスは広げた腿のあいだにゾーイを引き入れ、ワンピースの片方の肩紐を少しさげた。首の片側にキスをし、唇を肩へはわせて軽く歯を立てた。ゾーイが甘い吐息をこぼした。

その体が熱くなったのがわかった。今はこうして彼女を腿で挟み、女らしい体の線を堪能し、ベールのような髪が頬や首に触れる感触を味わうだけで充分だ。

「おれたちは過ちを犯そうとしてる」アレックスは顔をあげ、ぶっきらぼうに言った。

「かまわないわ」

アレックスはゾーイの髪に指を差し入れてキスをした。唇を開かせて舌を分け入らせ、ゆっくりと奥まで舌を絡めた。ゾーイは体をこわばらせてくぐもった声をもらし、アレックスの肩をなでた。

これほど誰かを欲しいと思ったことがあっただろうか？　一〇回分の人生をかけても、この欲求は満足させられそうにもない。彼女を横たえ、ご馳走を堪能するように全身にキスをして、その体を味わいたい。ゾーイの背中に手をまわしてワンピースのファスナーを見つけ、かすかな金属音をたてながら引きおろした。そこから手を滑りこませ、なめらかで温かい肌をてのひらに感じた。彼女の肌に触れているというだけで喜びがこみあげた。唇を喉元へ滑りおろし、肌に押しあてたまま名前を呼んだ。唇と舌の振動が、柔肌をくすぐるのがわかる……。

背後で鋭い鳴き声が響き、アレックスは飛びあがりそうになった。振り返ると、巨大な猫が悪意に満ちた目でこちらをにらんでいた。

ゾーイは目を丸くしてアレックスから離れ、バイロンの顔を見て笑った。「ごめんね、バイロン。かわいそうに」しゃがみこんでペルシャ猫をなでた。

「かわいそうにだって？」アレックスは信じられない思いで言った。

「不安になっているのよ」ゾーイは説明した。「安心させてあげれば大丈夫だと思う」

アレックスはバイロンをじろりとにらんだ。「おい、玄関から蹴りだすぞ」ゾーイがずり落ちかけたドレスの胸元を引きあげたことに気づき、アレックスの興味は一瞬でバイロンからそちらへ移った。

「寝室へ行きましょう」ゾーイが言った。「バイロンはすぐに落ち着くわ」

アレックスはゾーイに続いて寝室に入り、バイロンの鼻先でドアをぴしゃりと閉めた。一瞬、静かになったが、すぐに悲しげな鳴き声とドアを引っかく音がした。

ゾーイが申し訳なさそうにアレックスを見た。「ドアを開けておいたら静かになるかも」

アレックスは自分とゾーイの親密な場面をバイロンに見物させる気はさらさらなかった。

「お邪魔虫って言葉を知ってるか？」

「ええ、まあ」

「やつはまさにそうだ」

「バイロンにキャットニップ（猫が好むハーブ）をあげてくるわ」ゾーイがふと思いついたように言った。ドアを開けたところで足を止めた。「待っていてね。気を変えたらいやよ」

「もうそんな気力もないさ」

ゾーイは食料品店の茶色い紙袋にスプーン一杯のキャットニップを入れ、それをキッチンの床に横にして置いた。体をなでてやると、バイロンは喉を鳴らして背中を丸めた。かまってもらえてうれしいのだろう。「いい子にして、ここにいてね。わかった？」ゾーイはささやいた。

バイロンが紙袋のなかの匂いをかいで潜りこんだ。寝ころんだせいで、紙がかさかさと鳴って袋の形が変わった。

ゾーイは寝室に戻り、ドアを閉めた。

アレックスは靴を脱いで、ベッドの端に腰をおろしていた。ベッドには花柄の上掛けがかかっている。狭い寝室にいるとアレックスの姿が大きく見え、少しばかり危険な香りがした。電気スタンドの明かりがきれいな顔を照らし、黒髪を輝かせている。

「まさかこうなるとは思ってなかったから、避妊具を用意してないんだ」

「こんなこともあろうかと思って、買っておいたわ」ゾーイは打ち明けた。

アレックスが片方の眉をあげた。「たいした自信だな」

「違うわ」ゾーイは言った。「楽観的なだけ」

「出してくれ」その低くてセクシーな声に、ゾーイは首筋がぞくぞくした。

小さなバスルームへ行き、ドアを閉めた。ワンピースを脱いで柔らかなピンク色のバスローブに着替え、避妊具の箱を持って寝室へ戻った。

アレックスはゾーイの頭のてっぺんから裸足の爪先までゆっくりと視線をさまよわせ、紅潮した顔に目を留めた。避妊具の箱を受けとるとそれを開き、ナイトテーブルにひと袋置いた。ゾーイが驚いたことに、彼はふた袋目を取りだして隣に並べた。ゾーイは目をしばたたき、顔を赤らめた。アレックスはちらりと彼女に目をやって、さらには三袋目を並べた。

ゾーイは笑った。「あなたこそ、ずいぶん楽観的ね」

「違う」アレックスが言い返した。「自信があるだけだ」

男の人の尊大さもときには悪くないものだわとゾーイは思った。

アレックスは箱を脇に置いて立ちあがると、チャコールグレーのシャツを脱いで床に落とした。肌が日焼けしているせいで、Vネックの肌着がなおさら真っ白に見える。ゾーイは腕を伸ばして、肌着の端を指でなぞった。コットンの肌着はぬくもりがあり、清潔な潮の香りがした。ゾーイがそれを脱がせようとすると、アレックスも合わせて体を動かした。肌着を脱いだアレックスの体は、筋肉質で贅肉がなく、優美だった。一瞬、ゾーイは不安になった。彼は優しくしてくれるだろうか？　男性とベッドをともにするのは、ずいぶん久しぶりだ。

ゾーイがぼんやりしたのに気づき、アレックスが見つめてきた。「どうした？」彼は静かに尋ね、バスローブの上から彼女の両腕をさすった。

「ううん……」ゾーイは力なくほほえんだ。「ただ、わたし、あまり上手じゃないから……」

「任せろ」アレックスはゾーイを抱き寄せて髪に鼻をうずめ、熱い息を吐いた。

そうねとゾーイは思った。彼はきっと経験豊富なのだろう。そう考えると、緊張すると同時に鼓動が速くなった。

アレックスはゾーイをベッドに寝かせて、自分も隣に横たわった。そして、たこのできた温かい手で頬をなでながら、ゆっくりといつまでも飽くことなくキスをした。彼の息は甘いレモネードの味がした。ゾーイはその香りを胸深く吸いこみ、横を向いて、アレックスに抱きついた。彼のたくましさを全身に感じ、うれしくて体が震えた。柔らかい胸毛や、筋肉の盛りあがった肩や、少しざらざらした顎の感触をてのひらで味わった。

アレックスはゾーイの首筋に顔をうずめ、唇を耳のうしろにはわせ、舌で耳たぶに触れた。ゾーイは彼の唇を求め、また舌を絡めるキスをした。

気持ちが高ぶるにつれ、バスローブを着ているのがもどかしくなった。体の奥がうずき、息が苦しい。バスローブの腰紐をほどこうとしたがうまくいかず、じれったさに紐を引っ張った。

アレックスが顔をあげた。「おれがする」腰紐に手をかけた。「じっとしてろ」

ゾーイは仰向けになり、大きく息をついた。唇も、髪の生え際も、指と指のあいだも、爪先も、どこもかしこもが熱い。もうすっかり潤っているのを感じ、腿をぴったりと合わせた。こんなに何かを求めたことはないほど、早く彼とひとつになりたかった。刹那的なひとときに酔いしれながらも、甘い夢から覚めるのが怖くて気持ちがはやった。

「アレックス」ゾーイは言った。「何もしなくていいから……」

「何もって、どういう意味だ？」アレックスが腰紐をほどいた。

バスローブの前が緩み、ゾーイは解放感に熱い息をこぼした。

「今は愛撫なんかしてくれなくていい。それより、早く来てほしいの」

アレックスは手を止め、からかうような目でゾーイの上気した顔を見つめた。「おれがきみのキッチンにずかずかと入りこんで、スフレの作り方を指図したことがあるか？」

「いいえ」

「そうだろ？　スフレについてはきみのほうが詳しい。だが、ベッドでのことはおれのほうが詳しい」

「わたしがスフレなら……」ゾーイはバスローブの袖から腕を引き抜こうとした。「もう焼けすぎているわ」

「大丈夫だ。きみはまだまだ……」アレックスは絶句した。バスローブの前がはだけ、ピンク色にほてった体があらわになったからだ。アレックスはそれを愛でながら、首を振った。「危ないな。男はこういう体のために命さえ捧げるものだ」

ゾーイははにかんだ笑みを浮かべ、バスローブを脱いだ。乳房が揺れた。

アレックスが何かつぶやき、顔を紅潮させた。

「お願い、来て」ゾーイは彼の首に両腕をまわして懇願した。「もう待てない」

「ゾーイ……」アレックスの息は荒かった。「これほどの体の女性を相手に、愛撫をすっとばすなんてありえない。それをいうなら……きみが服を着て何かをしてるのはもったいないくらいだ」

「それって、わたしがベッドでしか役に立たないということ？」

「そうじゃない。きみはいろんなことが得意だ」アレックスの目は乳房に釘付けになっていた。「だが今は、きみの得意なことがなんだったか思いだせないだけだ」

ゾーイは笑った。アレックスは笑い声をキスでふさぎ、熱い息を吐きながら、唇を喉元に滑らせた。片手で乳房を包みこんで、硬くなっている先端を口に含み、舌先で転がした。ゾーイは目を閉じて電気スタンドの柔らかい明かりをさえぎり、アレックスが与えてくれる快感にひたすら身をゆだねた。

ベッドの上だけがこの世のすべてだった。世界にいるのはふたりだけだ。アレックスの手が熱く湿ったところへ伸びてきた。ゾーイは反射的に腰を浮かせた。アレックスの親指が柔らかな茂みのなかに分け入り、敏感な芯を優しく愛撫した。ゾーイの体の奥からうねりがこみあげた。歓喜の瞬間がすぐそこまで来ているというのに、たどりつけないもどかしさに涙がこぼれる。

光と影がぼやけ、アレックスの甘くささやく声が聞こえた。その手が腿のあいだを包みこみ、指が体の奥深くに忍びこんできた。その指が何かパターンを描くように動き、関節が内側を刺激した。

ゾーイは震えながらアレックスの手首をつかんで、筋肉と骨の動きをてのひらに感じた。息をひそめ、全身でその動きを感じとろうとしていると、新たな喜悦がこみあげてきてさざ波のごとく広がった。アレックスはじっと彼女を見ながら、ゆっくりと指を動かしている。

「何を……しているの？」唇が乾いていた。

アレックスがまぶたを半ば閉じて目に熱い炎を浮かべ、かがみこんで耳元でささやいた。

「おれの名前を書いてる」

「なんですって?」頭がぼんやりして、何を言っているのかよく聞きとれなかった。

「おれの名前を……」アレックスがまたささやいた。「きみの体の内側に刻みつけてるんだ」

指先と関節の狂おしいまでの刺激は執拗に続いた。硬くなっている芯をてのひらでリズミカルに圧迫され、歓喜がじわじわと立ちのぼってきた。アレックスのもう一方の手に押しつけるように頭をのけぞらせると、首筋にキスをされた。

「あなたの名前にしては……長すぎよ」声がかすれた。

「正式にはアレグザンダーだからな」アレックスは言った。「それに……」くすりと笑った。

「ミドルネームも書きつけたい」

「ミドルネームは……なんなの?」

アレックスが笑ったのが首元に感じられた。

「あててみろ」

「無理よ……もうだめ……」

「書き終えるまで待てたら教えてやる」

それ以上我慢できなかった。いっきにクライマックスが押し寄せてきた。ゾーイはアレックスの肩をつかみ、体をこわばらせた。衝撃が貫き、絶頂がひとうねりごとに強い波となり、気絶するかと思うまでゾーイを高みへと押しあげる。アレックスはその体を抱きしめ、すすり泣きのような声をキスでふさぎ、余韻を限界まで引き延ばした。

ゾーイはしばらく身動きできなかった。電流が走っているかのように手足が小刻みに震えている。アレックスは静かに頭から爪先までキスの雨を降らせ、ゾーイの腿をそっと開かせると、その合わせ目に唇を押しあてた。ゾーイはびくっとした。

「もう充分よ」彼女は身もだえした。「そんなことをしなくても、わたしの体は……やめて……」

アレックスはゾーイの激しく上下する腹部越しに顔を見た。「任せろと言っただろ？」

「でも……」言葉が続かなかった。足首をつかまれ、脚を大きく開かれた。「スフレは生地をまぜすぎてはだめなのよ」

アレックスの笑いが振動となって潤ったところに伝わり、ゾーイの脚が震えた。「まぜすぎちゃいない」アレックスがささやいた。「まだまだだ」アレックスは秘所を鼻でくすぐった。腿の内側の柔らかい肌に、無精髭の伸びかけた頬がこすれた。ゾーイは必死に空気を求めた。心臓が激しく打っている。

「明かりを消して」ゾーイは恥ずかしさのあまり懇願した。

アレックスはゆっくりと首を振って、さらに顔をうずめてきた。舌先が触れたのを感じ、ゾーイは小さな悲鳴をあげた。

「我慢しろ」ささやき声が熱い吐息となって敏感な部分にかかり、ゾーイはさらに燃えあがった。ときにはじらすように……ときにはすべてを味わいつくすように、舌が芯を愛撫する。

ゾーイは花柄の上掛けを握りしめた。終わりのない責め苦に、何も考えられなくなった。

アレックスはゾーイのあえぎ声や体の震えのひとつひとつに気を配りながら、それに合わせて刺激しつづけた。

ようやく顔をあげ、ささやいた。「もっと欲しいか？」じっと返事を待った。

「ええ」相手が彼なら、何をされようが身を任せようとゾーイは思った。

アレックスがベッドを離れた。ジーンズが床に落ちる音が聞こえて、ナイトテーブルにあった袋を破く音がした。アレックスはベッドに戻り、ゾーイに覆いかぶさった。乳房の先を彼の胸毛にくすぐられ、ゾーイは呼吸がまた速くなった。

アレックスがゆっくりと腰を沈めてきた。ゾーイは熱い息をこぼした。

「痛くないかい？」彼が小さな声で訊いた。

ゾーイは内側から押し広げられる感覚に圧倒されて言葉が出ず、ただ首を振った。アレックスは優しかった。決して急がずに、少しずつ奥へと進んでいく。そのあいだずっと唇や喉元にキスをし、甘い言葉でゾーイを称賛し、こんなのは初めてだ、もう二度とないだろうとささやいた。

まるで夢のなかにいるかのようだった。ゾーイはできるだけ深くアレックスを受け入れようとし、アレックスもまた可能な限り奥まで押し入ろうとした。ようやく、ふたりの体が完全にひとつになった。ゾーイは体の力を抜き、アレックスの重みを感じながら、筋肉のふくらんだ腕や、潮の香りのする肌にキスをした。アレックスが動きはじめた。その官能的なリズムに、ゾーイはまたもや高みへとのぼりつめ、爆発的な瞬間に襲われた。体をこわばらせて、さらに突きあげてくる至福のひとときに身を投じた。アレックスが強く深くわが身をうずめ、絶頂を迎えた。そして世界の終わりとばかりに、ゾーイをきつく抱きしめた。

長いときが過ぎたあと、暗闇のなかでゾーイは尋ねた。声はいつもより低く、熱で溶けてしまったかのようにとろけていた。

「教えてよ」

アレックスが気だるげにゾーイの体に手をさまよわせた。「何を？」

「あなたのミドルネーム」

アレックスは首を振った。

ゾーイは軽く胸毛を引っ張った。「ヒントをちょうだい」

アレックスはその手をつかみ、口元へ持っていってキスをした。

「アメリカの大統領の名前だ」

ゾーイは男らしい唇を指でなぞった。「今の？　それとも過去の人？」

「過去の人物だよ」

「リンカーン」ゾーイは答えた。アレックスが首を振ったので、また考えた。「ジェファーソン……ワシントン……もうひとつヒントが欲しいわ」

アレックスが笑みを浮かべた。「オハイオ生まれだ」

「ミラード・フィルモア」

アレックスは低い声で笑った。「フィルモアはオハイオ生まれじゃない」

「みっつ目のヒントは？」

「南北戦争の将軍」

「ユリシーズ・グラント？　あなたのミドルネームはユリシーズなの？」ゾーイはアレックスにくっつき、肩にもたれかかって笑った。「いい名前じゃない」

「おれは嫌いだ。子供のころは、おれをミドルネームで呼ぶやつを片っ端からぶん殴ってやった」

「どうしてご両親はそのミドルネームをつけたの？」

「母親がオハイオのポイント・プレザント出身なんだ。グラント元大統領とは遠縁だとほざいてた。グラントは有名なアルコール依存症だったから、本当にそうかと思ったものさ」

ゾーイはアレックスの肩にキスをした。

「きみのミドルネームは？」

「ないの。だからミドルネームに憧れていたわ。イニシャルが二文字だなんてつまらないもの。クリスと結婚して、やっとイニシャルが三文字になったけど、離婚したときゾーイ・ホフマンに戻したのよ」

「結婚しているときの姓を使いつづけることもできただろ？」

「そうね。でも、それもなんだか違う気がしたの」ゾーイはほほえみ、あくびをした。「ほら、そういうのってなんとなくわかるじゃない」

「わかるって、何がだ？」

疲れがこみあげ、ゾーイはまぶたを閉じた。「この姓は自分に合わないって」眠気に襲われた。「もっと自分に合う姓があるはずだってこと」


亡霊はエマの隣に横たわっていた。片側だけ閉じた鎧戸から月光が差しこみ、エマの髪や顔を銀色に染めている。寝息は静かだった。夢を見ているのか、ときおりその寝息が乱れた。こうして自分に実体があれば触れあえるほどそばにいると、若いころエマと過ごしたときの感情がまざまざと思いだされた。あのころは恋をし、日々を謳歌し、将来に希望を抱いていた。人生がこれほどはかないものだとは知らなかった。

またひとつ、記憶がよみがえった。エマは目を泣き腫らし、ひどく取り乱している。

「間違いないのか？」彼は言葉を絞りだすようにして尋ねた。

「お医者様に診てもらったの」エマは腹部に手をあてていた。生まれてくる赤ん坊を守ろうとするようにではなく、こぶしを握りしめている。

彼は怒りがこみあげ、気分が悪くなり、頭が真っ白になった。

「きみはどうしたいんだ？　おれにどうしてほしい？」

「そんなのわからないわよ」エマが泣きだした。ずっと泣きつづけていたのか、すでに声がかれている。「どうすればいいの？」絶望的な口調で言った。

彼はエマを抱きしめ、熱く濡れている頬にキスをした。

「おれは人として正しい行いをしたい。エマ、結婚しよう」

「だめよ。そんな理由で一緒になったら、あなたはわたしを嫌いになるわ」

「そんなことはない。妊娠したのはきみが悪いわけじゃないんだから」

沈黙が流れた。

「きみと結婚したいんだ」

「嘘よ」エマは声を詰まらせたが、涙は少し収まった。

たしかに嘘をついていると彼は思った。結婚して父親になるなんて冗談じゃない。そんなのは人生の墓場だ。だが、エマのことは愛しているから、傷つけたくはない。妊娠する可能性を充分承知したうえで関係を持ったのはこのおれだ。エマは良家の娘で、性格もすばらしいのに、おれなんかを愛したばかりに人生を台無しにしかけている。命を懸けても、エマの人生を台無しにするわけにはいかない。

「嘘じゃない。本当にきみと夫婦になりたいんだ」

「両親に……話してみるわ」

「いや、おれが行こう。きみは何も心配することはない。だから落ち着いてくれ。そんなふうに泣きじゃくるのは体によくない」

エマはほっとしたのか、体を震わせて強く彼にしがみついた。「トム、愛しているわ。わたし、いい奥さんになる。あなたをがっかりさせたりしないから」

記憶はそこで途切れた。亡霊は愕然とし、わが身を深く恥じた。なんという不用意な言葉を口にしてしまったのだろう。これほどエマを愛しているのに、一瞬でも結婚をためらうなんて、おれは大ばか者だ。もしやりなおすことができたなら、もっと違う結果になっていた。赤ん坊はどうなったのだろう？　どうしてエマはアレックスに、結婚の話が出なかったなどと嘘をついたんだ？　なぜおれたちは結婚式を挙げなかった？

エマの穏やかな寝顔に目をやった。『すまなかった』亡霊はささやいた。『きみを傷つけるつもりはなかった。おれが望んでたのはきみだけ、愛したのもきみだけだ。もう一度、きみのもとへ戻りたい。だから、どうか力になってくれ』

21

長兄が結婚するまでノーラン家三兄弟の女性関係は賞味期限が短いと相場が決まっていたため、八月半ばにサムがルーシーと別れたと知ってもアレックスは驚かなかった。だが、同情はした。この二カ月ほど、サムは本当に幸せそうに見えたからだ。サムにとってルーシーは大切な存在だったに違いない。だが、ルーシーはニューヨークで一年間学べる芸術系の奨学金を受けられる立場にあり、そのチャンスをつかむことに決めた。サムはああいう性格だから、行くなとは言わなかった。先のない関係のために島に残ってくれとは言えなかったのだろう。

ルーシーがサムに別れを言いに来たとき、アレックスはたまたまレインシャドー・ロードの家で階段の修繕をしていた。亡霊が玄関まで様子を見に行った。

『サムとルーシーが別れた』一〇分後、亡霊が報告に来た。

アレックスは金槌を持つ手を止めた。「たった今か?」

『そうだ。あっけないものさ。ルーシーはニューヨークに行くと言い、サムはそれを止めなかった。だが、あれは相当まいってるぞ。ちょっと階下《した》に行ってきたらどうだ?』

アレックスは鼻を鳴らした。「何をしに？」

『〝大丈夫か〟とか、〝女はほかにもたくさんいるぞ〟とか、言うことはいくらでもあるだろうに』

「わざわざおれに言われなくても、そんなことくらいサムだってわかってるさ」

『兄弟だろう？　ちょっとは心配してるところを見せたらどうなんだ？　ついでに、しばらくここに住まわせてくれと頼む手もあるぞ』

アレックスは顔をしかめた。先日、元妻から来たメールに、アレックスを自分の家から追いだすための仮処分を家庭裁判所に申請中だと書かれていた。

レインシャドー・ロードの家に住めば余計な金を使わずにすむし、家賃代わりに改築を続けることもできる。どういうわけかアレックスはこの家の修繕に夢中になっていた。自分が所有しているわけでもないのに愛着を感じた。

ゾーイと関係を持つようになってから三週間が経っていた。人生で最高の三週間であり、最悪の三週間でもあった。本当は一日じゅうでも一緒にいたかったのだが、時間を決めて会うようにした。それでも理由を作ってはしょっちゅう電話をかけた。新しいレシピのことだとか、タヒチ産とメキシコ産とマダガスカル産のバニラビーンズの違いだとかの話を聞いているだけでよかった。ゾーイのしたことや言ったことを思いだし、いつの間にかにやにやしているときもあった。こんなのは初めてだ。かなりの重症だ。

ゾーイにせがまれるのでやむをえないと思うことができればまだよかった。だが、ゾーイは押すべきときと同じくらい、引くべきときも心得ていた。巧みに操られているのはわかっていたが、抗えなかった。たとえば、今夜は仕事が終わったらすぐに帰ると言ったとする。そうすると、ゾーイはポットローストを作るのだ。別荘のなかに肉のおいしそうな匂いが流れ、アレックスはつい夕食をご馳走になる。そして気がつくと、ゾーイのベッドにいるというわけだ。男にとってポットローストは媚薬も同然だということをゾーイはよく理解しているに違いない。

ゾーイと夜を過ごす日を減らす努力もした。だが、そうするのはとても難しかった。とにかく四六時中、一緒にいたくて仕方がないのだ。ベッドでのことだけを言っているのではない。ゾーイのすべてが好きだった。とことん楽観的で明るい人間など、以前ならいらだつだけの存在だったが、今は彼女のそんな性格も愛おしい。ゾーイはまるでパーティで風船を割るように、次々と楽しいことを持ちだしてくる。アレックスにはとてもまねのできない芸当だ。

だが、さすがのゾーイもエマのことになると自分を偽れなかった。エマの状態は悪化の一途をたどっていた。先日、訪問看護師のジーニーが認識力テストをした。耳で聞いた単語を繰り返して言ったり、時計の文字盤を描いたり、コインを数えたりする簡単なものだ。成績は一カ月前よりかなり悪くなっていた。さらに悪いことに、エマは空腹を感じなくなり、栄養のバランスもわからなくなっていた。放っておけば何日も食べないか、コーンチップにマスタードを塗って朝食にしかねなかった。

あれほど身ぎれいにしていた祖母が髪をとかさなくなり、爪を磨かなくなったことをゾーイは心配した。ジャスティンは少なくとも週に二度、エマを美容院や映画館に連れだした。アレックスも夕食のあと、ゾーイが皿を洗ったり、風呂に入ったりするあいだ、エマの相手を務めた。よくカードゲームをしたが、エマがあまりにあからさまなずるをするので、アレックスは苦笑するしかなかった。ときには音楽をかけ、踊ることもあった。そんなときエマは、アレックスはフォックストロットのステップが下手だと文句をつけた。

「ターンが遅いわね」エマは言った。「それじゃあこっちが転んでしまうわ。いったいどこでダンスを習ったの？」

「シアトルの教室ですよ」《アズ・タイム・ゴーズ・バイ》の曲に合わせてステップを踏みながらリビングルームを横切った。

「授業料を返してもらったほうがいいわね」

「ここまで踊れるようになっただけでも奇跡みたいなものですよ」アレックスは言った。「それまでは洗車のパントマイムみたいなダンスしかできなかったんだから」

「どれくらい通ったの？」エマが疑わしそうな目をした。

「週末だけの特訓コースでした。結婚式までに踊れるようになれと婚約者に言われたから、仕方なく行ったんです」

「まあ、結婚していたの？」エマが怒った口調で言った。「初めて聞いたわ」

そんなことはない。以前にもダーシーの話はした。忘れてしまったのだろうとアレックスは思った。「もう終わった話です」きっぱりと言った。

「やけに短い結婚生活だったのね」

「充分に長かったですよ」アレックスは残念そうに言った。

「うちのゾーイと一緒になればいいのに」エマが言った。

「もう結婚はしません」アレックスは答えた。「向いてないから」

「二度目はきっとうまくいくわ」

その夜、別荘に泊まったアレックスは、眠っているゾーイを腕に抱きながら、彼女に初めて会ったときから胸に感じている甘い痛みがなんなのか、ようやく気づいた。これが幸せというものなのだ。急に落ち着かなくなった。世の中には一度手を出しただけで依存症になる物質があるという。ゾーイはまさにそれだ。即効性があり、強力な効き目で、絶対にやめられない。


サムとルーシーが別れた三日後、アレックスが道具を取りにレインシャドー・ロードの家に行くと、途中、配送用のピックアップトラックがうしろをついてきて、家の前で停まった。ふたりの配達員が平たい木枠に入った荷物をトラックからおろし、それを玄関ポーチへ運びながらアレックスに言った。

「サインをお願いしたいんですけど。この荷物にかけられている保険の書類です」

「中身は？」

「ステンドグラスです」

ルーシーからだとアレックスは思った。そういえば、ルーシーが二階の階段の窓につけるステンドグラスを作っているとサムが言っていた。昔、亡霊が取りつけたステンドグラスはすでに壊れ、今は一枚ガラスが入っている。ルーシーがレインシャドー・ロードに滞在しているとき、そのステンドグラスの模様を夢に見たらしい。

「おれがサインするよ」アレックスは言った。「兄貴はブドウ園にいるから」

配達員は重そうなステンドグラスを玄関内に運び入れて床に置き、配達中に破損しなかったかどうか確かめるために、一部だけ荷解きをした。「大丈夫そうですね」配達員が言った。「あとで何か見つかったら、小さなひびひとつでもかまいませんから、領収書のいちばん下に書いてある番号に電話してください」

「ありがとう」

「どうも」配達員は愛想よく言った。「取りつけが大仕事ですね」

「たしかに」アレックスは苦笑いを浮かべ、書類にサインをした。

亡霊が愕然とした顔でステンドグラスを凝視していた。『おい』声がおかしい。『これを見てみろ』

配達員が玄関を出ていくと、アレックスはステンドグラスのそばに寄った。葉が枯れ落ちて枝だけになった一本の樹木に月がかかっている。色使いは繊細で、何枚もの色ガラスを重ねているため奥行きがあるように見えた。こういうものに詳しいわけではないが、技術的にとても優れた作品だということは容易に感じられた。

亡霊は身じろぎひとつせず、黙りこくっていた。夏だというのに玄関ホールは肌寒くなり、悲しみに包まれた。アレックスですら喉が詰まって、目に涙が浮かびそうになった。「見覚えがあるのか?」アレックスは尋ねた。「エマの父親があんたに取りつけさせたのは、これと同じ模様のステンドグラスなのか?」

亡霊は感情が高ぶりすぎて口がきけないらしく、黙ったままうなずいた。悲しみの気配が濃厚になり、アレックスは息をするのも苦しくなった。亡霊が何かつらい記憶を思いだしているのだろう。

アレックスは一歩うしろにさがったが、その悲しみからは逃れられなかった。「おい、やめろ」不機嫌に言った。

亡霊は二階を指さし、懇願の目でアレックスを見た。

何を言わんとしているのか、アレックスはすぐに理解した。

「わかったよ。今日、取りつけてやるから、少し落ち着いてくれ」

サムが入ってきた。恋人と別れて傷心しているサムは、ステンドグラスのすばらしさに目をやるより先に、手紙はなかったかと尋ねてきた。手紙は入っていなかった。

アレックスは携帯電話を取りだした。別荘でガレージの工事をしているギャヴィンとアイザックを呼びだすつもりだった。

「うちの連中を呼んで、取りつけ作業を手伝わせるよ。今日でもいいか?」

「わからない」サムがぼそりと言った。

「何が？」

「これをうちの窓にはめこむかどうかだ」

亡霊が絶望的な気分になったのを感じとり、アレックスは顔をしかめた。「おかしなことを言うな。取りつけなくてどうする？　このステンドグラスはこの家の窓に入れるためのものだ。もともとはちょうどこんな絵のやつがはまってたんだからな」

サムが眉をひそめて弟を見た。「どうしてそんなことがわかる？」

「この家にはよく似合うだろうってことさ」アレックスは電話をかけながら、サムのそばを離れた。「おれのほうでやっとくよ」

昼食が終わったころ、ギャヴィンとアイザックがやってきた。三人はステンドグラスの取りつけ工事にかかった。ルーシーが正確に計測してくれたおかげで、ステンドグラスは既存の窓枠にぴったりと収まり、作業は手早く進んだ。透明なシリコンコーキング剤でステンドグラスと窓枠の隙間をふさいだ。あとはシリコンコーキング剤が固まるまで丸一日放っておいて、ステンドグラスに木製の縁を取りつけるだけだ。

亡霊はむっつりと作業を見ていた。皮肉も質問も批評も口にせず、ずっと不機嫌なままだ。ステンドグラスについても、新たによみがえった記憶についても、いっさい語ろうとしなかった。

「おれにも少しは知る権利があるんじゃないのか？」その夜、アレックスは尋ねた。「いったいなんであのステンドグラスがそこまで気になるんだ？　どうして取りつけにこだわった？　なぜそんなに暗い顔をしてる？」

『まだ話す気にはなれない』亡霊が怒った声で言った。

翌朝アレックスは、シリコンコーキング剤の固まり具合を確かめようと、ゾーイの別荘へ行く前にレインシャドー・ロードの家に立ち寄った。あと二、三日で手放すことになっている車を楽しむため、その日はＢＭＷに乗っていった。この車は、ダーシーと結婚したころ、週末にシアトルへ行くときのために購入したものだ。こういう高級車が自分たちの、いや、自分たちが憧れている生活スタイルに似合うと思ったのだ。今になってみれば、どうしてそんなことにこだわったのかさっぱりわからない。

私道に入ると、ブドウ園を歩いていたサムを見つけた。車の速度を落とし、窓を開けて尋ねた。「乗るか？」

サムは首を振り、先に行ってくれと手ぶりで示した。ぼんやりとして、夢うつつの様子に見えた。まるで誰にも聞こえない音楽に耳を傾けているかのようだ。だが、ヘッドフォンをつけているわけではない。

「サムのやつ、なんか妙だな」アレックスは亡霊にそう言い、レインシャドー・ロードの家に向かって車を走らせた。

『妙なのはサムだけじゃないさ』

言われてみれば、そのとおりだ。景色全体が不思議な輝きを放っている。ブドウ園や庭の木々は鮮やかで優しい色をしており、花や葉は明るさに満ちていた。空もいつもとは違い、海との境目は銀色に染まっているが、それが天へ向かうにつれて目も痛むほどのまばゆいブルーに変化していた。

アレックスは車から降り、花と大地の香りがするそよ風を胸いっぱいに吸いこんだ。亡霊は二階の窓を凝視していた。ステンドグラスが昨日と同じものには見えなかった。色が違っている。光の具合か、見る角度のせいだろうとアレックスは思った。

大股で家のなかに入り、階段を駆けあがった。やはりステンドグラスの絵柄がまったく異なっている。枯れていた枝に青々とした葉が生い茂っていた。宝石のような美しい色合いのガラスの葉がステンドグラス全体に広がっている。月はなくなり、空は朝焼けのピンクとラベンダー色が、昼間のブルーに変わろうとしているところだ。

「別のステンドグラスを入れたのか?」アレックスは驚いた。「昨日のやつはどうしたんだ?」

『同じものだ』亡霊が答えた。

「それはありえない。色がまったく違うじゃないか。だいたい月がないし、枝は葉に覆われてる」

『昔、おれが取りつけたのはこれだ。細かいところまで、これとまったく同じ絵柄だった。だが、ある日――』サムが家のなかに入ってきた音が聞こえ、亡霊は口を閉じた。

サムが階段をあがってきて、アレックスの隣に来た。

「どうしたらこうなったんだ？」アレックスは尋ねた。

「ぼくは何もしてない」

「いったいなぜ――」

「わからない」

アレックスは当惑し、サムと亡霊の顔を見た。どちらも考えにふけっている。ふたりとも何か思うところがあるらしい。「どういうことだ？」

サムは行く先も告げずに階段を一段飛ばしでおりると、自分のピックアップトラックのほうへ駆けていった。

アレックスは困惑とともにいらだちを覚えた。「なんだ、あいつ？」

『ルーシーに会いに行ったんだ』亡霊が落ち着いた声ではっきりと答えた。

「ステンドグラスに何が起こったのか訊くためにか？」

亡霊は皮肉に満ちた目でちらりとアレックスを見たあと、廊下を行ったり来たりしはじめた。『サムは何が起こったのかなんて気にしちゃいない。大事なのは、どうしてこうなったのかという理由だ』アレックスが理解していないのを見てとると、さらに言葉を続けた。

『このステンドグラスはサムとルーシーの気持ちを映して変化したんだ』

アレックスにはさっぱりわけがわからなかった。「魔法のステンドグラスだとでも言いたいのか？」あざけるように鼻を鳴らした。

『おまえにはわからんだろう』亡霊が辛辣に言った。『おまえが奉ってる実存主義の考え方とは相容れないからな。どうせまた、妄想だと思ってるんだろう。だがな、サムは理解してる』亡霊は壁際に寄り、座りこんで片膝を抱えた。『昨日、このステンドグラスを見た瞬間に、おれとエマのあいだに何があったのかを思いだした。おれがエマに何をしたのかも』

アレックスは階段の手すりに両腕をのせ、ステンドグラスを見あげた。ありえないことだが、エメラルド色の葉がそよ風を受けて、きらきらと揺れている。

『おれはエマよりふたつばかり年上だった』亡霊が話しはじめた。感情がゆらゆらとお香の煙のように立ちのぼっている。『ずっと彼女を避けてた。手を出してはいけないと思ってたんだ。こんな小さな島で育てば、関わりを持ってもいい女なのか、火花《スパーク》を散らせる相手なのか、そんなのはおのずとわかるようになるもんだ』

「スパーク？」

亡霊がちらりと笑みを見せた。『あのころはキスすることをそう言ったのさ』

アレックスはその表現が気に入った。火花を散らして、燃えあがるというわけか。

『エマとおれではつきあう仲間がまったく違った』亡霊は言葉を続けた。『彼女はいいところのお嬢さんで、頭も切れた。たまにひどく頑固になるときもあるが、根はゾーイと同じような優しさがあって、いつも誰も傷つけまいとしてた。スチュワート家の主人がステンドグラスを取りつけるためにおれを雇ったとき、奥さんは三人の娘たちに、あんな男とは関わるなと釘を刺した。だが、エマは母親の言いつけを守らなかった。おれが仕事をしてるところへ来ては、腰をおろしてあれこれ尋ねてきた。なんにでも興味津々だったよ。おれはあっという間にぞっこんになった。出会う前から恋をしてたようなもんだ』

話はさらに続いた。

『夏に入ったころから秋口まで、毎日のようにエマと会ってたよ。湖へ行くことが多かったが、ボートでどこかの小島へ行って、そこで一日過ごすこともあった。将来についてはほとんど話さなかったな。すでにヨーロッパでは戦争が起きてて、アメリカが参戦するのは時間の問題だとされてた時代だからな。おれが軍隊に入るつもりでいるのはエマも知ってた。あのころのアメリカ陸軍航空隊は、まったくの素人を二カ月ほどで正規のパイロットにまで養成したんだ』

亡霊は言葉を切った。

『あれはまだ、真珠湾攻撃の前の一九四一年の一一月だった。エマから妊娠したと告げられた。がつんと頭を一発殴られた気分だったよ。だが、それでも彼女に結婚を申しこんで、エマの父親に許しを求めに行ったんだ。父親はおれを大歓迎したわけじゃないが、それでもスキャンダルを避けるために、なるべく早く結婚式を挙げさせてやろうと言ってくれた。寛大な配慮だったよ。だが、母親は違った。殺されるんじゃないかと思ったな。大事な娘をおれなんかと一緒にさせるのは、世間の恥さらしだと言わんばかりだった。まあ、そのとおりなんだがね。ただ子供ができてしまった以上、ほかに選択肢はない。だからクリスマスイブに式を挙げることになったんだ』

「あまりうれしくなかったみたいな口ぶりだな」アレックスは言った。

『そのとおり。怖かったんだ。妻子を持つなんて……おれの柄じゃない。だが、父親のいない家庭で育つというのがどういうことなのかは身にしみてわかってる。おれの子供にそんな思いをさせるわけにはいかなかった』

亡霊は先を続けた。

『真珠湾攻撃が起こると、島の男たちはこぞって徴兵事務所へ行って、入隊を志願した。おれは式を挙げるまでは待つということで、エマと話ができてた。ところがクリスマスの数日前、エマの母親から電話がかかってきて、すぐに来いと呼びだされたんだ。その口調から、何かよくないことが起こったんだとわかったよ。家に着くと、ちょうど医者が帰るところだった。玄関ポーチでその医者としばらく話して、それから二階へあがった。エマはベッドで寝てた』

「流産したんだな」アレックスは静かに言った。

亡霊がうなずいた。『朝から出血してたらしい。初めのうちはたいしたことはなかったんだが、だんだんひどくなって、最終的に赤ん坊はだめになったということだった。エマはおれを見るなり泣きだした。おれはずっと彼女を抱きしめてた。ずいぶん経ってからエマは泣きやんで、婚約指輪をはずして手渡してきた。本当は結婚なんかしたくないんでしょうと言われた。赤ん坊がいなくなったんだから、もう一緒になる理由もないとね。おれは、今そんな話はしなくていいと慰めた。だが、ほんの一瞬、安堵が顔に出てしまったのさ。エマはそれを見て、いつかおれが結婚したいと思うようになるまで待ってもいいかと尋ねてきた。おれは待つなと答えた。たとえ戦争から無事に帰ってきたとしても、もうおれのことは忘れてくれと言った。恋愛なんて長くは続かない。そのうちほかにいい男ができるかもしれないとね。あのときは本気でそう思ってたんだ。エマは何も言い返さなかった。傷つけているのはわかってたさ。だが、そう言っておけばおれに何があってもエマは苦しまずにすむと思った。彼女のためだと自分に言い聞かせたんだ』

「あんたもつらかったろうな」アレックスは言った。

その言葉は亡霊の耳には届いていないように見えた。亡霊は長いあいだ、考えこんでいた。『それがエマに会った最後だ。彼女の寝室をあとにして階段のところまで来たとき、ステンドグラスが様変わりしてるのに気づいた。葉がなくなり、空が暗くなって、冬の月が枝にかかってた。奇跡が起きたんだと思ったよ。だが、その意味を深く考えようとはしなかった』

どうして亡霊が自分の取った行動をそこまで残酷だと思って恥じ入っているのか、アレックスにはよく理解できなかった。エマが妊娠したとわかったときは、潔く結婚を申しこんでいる。それが流産したとなれば、別れることに問題はないはずだ。エマには支えてくれる家族もいたし、経済的にも恵まれていた。決して貧困のなか、ひとりぼっちで置き去りにしたわけではない。それに、どのみち亡霊は軍隊に入るつもりでいたのだ。

「あんたは正しい振る舞いをしたと思う」アレックスは言った。「エマに対して正直だった」

亡霊が怒りに満ちた目でアレックスを見た。『正直なんかじゃない。卑怯だっただけだ。あのときエマと結婚するべきだった。おれに何があろうが、彼女を心から愛してたということをわからせるほうが、ずっと大事だったのに』

「無神経な言い方かもしれないが……」アレックスはそう言いかけ、亡霊がおもしろくもなさそうに笑ったのを見て、顔をしかめた。「あんたは戦争で死んだんだ。いずれにしろ、エマと一緒に過ごせる時間はそう長くはなかったはずだ」

『おまえはさっぱりわかっちゃいないな』亡霊が信じられないという顔をした。『おれはエマを愛してたんだ。それなのに彼女を悲しみのどん底に突き落とした。そしておれ自身も苦しむことになった。そんなふうに愛されたいと願ってる男はいくらでもいるのに、おれはその愛を捨てたんだ。そのあげくに乗っていた戦闘機が墜落して、やりなおす機会も木っ端みじんになった』

「もしかしたら、あんたはついていたのかもしれない。そんなふうに考えてみたことはないのか？　もし戦争で生き残ってエマのもとに帰ってたら、ひどい結婚生活を送るはめになった可能性だってある。互いを憎むはめになってたかもしれないぞ。そんなふうにならなくて、かえってよかったんだ」

『ついてただと？』亡霊はぞっとした顔でアレックスをにらみつけると、腰をあげて廊下を歩きだした。二度ばかり、忌まわしいものを見るような目で、アレックスを眺めまわした。そしてステンドグラスの前で立ちどまり、敵意に満ちた口調で言った。『そうさ、おまえの言うとおりだ。若くして死んでよかったのさ。愛なんて面倒くさいものに振りまわされず、みじめな思いもせずにすんだんだからな。人生なんて無意味だ。さっさと終わらせることができてせいせいしてる』

「そのとおりだ」亡霊の嫌みな口調にいらだちながら、アレックスは答えた。おれも自分の人生は自分で決めるし、その結果は引き受けるつもりでいる。ちょうど亡霊がそうしたように。それで非難されるいわれはない。

亡霊はみずみずしい色合いに満ちたステンドグラスを見あげ、悪意をむきだしにして言った。『おまえもさぞついてる人生を送ることになるだろうな。おれと同じだ』

22

〝おまえもさぞついてる人生を送ることになるだろうな。おれと同じだ〟

認めたくはないが、亡霊が意図したであろう以上に、その言葉はアレックスの胸に突き刺さった。戦争で死んでかえってよかったなどとは、ずいぶんひどいことを言ってしまった。たとえ本当にそう思っていたとしても、決して口にすべきではなかった。

実際のところ、いったい何をどう思えばいいのかわからなくなっている。昔から自分の人生を顧みるのは得意ではない。子供のころからずっと、何も望まなければ何も得られなくても落ちこまずにすむと信じて生きてきた。愛情など求めなければ、心が傷つくこともない。人間は誰しもみな醜悪な一面を持つものだと思えば、自分の立ち位置はいつも安全だった。

だが、エマがはるか昔にタイプした〝祈りを天に届けたいのに、それは雪に埋もれたコリンウズラのように、この地にとらわれています〟という悲しみに満ちた一文が頭を離れない。コリンウズラは冬になると仲間で身を寄せあい、地面の上で眠る。降り積もる雪はコリンウズラの身を守るが、ときに凍りつき、鳥たちを閉じこめてしまう。コリンウズラは氷の下で飢え、窒息し、寒さのために死んでいく。誰に姿を見つけてもらうこともなく、誰に声を聞いてもらうこともないままに。

その守りとなる氷を、ときどきゾーイに割られたと感じることがある。そういうときゾーイは、アレックスが人生で感じたことのないような幸せを与えてくれる。だが、アレックスはそれに身を任せられずにいた。そんな幸せが長続きするはずはないとわかっているからだ。ある意味、ゾーイは自分にとって危険な存在だ。致命的な弱点になりかねない。

自分はノーラン家のほかの子供たちとは性格がまるで違う。マークとサムはのんびりしており、大らかに愛情のやりとりができる。覚えているかぎりではヴィクトリアもそうだった。あの三人は、両親がアルコール依存症で最悪の状態だったころには、もう一緒に住んでいなかったからだ。しんと静まり返った家に何日も、ときには何週間もひとりで放っておかれることもなかった。

そんなふうに山ほど問題を抱えているにもかかわらず、どういうわけかアレックスはサムの新たな幸せをねたむ気持ちはどこにもなかった。サムはルーシーとよりを戻した。いずれは結婚するつもりでいるらしい。ルーシーは奨学金を受け、一年間、ニューヨークで勉強することになった。彼女がサンファン島に戻るまでは、遠距離交際を続けるということだ。

「だからおまえがこのレインシャドー・ロードの家に住んでくれると、こっちも好都合なんだよ」サムがアレックスに言った。「月に一度はルーシーに会いにニューヨークへ行くつもりだから、そのあいだ、家のことを任せられる」

「兄貴を追い払えるなら、なんでもするさ」アレックスは言い、サムがうれしそうにハイタッチをしてきたのを見て、思わず苦笑した。「おい、喜びすぎだぞ。頼むから少し落ち着いてくれ。これじゃあ同じ部屋にいるのも苦痛だ」

「努力するよ」サムは自分のグラスにワインを注ぎ、ちらりとアレックスを見た。「一杯やるか？」

アレックスは首を振った。「いや、もう飲まないと決めたんだ」

サムは一瞬、弟の顔をじっと見た。「いいことだ」ワイングラスを脇へ押しやろうとした。それを見て、アレックスは促す仕草をした。

「おれはかまわないから、兄貴は好きにやってくれ」

サムはひと口、ワインを飲んだ。「なんで酒をやめようと思ったんだ？」

「見えない一線を越えそうになったからさ」

その表現でサムには伝わったらしい。「よかった」しみじみと言った。「今のほうがずっと調子もよさそうだし、健康そうに見えるよ」わざとらしく、ひと呼吸、間を空けた。「ゾーイとつきあっているのが、いい方向に出たみたいだな」

アレックスは眉をひそめた。「誰から聞いた？」

サムがにやりとした。「小さな島だ。親密な地域性ってやつのおかげで、全部筒抜けだよ。ぼくにその話をしなかったやつの名前を挙げるほうが早いくらいだ。おまえはゾーイと一緒にいるところを一〇〇回は目撃されてるし、ゾーイの別荘を改築してることも伝わってきているし、そこにおまえのトラックが朝まで停まっていることもざらだと聞いている。まさか……秘密にしておけると思ったわけじゃないだろう？」

「そうじゃないが、おれなんかの私生活がそこまで噂になるとは知らなかった」

「私生活だからこそ、噂するのがおもしろいんだよ。で、ゾーイとは――」

「話したくない」アレックスは言った。「どういう関係だとか、この先どうするつもりだとか訊かないでくれ」

「そんなのはどうでもいい。ただ、あっちのほうはどうなんだろうと思ってね」

「細胞という細胞が天にものぼる心地さ」

「おやおや」サムが感銘を受けた顔をした。

「しかも、別室には人生の大先輩が寝てて、リビングルームでは猫が嫉妬のうなり声をあげてる」

サムが静かに笑った。「来週はふたりだけのひとときを楽しんでくれ。ぼくはルーシーの引っ越しの手伝いをしにニューヨークへ行くから。それまでにおまえがここへ引っ越してくれば……」

「おれの荷物なんか、せいぜい半日もあれば運べる」アレックスは言った。そのとき、メールの着信音が鳴った。アレックスは携帯電話を尻のポケットから取りだした。メールの主は、アレックスがドリームレイクに所有している物件を売ってくれとせっついている不動産仲介業者だった。アレックスは自分で開発したかったので売却する気はないと断ったのだが、それにもかかわらず仲介業者はいい話だからぜひとも検討してほしいと強気で押してきた。物件を探しているのは〈イナリ・エンタープライズ〉でゲームソフトの開発を行っているジェイソン・ブラックなる人物だった。隠れ家的な研修センターを作りたいらしく、いくつかの建物と施設を含む巨大プロジェクトになるという話だった。つまりこの計画に関われば、大金を稼げるということだ。「ここが重要な点なんですが……」一度顔を合わせたとき、仲介業者は言った。「ミスター・ブラックはすべてLEED認証にのっとった施設をご希望です。環境デザインと省エネルギーを配慮した最先端の建物ですよ。そこで、あなたがLEED認定プロフェッショナルの資格を持っていて、実際にLEED認証を獲得した施設の建築に携わった経験もあると伝えると、先方は興味を示してきたんです。あなたが施工主になるという条件をつけて物件を売却できる絶好の機会でもあるわけですよ」

「ひとりで仕事をするのが好きなんです」アレックスは言った。「だから、あそこを売るつもりはありません。それに、相手はいわばゲームオタクだ。気難しい人物かもしれないでしょう？」

「会っていただければわかりますよ」仲介者が懇願するように言った。「それに、動くのはただの大金じゃありません。途方もなく莫大な大金ですよ」

そのときの会話を思いだし、アレックスはちらりと兄を見た。サムならゲーム業界に詳しいかもしれない。「〈イナリ・エンタープライズ〉ってのはどういう会社だ？」

「急にどうした？　《天駆ける反逆者》で有名になった企業さ」

「なんだ、それ？」

「おまえは化石人間か？　《天駆ける反逆者》ってのは、《ドラゴンの魔法伝説》シリーズというゲームの六作目だ」

「ごたいそうだな」アレックスは皮肉った。

サムは熱心に説明した。「《天駆ける反逆者》は世界でいちばん売れたゲームと言ってもいい。なにしろリリースから一週間で五〇〇万本だからな。ロールプレイングゲームなんだ。設計はオープンワールドで、ノンリニアなゲームプレイができる。動画の質が恐ろしく高くて、セルフシャドウやモーションブラーが――」

「頼むから英語で話してくれ」

「要するに、めちゃくちゃおもしろくて、やりはじめたらやめられないゲームってことだよ。ぼくがたまに手を止めるのは、食事をとらなきゃならないし、彼女といいこともしなきゃならないからさ」

「ジェイソン・ブラックという名前は聞いたことがあるか？」

「何本もヒット作を飛ばしているゲームクリエイターだ。謎めいた人物だよ。あれくらい有名人になると、たいていはゲームのイベントや授賞式に出てきてあれこれしゃべるもんだが、ジェイソン・ブラックはそうしないんだ。ふたりばかり代理人を立てていて、表舞台ではそいつらが話をしている。でも、どうしてそんなことを訊くんだ？」

アレックスは肩をすくめ、適当にごまかした。

「この島で物件を探していると耳にしただけさ」

「彼なら島ごと買える」サムは力説した。「もしジェイソン・ブラックや〈イナリ・エンタープライズ〉と仕事をする機会があるなら、ぜひとも飛びつくべきだな」

「それって《アングリーバード》みたいなもの？」数日後、アレックスからゲーム《天駆ける反逆者》の話を聞き、ゾーイは尋ねた。

「いや、もっと世界観が広いというか、見た目が映画みたいな感じらしい。いろんな都市を探検しながら、ドラゴンを狩るさまざまな戦いをするんだ。さまざまな選択肢を選べるように複数のシナリオが用意されている。本筋を離れてゲームのなかの本棚から本を取りだして読んだり、料理をしたりすることもできるそうだ」

「本筋はなんなの？」

「それがわからない」

ゾーイは笑みを浮かべ、小さなソースパンで溶かして冷ましていたホワイトチョコレートを、ゴムベラでこそげながらボウルに入れた。今日はレインシャドー・ロードの家でアレックスとふたりきりだ。サムはルーシーに会いにニューヨークへ行ったし、エマはドリームレイクの別荘でジャスティンが見てくれている。「アレックスじゃなくて、あなたのためよ」ジャスティンは言った。「たまにはエマのことを心配せずにすむ夜がないと、あなたがまいっちゃう」

ゾーイは空っぽになったソースパンを脇に置いた。「なぜみんな、そんなにゲームばかりしたがるのかしら？　ゲームのなかでご馳走を作っても食べられるわけじゃないのに」

「ゲームに夢中になってるやつはご馳走なんていらないのさ」アレックスが笑った。「それよりは片手で食えるものがいいんだ。ポテトチップスとかポップタルトとか」ゾーイの手元を見た。「どうしてそんなふうにまぜるんだ？」

「まぜるというよりは切っているの。普通にまぜるとふわっとしなくなるから」ゾーイは溶かしたホワイトチョコレートを入れたホイップクリームにゴムベラを縦に入れ、底のほうからすくいあげるようにして生地をひっくり返した。一回ごとにボウルを四分の一回転させている。「ほら、ふわふわのままでしょう？　やってみる？」

「生地をだめにしそうだから遠慮しておく」アレックスはいやがったが、ゾーイは無理やりゴムベラを持たせた。

「大丈夫よ」ゾーイはアレックスの腕のなかに入り、手に手を添えて指導した。「こういうふうに生地を切って、すくって、ひっくり返す。切って、すくって、ひっくり返す……そうそう、とても上手」

「なんだかわくわくしてきた」その言葉を聞き、ゾーイは声を立てて笑った。

「難しくないでしょう？」

アレックスがゴムベラを返し、ゾーイの髪に鼻を押しつけた。「何を作ってるんだ？」

「ホワイトチョコレートを使ったイチゴのショートケーキよ」ゾーイはホイップクリームを

指ですくいとり、アレックスの腕のなかで振り返った。「味見する?」

　彼はゾーイの指ごとホイップクリームをなめた。「うまい。もうひと口くれ」

「これで終わりよ」ゾーイは厳しい口調で言い、もう一度ホイップクリームを指ですくった。「ショートケーキを作るのに使うんだから」

　アレックスはその指を温かい舌でなめ、感嘆の声をもらすと、顔を傾けて唇を重ねた。ホワイトチョコレートの味がするキスだ。ゾーイは唇を開いて、それを受け入れた。濃厚で気だるいキスがいつまでも続いた。アレックスがゾーイの腕や肩をなで、Tシャツの裾をたくしあげた。ゾーイは慌てて止めた。

「キッチンじゃいやよ」

　アレックスがゾーイの首筋に唇を押しあてた。「かまうもんか」

「でも、窓が……」

「何キロ行ったところで誰もいやしないさ」アレックスはゾーイのTシャツを脱がせて濃厚なキスをし、首筋から腕へと唇をはわせてゾーイの背中へ腕をまわした。ここでブラジャーをはずされるのだと思い、ゾーイは落ち着かない気分になったが、されるがままになっていた。アレックスの指が迷わずホックをはずしていった。ひとつ……ふたつ……みっつ。肩紐がさがり、ブラジャーが床に落ちた。

　アレックスが両方の乳房を温かい手で包みこみ、硬くなったバラ色の先端を親指で刺激した。ゾーイは調理台に腰を押しつけて背中をそらし、言葉を絞りだした。「お願い……二階へ……」暗くて閉ざされた空間である寝室へ行きたかった。柔らかいベッドに横たわりたい。

「ここがいい」アレックスがささやき、自分もシャツを脱いだ。よく日に焼けた、たくましい体だ。淡いブルーの目をボウルへ向けると、二本の指でホイップクリームをすくった。アレックスが何をしようとしているのかに気づき、ゾーイは目をしばたたいた。

「だめよ」くすくす笑いながら逃げようとした。「どうしちゃったの？」アレックスはゾーイのショートパンツの前をつかんで動けないようにすると、冷たいホイップクリームを両方の乳房の先に塗り、それを舌ですくってなめとった。ゾーイは目を閉じ、体を震わせた。また唇が重ねられ、むさぼるようなキスをされた。アレックスの手がショートパンツのなかに滑りこんできた。ゾーイは何も考えられなくなり、息をするのさえ忘れそうになった。歓びがこみあげてきて、彼の好きにされたいと願った。ショートパンツと下着を脱がされ、柔らかい下腹にキスをされ、腰を押さえつけられた。アレックスがひざまずいて、腿の合わせ目に唇を押しあてた。

ゾーイは脚が震え、冷たい御影石の調理台で体を支えた。全身に鳥肌が立っている。アレックスはまたボウルに指を入れ、腿のあいだにホイップクリームを塗った。そして茂みに舌を分け入らせ、ゴムベラの要領で舌を使った。切って、すくって、ひっくり返す……。執拗で容赦ない動きにゾーイは頭がもうろうとし、鼓動が速くなり、甘い声がもれた。秘めたところの芯はすっかりふくれている。アレックスはさらに深く、すばやく、荒々しく舌を動かした。ゾーイはクライマックスに襲われ、悲鳴にも似た声をあげた。周囲がぼやけて明るくきらめいている。それが収まり、体が疲れ果て、ため息がもれるまで、アレックスは優しく愛撫を続けた。

アレックスが立ちあがってジーンズのファスナーをおろし、ゾーイを抱き寄せて高ぶっているものを押しあてた。ゾーイはアレックスの首に両腕をまわし、肩に頭をもたせかけた。ピルをのむようになったため、それ以外の避妊は必要ない。アレックスはゾーイの腰を少し斜めにさせて、体の奥へと押し入った。爪先が床から浮くほど強く突きあげられ、ゾーイは熱い息をこぼした。アレックスの硬いものに体重を支えられて体の奥が震え、それが彼にも伝わった。アレックスが歯を食いしばったまま荒い息を吐いた。彼の鼓動が速くなっているのがわかる。ふたりはつながったまま優しいキスを交わし、すぐに激しく唇を求めあった。まるで今このときしか一緒にいられる時間がないとでもいうように……。

ふたりは二階へあがり、アレックスのベッドに横たわった。白いシーツが肌にひんやりと気持ちよく、窓の網戸を通してフォルス湾の潮風が流れこんでくる。アレックスがゾーイにキスをした。九月の月がラベンダー色の光を放っている。アレックスに愛撫されて、ゾーイの気分は月に引きつけられる潮のごとく高まった。まるでゾーイの神経に自分の記憶を焼きつけ、絶対に忘れさせまいとしているような愛撫だ。

月明かりに包まれて、アレックスは力強くはあるが優しく腰を沈め、ゾーイの体を屹立したもので満たした。そして腰をつかんで、ゆっくりとリズムを刻みはじめた。やがてその動きが狂おしいまでに速くなった。ゾーイは絶頂を迎えそうになり、声を振り絞った。するとアレックスは体を引いてリズムを弱め、じらすように動いた。ゾーイは身をよじって懇願した。あなたが欲しいの、早く来て、なんでもするからと。だが、その言葉だけではまだ足りないらしかった。アレックスは何度もゾーイを高みの際まで押しあげては引いた。ふたりとも汗をかき、歓喜の瞬間を求めて体を震わせていた。それでもアレックスは先へ進もうとはせず、ゾーイの名前を呼びながら、容赦なくじらしつづけた。ゾーイの目から涙がこぼれると、荒々しい息遣いのまま、その頰にキスをした。

そのとき、ゾーイにはわかった。アレックスが何を求めているのか……彼はわたしに何かを言わせようとしている。きっと自分では気づいていないのだろう。だが、わたしがその言葉を口にすれば、彼を失うことになる。ただ、それは最初からわかっていた。現実から目をそむけたところで何かが変わるわけではない。

ゾーイはアレックスの耳元でささやいた。「愛しているわ」

アレックスがびくっとした。まるでその言葉に傷つけられたとでもいうように。そして、もう抑えきれないとばかりに動きだした。

「愛しているわ」ゾーイはもう一度、その言葉を口にした。アレックスはゾーイの唇をキスでふさぎ、激しく情熱をぶつけてきた。ゾーイは体が引き裂かれるような快感に襲われた。唇を離し、何度も愛していると繰り返す。魔法を解く呪文を唱えるように。アレックスがゾーイの首筋に顔をうずめ、体を痙攣させた。

23

翌朝、ふたりは何も変わっていないふりを装い、努めてさりげない態度を取った。だが、本当はすべてが変わってしまった。ゾーイは明るく振る舞うのがつらかった。アレックスの心が離れてしまったのが見ていてわかったからだ。別荘へ戻る車のなかでも、どうでもいいような会話しか交わされなかった。身を切られるようだとゾーイは思い、みじめさとともにいらだちさえ覚えた。彼はわたしを愛しているくせに、それを認めようとしない。愛されたいと願っているのに、わたしが愛することを許さない。

別荘前の私道に訪問看護師の車が停まっていた。ジャスティンはホテルへ帰ったらしい。

ゾーイは玄関の前で立ちどまり、アレックスのほうを向いた。「ゆうべは楽しかったわ」明るく言った。「ありがとう」

アレックスは顔を傾け、ゾーイの唇に軽く乾いたキスをした。だが、目を合わせようとはしなかった。「ああ、楽しかった」

「今夜、うちに来る?」ゾーイは尋ねた。

アレックスが首を振った。「〈イナリ・エンタープライズ〉の人と会う約束をしたから、これから二、三日は忙しくなるんだ。あとで電話するよ」

「いいえ……しないで」ゾーイは思わずそう口走った。

　アレックスがようやく彼女のほうを向き、なぜだという顔をした。

　何もなかったふりを続けるのは耐えられないとゾーイは思った。ふたりの関係が砂時計の砂のようにこぼれ落ちていくのがわかっていながら、彼はどうするだろうと思い悩み、答えを待ちつづけるのはつらすぎる。今は正直に自分の気持ちをぶつけてみるしかない。「昨日の夜、あんなことを言って、あなたを動揺させてしまったのならごめんなさい。でも、一度口にしてしまった言葉は取り消せないし、そうしたいとも思っていない」

「おれは――」

「最後まで言わせて」口元が震えそうになりながらも、ゾーイは笑みを浮かべた。「もうこれで終わりだというなら、それでもかまわないわ」手を伸ばし、硬い表情を浮かべているアレックスの頬に触れた。「でも、まだわたしとつきあうつもりなら、ゆうべの出来事をなかったことにはしたくないの。わたしはあなたを愛している。それを受け入れてもらえないのなら、もうあなたとは一緒にいられない」

　アレックスは無表情のまま、長いあいだ黙りこくっていた。

「おれたちはしばらく距離を置いたほうがいいのかもしれない」

「わかったわ」ゾーイはつぶやいた。心が重く沈んだ。

「二、三日だけだ」アレックスが言った。

「そうね」ゾーイは懇願したかった。行かないで、あなたを愛しているの、そばにいてと。だが、その言葉をなんとか心の内に閉じこめた。

「でも、何かあったらいつでも電話してくれ」

絶対にしないわ。彼のためにも、そして自分のためにも。

「ええ」ゾーイはアレックスに背を向け、バッグから家の鍵を取りだし、震えそうになる手で鍵穴に差しこんでまわした。「じゃあ」振り返らなかった。涙がこぼれそうだ。家のなかに入り、そのままドアを閉めた。

レインシャドー・ロードの家に着くまでのあいだ、亡霊はひと言も口をきかなかった。アレックスの気分は最悪だった。それに疲れきってもいた。昨晩は一睡もせず、ただじっとゾーイの顔を見ていた。ゾーイが眠ったふりをしているだけだということはわかっていた。今すぐにでもピックアップトラックに飛び乗り、彼女のもとへ戻りたかった。だが、もう一度、昨夜の言葉を口にされたら、どうすればいいのかわからない。あのひと言ですべてが終わった。足をすくわれた気がする。だが、それを冗談にすることも、冷ややかに笑い飛ばすことも、忘れることもできなかった。ただ、ひどく胸が痛むだけだ。

キッチンへ入り、ゾーイの服を脱がせた調理台のあたりへ目をやった。昨夜の濃厚なひときが思い起こされた。あの天にものぼる喜びと、互いを思う優しさは、まさに愛しあうという言葉でしか表現できない行為だ。ゾーイに出会い、そういう男女関係があることを知った。できれば二度と経験したくない。

中身が半分ほど残っているワインのボトルに目が行った。サムのワインだ。まだ早い時刻だというのに、無性に一杯やりたくなった。何かうまくいかないことがあると、すぐに体が酒を求める。いつかそうでなくなる日が来るのだろうか。アレックスは唾をのみこみ、シンクへ行って冷たい水で顔を洗った。

背後で亡霊の声がした。『これで終わらせるつもりなんだな』

「話しかけるな」アレックスはかすれた声で言い放った。だが、亡霊はその言葉を無視した。

『愛してるという禁句を口にする罪を犯したから、ゾーイを捨てたってわけか。彼女もなんであんなばかなまねをしたんだろうな。おれにはさっぱりわからん。それにしても、おかしなもんだ。ダーシーにはあれだけ大嫌いだと言われたのに、おまえはちっともこたえてなかった。どうして自分を憎んでる女はよくて、愛してくれる女はだめなんだ?』

アレックスは振り返った。顔についた水を手で払い、濡れた髪をかきあげた。

「愛なんて長続きしない」

『おれも昔はそう思ってた』亡霊が言った。アレックスが石のように黙っているのを見て、険しい顔をした。『どうしておれがおまえとつながってるのかはわからないし、その謎が解ける日は来ない気がする。なぜなら、そもそも理由なんかないからだ。おれは、おまえなんかじゃなくて、エマとつながるべきなんだ。エマがこの世を去るとき、そばにいてやらなかったら、彼女はどうなる?』

「どうにもならないさ。あんたがそばにいようがいまいが、死ぬときは死ぬ。エマはエマが行くべきところへ行き、あんたはあんたが行くべきところへ行く。神のおぼしめしがあれば、おれはいつかひとりになれるというわけだ」

『神なんか信じちゃいないくせに。おまえはすべてを疑ってかかる。いつか、おれに消えてくれと言ったな。あのときは、もしそれで二度とおまえと話せなくなったらと思うと怖いと答えたが、もうどうでもよくなった。おまえのそばにいるくらいなら、また誰からも姿が見えなくなるほうがずっとましだ』アレックスがちらりとワインのボトルに目をやったことに亡霊は気づいた。『飲んだらどうだ？　今さら禁酒なんかどうでもいいだろう。できるものなら、おれが注いでやりたいくらいだ』

亡霊は消えた。

キッチンはしんと静まり返った。

「トム？」一瞬で気配がなくなったことに驚き、アレックスは亡霊の名前を呼んだ。

返事はなかった。

「ああ、せいせいした」アレックスは大きな声で言った。ワインのボトルに近づき、持ちあげてみた。酒の重みを感じ、揺れる液体を見て、どうしようもない喉の渇きを覚えた。歯でコルクの栓を抜き、口を近づけた。視界の端に人影が動くのが見えた。

アレックスはかっとなり、その人影めがけてワインのボトルを投げつけた。ガラスのボトルが割れ、破片が飛び散り、戸棚にワインのしみができた。カベルネの濃厚な香りがキッチンに漂った。アレックスは座りこんで戸棚にもたれかかり、両手で頭を抱えた。赤い液体が床に広がった。

「どんな呪いをかけてやろうかしら？」

〈アーティスト・ポイント〉のキッチンで、ジャスティンはぼろぼろになった古い本のページをめくりながら、朝食を作るゾーイに話しかけた。「あっち方面ができないようにしてやる？　それとも、いぼだらけとか、腫れ物だらけとか。消化不良にするとか、口をくさくするとか、禿にするっていう手もあるわよ。性欲はたっぷり残しておいて、欲求が叶えられないぐらい醜くするのもいいわね」

ゾーイは困って首を振り、アイスクリームをすくうスクープを使ってマフィン生地を型に入れた。その朝、ゾーイはジャスティンに問いつめられ、数日前にアレックスと別れたのだと打ち明けた。ジャスティンは大暴れするほど激怒し、ゾーイに代わってアレックスに呪いをかけることに決めた。どうやら本気でできると思っているらしい。

「ジャスティン」ゾーイは穏やかに尋ねた。「その本はなんなの？」

「母がくれたの。呪いのいいアイディアが詰まってるわ。なるほど……伝染病もありかもしれない……カエルもいいかも」

「ジャスティン」ゾーイは言った。「わたしは誰にも呪いなんてかけてほしくないの」

「そりゃあ、あなたはそうでしょ。いい人だもの。でも、わたしはそんな問題は抱えてないから大丈夫」

ゾーイはスクープを脇に置いてジャスティンのそばに寄り、古びた本をのぞきこんだ。奇妙なシンボルがいたるところに描かれ、薄気味悪いイラストが載っていた。おまけに、ページの端のほうにはゼラチンのようなものがついている。「あら、いやだわ。お願いだから、ちゃんと手を洗ってよ。なんだかべとべとしているじゃない」

「全部がそうってわけじゃないわ。この三章だけよ。ときどきしみだしてくるのよね」

ゾーイは眉をひそめ、クリーナーとペーパータオルを取りに行った。「もうしまっておいて」もともとその本が包まれていた布を指さした。

「ちょっと待って。呪文だけ見たら――」

「今すぐによ」ゾーイは厳しい口調で言った。

ジャスティンは顔をしかめ、本を布でくるんで膝の上に置いた。ゾーイはクリーナーを使ってテーブルを拭いた。

「真剣に呪いをかけるつもりなのか、おもしろがっているだけなのかはよくわからない。だけど……」ゾーイは言った。「とにかく、そんなことをする必要はどこにもないの。もうわたしとはつきあいたくないというなら、それは彼の自由だから」

「そうね」ジャスティンが答えた。「たしかにあなたを捨てるのはアレックスの自由だけど、アレックスを苦しめるのもまたわたしの自由よ」

「お願いだからやめてよ。ドゥエインには呪いなんてかけなかったんでしょう？」

「そりゃああの頰髭に隠れてはいるけど、ドゥエインは恐ろしくいい男だもの」

「アレックスのことは放っておいて」

ジャスティンが肩を落とした。「ゾーイ、あなたはわたしにとってたったひとりの家族なのよ。父は早くに死んだし、母は子供なんか産むべき人じゃなかった。でも、幸いわたしにはあなたがいる。あなたほどいい人はいないわ。わたしのいやな面だってたくさん知ってるのに、傷つけるようなことは何ひとつ言わない。あなたのことは本当の姉妹以上だと思ってるの」

「わたしも同じ気持ちよ」ゾーイは目に涙を浮かべ、ジャスティンの隣に座った。

「あなたのことをちゃんと大切にしてくれる人を見つける呪文があったらいいんだけど、魔法はそういうところでは役に立たないのよね。アレックスが危険な男だっていうのは最初からわかってた。大事な人が危ういほうへ進んでいるのに、それを止められないのはつらいものよ。だから、アレックスはちょっとくらい呪われても自業自得なの」

ゾーイはジャスティンにもたれかかり、しばらくじっとしていた。

そうして、ようやく口を開いた。「アレックスはもう充分に呪われているのよ。どんな魔法だってかなわないくらい、つらい思いをしているはずよ」椅子から立ちあがり、調理台へ戻ってマフィン生地を型に入れる作業を再開した。「その本を入れておくのに、ビニール袋をあげましょうか？」

ジャスティンが守るように本を抱きしめた。

「そんなことしたら、本が呼吸できなくなるじゃない」

ゾーイはマフィン生地をオーブンに入れた。そのとき携帯電話の着信音が聞こえ、はっとした。ここ数日は携帯電話が鳴るたびに心臓が高鳴っている。アレックスが電話をかけてくるはずはないとわかっていながらも、彼であってほしいと願ってしまう。「お願い、電話に出てくれる？」ゾーイは頼んだ。「椅子のうしろにあるバッグに入っているから」

「了解」

「先に手をきれいにしてよ」ゾーイは慌ててつけ加えた。

ジャスティンは顔をしかめながらも、クリーナーを手に吹きつけ、ペーパータオルで拭きとった。ゾーイのバッグに手を突っこみ、携帯電話を取りだした。「あら、別荘からよ」通話ボタンを押し、電話を耳にあてる。「もしもし、ジャスティンよ。ゾーイはちょっと手が離せないの。伝言があればどうぞ」しばらく相手の話を聞いていた。「ゾーイがすぐにそっちへ行くわ」言葉を切った。「わかってるけど、ゾーイはそうしたがると思うの。じゃあね」

「なんだったの？」ゾーイはもう一枚、マフィン型をオーブンに入れた。

「ジーニーよ。たいしたことはないらしいんだけど、エマの血圧が少し高いんだって。それでいつもより話すことが混乱してるそうよ。薬をのませたから、あなたが戻る必要はないって言ってたけど、でも、行きたいでしょ？」

「ありがとう」ゾーイは顔を曇らせ、エプロンをはずして調理台に置いた。「一五分ぴったりでマフィンをオーブンから出しておいて」

「わかった。あとで電話して。緊急治療室のお世話になるようなら教えてね」

ゾーイは一五分で別荘に帰りついた。今日はまだエマの顔を見ていなかった。訪問看護師が来たときは、まだ眠っていたからだ。最近は日が暮れるころになると精神状態が不安定になる〝夕暮れ症候群〟がひどくなっており、昨日もそれで大変だった。エマも睡眠不足が続いているのだ。ジーニーからは、昼寝をさせたり、夜は心が落ち着くような音楽を聴かせたりするといいというアドバイスをもらっている。「認知症の患者さんは、一日が終わるころにはいっぱいいっぱいになっちゃうのよ」ジーニーは説明した。「なんでもないことひとつするのも、本人にとっては大変だから」

認知症の症状については事前に充分な説明を受けていたにもかかわらず、祖母らしくない行動を見るのはゾーイにとってつらかった。刺繍をした室内履きが見あたらなかったとき、エマはジーニーが盗んだのだと言い張った。ありがたいことにジーニーは気分を害した様子も見せず、落ち着いた対応をしてくれた。

「認知症の患者さんにはままあることなの。自分ではよくわかっていないのよ」

ゾーイが別荘に入ると、エマはソファに座っていた。しわが深く刻まれた疲れた顔をしている。ジーニーがもつれた髪をとかしつけようとしていたが、エマはその手をいらだたしげに押しやった。

「アプシー」ゾーイはほほえみながら近づいた。「具合はどう?」

「帰ってくるのが遅いじゃないの」エマが言った。「昼食がおいしくなかったのよ。ジーニーはハンバーガーを作ったんだけど、これが生焼けでね。だって、もしわたしが食べないと、食べないでしょう？　だって、昼食がおいしくなかったから、お肉が生焼けじゃなくてわたしが食べないときは、おまえが昼食を作ってちょうだい」

ゾーイは動揺を顔に出すまいとしながらも、パニックに陥りそうになった。言葉が意味をなさない〝言葉のサラダ〟と呼ばれる症状がこれほどひどいのは初めてだ。

ジーニーが立ちあがり、ヘアブラシをゾーイに手渡した。

「ストレスから来るものよ。薬が効いてきて、血圧がさがったら改善するわ」

「昼食がおいしくなかったのよ」エマはまだその話をしていた。

「まだ昼食の時間じゃないわよ」ゾーイはエマの隣に腰をおろした。「お昼になったら、わたしがなんでも好きなものを作ってあげる。だから、その前に髪をとかしましょう」

「トムに会いたい」エマがつぶやいた。「トムを連れてくるようアレックスに言ってちょうだい」

「わかったわ」ゾーイはトムというのが誰なのか尋ねたかったが、エマの血圧がさがるまでは調子を合わせておいたほうがいいだろうと判断した。ゾーイはエマの髪をそっととかしはじめた。もつれているところは丁寧にブラシを入れた。エマは静かになった。ゾーイの手が髪に触れているのが気持ちいいようだ。こんな簡単なことで、エマだけではなくゾーイまでも心が安らいだ。

子供のころ、何度こんなふうに髪をとかしてもらったかわからない。終わると、エマはいつもこう言った。「きれいよ。内側も外側もね」その言葉がゾーイを強くしてくれた。人間は誰しもそういう無償の愛を必要としている。ゾーイにそれを与えてくれたのはエマだった。

ゾーイは髪をとかし終わるとブラシを置き、エマの顔をのぞきこんでほほえんだ。

「きれいよ、アプシー。内側も外側もね」

エマは両腕を広げ、ゾーイを抱きしめた。ふたりはしばらく静かにそうしていた。過去のことも未来のことも考えず、今このときを一緒に過ごせるのを喜びながら。

その日の午後、エマはずっと眠って過ごした。訪問看護師はエマの血圧を観察しつづけ、ようやくさがったのを確認して帰宅することにした。「なるべく水分をとらせてね」ジーニーは言った。「放っておくと何も飲まずに過ごして、脱水症状に陥る可能性があるから」

ゾーイはうなずいた。「ありがとう。あなたにはどれほど感謝しているか。祖母にもわたしにも本当によくしてくれて。あなたがいなかったら、とてもじゃないけど、こんな状況は乗りきれなかったと思う」

ジーニーがほほえんだ。「力になれてうれしいわ。今夜は夕食のあとエマの様子を見て、〝夕暮れ症候群〟が出そうなら、先に鎮静剤をのませてあげて。昼間、あまりにも寝すぎたから、薬の力を借りないと眠れないかもしれない」

「わかったわ。ありがとう」

夕方になってもエマは落ち着いていた。ゾーイはテレビをつける代わりに、静かな音楽をかけることにした。《ウィル・ミート・アゲイン》が流れはじめた。エマはぼんやりとその曲を聴いていた。

「アレックスはいつ来るの？」エマが尋ねた。

ゾーイは胸が痛んだ。この時刻になると、いつもアレックスが恋しくなる。たわいもないおしゃべりをしながら皿の片付けを手伝ってくれたことや、優しく抱きしめて背中をなでてくれたことなどを思いだすからだ。ある夜、アレックスがレーザー距離計測器を使っていると、猫のバイロンが床に映った赤い点を見て興奮した。アレックスはバイロンに赤い点を追いかけさせ、部屋のなかをぐるぐると走りまわらせた。あげくの果てには、バイロンが赤い点を踏んだ瞬間に光を消し、やっとそれをつかまえたと思いこませた。エマはそれを見て、ソファから転げ落ちそうなほど大笑いしたものだ。別の夜には、エマがキッチンの戸棚の中身を思いだせなくなっていると知り、それぞれの扉に、皿、グラス、フォークなどと書いた付箋を貼った。その付箋は今もそのままにしてあり、ゾーイはそれを見るたびに悲しくなった。

「アレックスが次にいつ来るつもりなのかわからないの」ゾーイは答えた。もしかしたら二度と来ないかもしれない。

「トムはアレックスと一緒にいるのよ。トムに会いたい。アレックスに電話をかけてちょうだい」

「トムって誰なの？」

「いい男よ」エマはかすかに笑みを浮かべた。「女泣かせだけど」

昔、交際していた相手だろうと想像し、ゾーイはほほえんだ。「つきあっていたの？」静かに尋ねた。

「ええ、そうよ。アレックスに電話して、トムを連れてきてもらって」

「わたしがお風呂に入ったらね」ゾーイはごまかし、そのころには鎮静剤が効いて、エマが今の会話を忘れていることを願った。トムとアレックスは似たところがあるのだろうかと思い、ゾーイはエマに笑いかけた。「アレックスを見ると、そのトムという人を思いだすの？」

「そうね。ふたりとも背が高くて、黒髪だから。それにトムも大工だった。すてきなものをたくさん作ったのよ」

トムが実在した人物なのか、想像の産物なのか、ゾーイには判断できなかった。

「ああ、疲れた」エマがつぶやき、花柄のパジャマの前ボタンをひとつひねった。「トムに会いたいのよ、ロレイン。こんなに長く待ったんだもの」

ロレインとはエマの亡くなった姉だ。ゾーイはこみあげそうになった涙をのみこみ、体を傾けてエマにキスをした。

「お風呂に入ってくるわ。音楽を聴きながら、しばらく休んでいて」

エマはうなずき、窓をじっと眺めた。外は夕闇が訪れようとしていた。

ゾーイはバスタブに湯を張り、身を沈めてため息をついた。ゆっくりつかっていたかったが、一〇分ほどであがった。エマを長い時間ひとりで置いておくわけにはいかないと思ったからだ。バスタブの湯を流し、タオルで体を拭いて、ネグリジェとガウンを着た。

「いいお湯だったわ」ゾーイは笑みを浮かべてリビングルームへ行った。

だが、返事はなかった。ソファは空っぽだ。

「アプシー？」ゾーイはしんとしたキッチンを見まわし、大急ぎでエマの寝室を見に行った。祖母の姿はなかった。

鼓動が速くなった。エマはまだ徘徊は始まっていない。それは認知症がもっと進んでから現れる症状だ。だが、今日は高血圧で状態が悪化したし、アレックスに電話をかけてトムなる人物を連れてきてもらってくれと言いつづけていた。慌てて玄関へ行くと、鍵が開いていた。ゾーイは外へ飛びだした。心臓が早鐘を打っている。

「アプシー？　どこなの？」


アレックスは〈イナリ・エンタープライズ〉がよこした不動産仲介業者と弁護士に、ドリームレイクで所有する土地を見せ終えたところだった。三人はフライデーハーバーで食事をとり、そのあとここへ来て、ブルドーザーで整地した道を歩いて湖畔まで行った。表向きは視察という名目だったが、本当はアレックスがどんな男か探りたかったのだろう。アレックスの感触としては、この打ち合わせは成功だという気がしていた。

自分のピックアップトラックに戻るころには、すでに空は暗くなりかけていた。車のキーをまわし、エンジンをかけたとき、携帯電話が振動した。画面を見ると、ゾーイの番号が表示されていた。鼓動が速まった。どれほど彼女の声を聞きたいと思っていたか。アレックスは迷わず電話に出た。

「やあ」アレックスは言った。「今、ちょうど——」

「アレックス」ゾーイの声は震えていた。「電話なんかしてごめんなさい。助けてほしくて……」

「どうした？」アレックスは即座に尋ねた。

「アプシーがいなくなったの。わたしがお風呂に入っているあいだに、どこかへ行ってしまって……まだ一五分ほどしか経っていないんだけど見つからないのよ。さっきから名前を呼んでいるんだけど……」ゾーイは泣いていた。「今、外にいるの。家の近くは全部探したわ。返事をしてくれなくて……もう暗くなりかけているのに——」

「ゾーイ、今、近くにいるんだ。すぐそっちへ行く」受話器の向こうからしゃくりあげる声が聞こえた。助けを求めてくれて本当によかったとアレックスは思った。「聞こえるか？」

「ええ」

「落ち着け。エマは必ず見つけるから」

「警察は呼びたくないの。警官やパトカーを見たら、アプシーはなおさら隠れようとするわ」泣き声がさらに激しくなった。「アプシーは鎮静剤をいくらか服用している。そのせいか、あなたとトムとかいう人のことばかり話していたわ。あなたにトムを連れてきてほしいって。アプシーはあなたを探しに行ったのかもしれない」

「わかった。一分もしないうちにそっちへ着くから」

「ごめんなさい」ゾーイはまともに声も出せないほど泣いていた。「迷惑をかけてしまって――」

「何かあったらいつでも電話してくれと言っただろ？　あれは本心だ」

そう言ったあと、自覚していた以上にゾーイの電話を待っていたことに気づいた。こんな状況だというのに、ゾーイの声を聞けるのが計り知れないほどうれしかった。やっと息ができるようになった気分だ。もう二度とゾーイと離れることはできないと痛感した。自分のなかで何かが変わった。いや……あるものが変わらなかったとも言える。それが重要だ。彼女はおれの一部だ。そう思った自分に驚いたが、今は深く考えている時間はなかった。

運転しながら、森の木々に挟まれた道にエマがいないかと目を凝らした。一五分くらいでは、そう遠くまで行けるはずがない。まして鎮静剤を服用しているとなればなおさらだ。ただひとつ心配なのは湖が近いことだ。「ゾーイ、岸辺は探したか？」

「今、向かっているところよ」まだ洟をすすってはいるが、ゾーイの声はいくらか落ち着きを取り戻していた。

「そうか。今、別荘の前に着いたところだ。おれは道の向こう側を探してみる。エマの服装は？」

「花柄のパジャマを着ているわ」

「すぐに見つけるから心配するな。約束する」

「ありがとう」ため息がまだ震えていた。

電話が切れた。

ピックアップトラックから飛び降りたとたん、亡霊と顔がぶつかりかけて、危うく悲鳴をあげそうになった。「くそっ《ジーザス》！」

亡霊が皮肉な目でアレックスを見た。『違う、イエス・キリスト《ジーザス》じゃない。おれだ』

「そろそろ現れるころだと思った」

『おまえのために出てきたわけじゃない。エマを探したいんだ。さっさとエマの名前を呼べ！』

「エマ！」アレックスは叫んだ。「エマ、どこだ！」遠くから女性の声が聞こえたが、すぐにゾーイだとわかった。ときおりエマの名前を呼びながら、森のなかを探した。

亡霊は可能なかぎりアレックスから離れ、木々のあいだをさまよった。『これ以上遠くへ行ったとは考えられないし、道を渡ったとも思えない。別荘のほうへ戻ろう』

空はどんどん暗くなり、湖の上だけが黒っぽいプラム色に染まっていた。

「エマ！」アレックスはまた名前を呼んだ。「アレックスだ。トムを連れてきた。頼むから出てきてくれ！」

道の深いカーブの向こうから、ハイビームにしたヘッドライトが近づいてくるのが見えた。こんな細い道を走るにしては速度を出しすぎている。アレックスは車が通り過ぎるのを待とうと思い、うしろにさがった。

『アレックス！』亡霊が鬼気迫る声で叫んだ。

それと同時に、アレックスはエマの痩せた体がふらふらと道の真ん中に出てきたのを見つけた。ぼんやりした表情で目を見開き、ヘッドライトの明かりを受けて肌が白く光って見える。車はすでにカーブに差しかかっていた。そこを過ぎてからエマに気づいたのでは遅すぎる。

湖から戻り、道の向こう側に姿を現したゾーイがエマを見つけ、恐怖に顔を引きつらせた。とっさにアレックスは走った。アドレナリンに任せてエマに飛びつき、道の向こう側へ押しやった。激しい衝撃を体に感じ、地面に倒れた。世界がぐるぐるとまわり、一瞬、焼けつくような感覚に襲われた。だが、痛みはすぐに消えた。怪我はしていないようだ。息が詰まっただけらしい。

すぐさまわれに返り、めまいを覚えながらふらふらと立ちあがった。あたりを見まわして、エマを助けることができたのだと知り、心の底から安堵した。エマは孫娘がいるほうへよろめいたらしく、ゾーイがその体を支えたようだ。ふたりは地面に倒れていたが、すでにゾーイが手を貸して、エマを立たせようとしていた。

これでもう安心だ。みんな無事だ。

それにしても危なかった。そう声に出して言いかけたとき、ゾーイがアレックスのほうに顔を向け、苦悶に満ちた悲鳴をあげた。そして、泣きじゃくりながらこちらに駆けてきた。

「アレックス！　いや……いや！」涙が頬を伝っている。

「大丈夫だ」アレックスは言った。ゾーイがこれほど心配してくれることに驚き、優しい感情が体の奥からこみあげた。「車がかすっただけだ。あざくらいはできてるかもしれないが、たいした怪我じゃない。心配するほどではないさ。ゾーイ、愛してる」その言葉がするりと口から出てきたことに、われながら驚いた。そんなことを言ったのは生まれて初めてだ。なんて簡単なことだったんだろう。「愛してる」

「アレックス」ゾーイが息を詰まらせた。「ああ、お願い……」

ゾーイはアレックスの脇を駆け抜けた。

いや、違う。アレックスの体を通り抜けたのだ。

アレックスは愕然として振り返った。ゾーイは地面に膝をつき、ねじ曲がって倒れている人影に覆いかぶさった。激しく肩を震わせて、その人物に何かささやいている。

「あれは……おれなのか？」アレックスはふらつきながらあとずさり、自分の体を見おろした。何もなかった。姿が見えなくなっている。顔をあげ、ひざまずいているゾーイと、そのそばに倒れている男を凝視した。「おれだ……」絶望の淵に突き落とされた。

慟哭したい衝動に駆られた。だが、体を引き裂かれるような苦悩に襲われているというのに、目は乾いていた。

『悲しいのに涙が出ないのはつらいものだ』亡霊の声が聞こえた。『泣けたらどれほどいいかと思うときが来ようとは、誰も想像すらしない』

「トム」アレックスは亡霊の両腕にしがみついた。生きていたときと同じように力が入り、死んだ人間の腕をつかめることにショックを受けた。「おれはどうしたらいい？」

『おまえにできることは何もない』亡霊が同情の色を浮かべ、険しい顔になった。『ただ見ているだけだ』

アレックスは衝動的にゾーイへ視線を向けた。「彼女を愛してる。そばにいたいんだ」

『無理だな』

「あんたなんか地獄へ堕ちろ！　おれはまだゾーイにさよならさえ言ってないんだぞ！」

『言葉を慎め』亡霊が言った。『後悔するぞ』

「彼女に言っておかなきゃならないことがあるんだ。まだ死ぬわけにはいかない。一緒に過ごした時間があまりにも短すぎる」

亡霊が怒りをあらわにした。

『おれがおまえにいったい何を教えようとしてきたと思うんだ、このまぬけ！』

「もし神がいるなら、ぜひともその神に――」

『静かにしろ』亡霊はいらだたしげにアレックスの手を振り払った。『何か聞こえる』

アレックスにはゾーイの悲しみに満ちた声しか聞こえなかった。

亡霊は天を見あげ、一、二歩うしろにさがった。

「何をしてるんだ？」アレックスは腹が立った。

『誰かがおれに何かを伝えようとしてるらしい。声がする。ふたりか、三人か……』

「なんと言ってる？」

『おまえがうるさいから聞こえない』亡霊はまたじっと天を見た。『わかった。できると思う。ああ、大丈夫だ』アレックスに視線を戻した。『おまえを助けてやりたいそうだ』

「誰が？」

『わからない。だが、あと一五秒ほどでなんとかしないと手遅れになると言ってる』

「手遅れってどういうことだ？」

『静かにしろ。せっかく聞いたことを忘れるだろうが』

「なんとかするとはどういう意味だ？」

『うるさい。おれの気を散らすな。いいから黙って遺体のそばへ行け』

遺体という言葉にアレックスはまた新たな衝撃を受けた。なんとしても生き返りたかった。ほんの数秒でもいいから壊れた肉体に入りこみ、自分がどれほどゾーイを大切に思っているかを伝えたい。アレックスはうつぶせに倒れた遺体のそばに立ち、ぴくりともしない横顔を見おろした。ゾーイは動かなくなった顎を愛おしそうになで、かすかに開いている唇に震える指をあてた。自分の死をこれほど嘆いてくれる人がいることに、アレックスは深く胸を打たれた。

貴重な時間が刻々と過ぎていった。

「トム」ゾーイを見つめたまま、アレックスは必死の思いで言った。「何も起こらないじゃないか」

『おれは自分のなすべきことをするまでだ』亡霊がそばに来た。『おまえは気持ちを集中させろ』

「何に？」

『ゾーイにだ。言葉が届くと信じて、もし二、三分でも生き返れたら伝えたいことを話しかけろ』

アレックスはゾーイのそばに膝をついた。その髪をなで、涙を拭いてやりたい。だが、ゾーイを抱きしめることはできなかった。もう触れることも、肌の香りをかぐことも、キスをすることも叶わない。それでも彼女を心から愛していることに変わりはなかった。

「許してくれ」アレックスは急いで話しはじめた。「きみを置いていきたくない。愛してる。きみという奇跡だけはおれも信じることができた。この声が届いたらどんなにいいだろう。せめてこの気持ちをきみに伝えておきたかった」めまいを覚え、体が崩壊し、魂が溶けるような感覚に襲われた。かすかな意識がこの世とあの世のあいだをさまよっているのがわかる。残された時間は数秒もないだろう。もはや声も出ず、強い思いだけがドミノのように倒れていった。

「たとえどんな存在になろうとも……おれはずっときみを愛しつづける。神も悪魔も知ったことか。おれを邪魔するやつは誰だろうがくそくらえだ。きみだけを永遠に愛してる」

『おまえは最後の最後まで不敬な言葉を口にするやつだな』皮肉をこめた声が聞こえた。

『まあ、今さら驚きもしないが』

亡霊に話しかけられているのだとアレックスは気づいた。鉛に閉じこめられたかのように、手も足も重くて動かない。そしてはっとした。自分は体のなかに入っている。ちゃんと肉体があるのだ。

『おまえをもとに戻すのは大変だったぞ』亡霊が言った。『練り歯磨きをチューブに押しこむようなもんだからな』

アレックスは五感を総動員して、今の自分の状態を確かめた。どうやらアスファルトの上に横たわっているらしい。ゾーイに頭を抱きしめられているせいで、首がねじれている。肺が破裂しそうに苦しかった。

『息をしてみろ』亡霊がのんびりと言った。

アレックスはひんやりとした空気を肺いっぱいに吸いこんで目をしばたたき、そっと動いてみた。

ゾーイが驚いた声をあげた。「アレックス!」震える手であちこち触れてきた。「だってあなたはずっと息をしていなかったのに……こんなことがあるなんて……」彼女は片手を口にあてて、呆然とした顔でアレックスを見た。

アレックスは両手をついて重い体を押しあげ、上体を起こした。ゾーイの手首をつかんで、思いきり唇を重ねた。しょっぱい涙の味がした。「愛してる」声がざらついていた。

ゾーイは彼を見つめたまま泣きじゃくった。

亡霊がせかした。『エマに手を貸してやってくれ。早く家のなかに入れたほうがいい』

エマはそばで膝をつき、疲れ果てた顔でこちらを見ていた。風に吹かれた白髪が顔にかかっている。

アレックスはよろよろと立ちあがり、ゾーイを引っ張りあげた。

「歩かないほうがいいわ」ゾーイが止めようとした。

「大丈夫だ」

「でも、車にはねられたのよ。この目で見たんだから」

「どうやらずいぶん派手に吹っ飛んだみたいだな」アレックスは穏やかに答えた。「だけど、もうなんともない。おれを信じろ」

車を運転していた中年女性はひどく取り乱し、保険がどうとか、電話番号がどうとか、救急車を呼ぶべきだとか、ぶつぶつとつぶやいていた。

アレックスはゾーイに言った。「あの女性を頼む。おれはエマを家に運ぶから」ゾーイの返事を待たずにエマを抱きあげ、別荘へ向かった。エマは驚くほど軽かった。

「命の恩人ね。感謝しているわ」エマが言った。

「どういたしまして」

「あなたがはね飛ばされるところを、わたしも見たんだけど」

「ちょっとあたっただけさ」

「フロントグリルはひしゃげているし、ヘッドライトも壊れているし」

「今どきの車は、昔のみたいに丈夫じゃないからな」

エマはかすれた声でくすくす笑った。

アレックスはエマを抱いたまま別荘に入ると、まっすぐ寝室へ行った。エマをベッドに寝かせ、室内履きを脱がせて、上掛けを胸までかけた。

「トムを探しに行っていたの」エマが腕を伸ばして、アレックスの頰に軽く触れた。

アレックスは腰をかがめ、エマの額にキスをした。「トムならここにいる」

「そうね」

ゾーイが寝室に入ってきて、心配そうな顔でエマに質問を浴びせたり、無理やりなだめて水を飲ませたりと、かいがいしく世話を焼いた。アレックスは寝室をあとにした。背後でエマの声が聞こえた。

「心配をかけて申し訳なかったわね、ゾーイ。もう寝かせてちょうだい。疲れたわ」

ゾーイはようやく明かりを消し、エマの寝室から出ていった。亡霊は静かにエマの隣に横たわった。

「トム、あなたに会いたかった」エマがささやいた。「でも、どこにもいなかったわね」

『二度ときみのそばを離れたりしない』亡霊は言った。聞こえているかどうかはわからなかったが、それでもエマはほっとした顔でうとうとしはじめた。

そして悲しそうにつぶやいた。「もう何も思いだせない……」

『それでもかまわないさ』暗闇のなかで、亡霊はエマにほほえんだ。『今夜、きみの記憶をすべて見つけて、この胸にしっかりとしまっておいた。時が来たら、ちゃんときみに返すから安心しろ』

「早いほうがいいわ」エマがささやき、ほっとしたようなため息をついて、亡霊のほうへ体を向けた。

『そうだな。多分……もうすぐだと思う』

ゾーイはアレックスについてくるよう身ぶりで示し、自分の寝室に入った。また涙がこみあげ、声を詰まらせた。

アレックスが心配そうに彼女を見おろした。「どうした？」

「怖かった……」ゾーイは泣きながら言い、ガウンの袖で涙をぬぐった。

「わかってる。あんなふうにエマを突き飛ばしてしまってすまなかった。でも、見たところ大丈夫そうだから――」

「あなたのことを言っているの」ゾーイは小さなバスルームへ行き、ティッシュペーパーで思いきり洟をかんだ。まだ顎が震えている。「車にはね飛ばされて――」

「かすっただけだ」

「いいえ、そんなものじゃなかったわ」ゾーイは涙で咳きこんだ。「あなたが地面に叩きつけられるのを見たとき……わたしはてっきり……」また泣きじゃくりそうになり、言葉を続けられなかった。意識を失って地面に倒れているアレックスの姿は、一生記憶から消せないだろう。そのときの恐怖はまだ頭にこびりついている。震える手でアレックスの肩に触れ、本当に生きていることを確かめた。

アレックスがゾーイの両手を取って、自分の胸にあてさせた。力強くて規則的な鼓動が、ゾーイのてのひらに伝わってきた。「ゾーイ、きみに話したいことがたくさんある。ひと晩じゅうかかりそうだ。いや、一年か。それどころか一生かけても伝えきれないかもしれない」

「いくらでも話して」ゾーイは洟をすすった。「わたしはどこにも行かないから」

アレックスがゾーイをきつく抱きしめた。力強い腕だとゾーイは思った。この人はちゃんと生きている。ずっとこうして彼の命を感じていたい。そんなゾーイの思いを察したのか、アレックスは黙ったまましばらくそうしていた。ゾーイは彼の胸に顔をうずめ、土埃とアスファルトと夜気の匂いを吸いこんだ。

アレックスはゾーイの顔にかかった髪をかきあげ、頬に何度もキスをした。「きみに愛してると言われて、おれは怖くなった」穏やかな声で言う。「きみみたいな女性がその言葉を口にするときは、心の底からそう思ってるとわかってたからだ。きみはおれと結婚して、玄関ポーチにブランコがあるような家に住んで、子供が欲しいと願ってる」

「そうよ」

アレックスがゾーイの髪に指を差し入れた。顔をあげさせて、真剣な顔で目をのぞきこんだ。「おれも同じ気持ちだ」

ゾーイの体に、恐怖でも不安でもない震えがこみあげてきた。アレックスが何を言わんとしているのかが、痛いほど伝わってきたからだ。

アレックスがそっと唇を重ねた。ゾーイはあまりのうれしさに脚に力が入らなくなった。

「きみのペースで進めてくれ。ゆっくりでもいいし、急いでもいい」

「もう待つのはごめんよ」ゾーイはアレックスの背中に両手をまわし、そのぬくもりを感じとった。「ひと晩だって離れていたくないわ。今すぐにでも一緒に暮らしたい。早く婚約して、結婚式の日取りを決めて……」ちらりとアレックスを見あげた。「ちょっと性急すぎる?」

アレックスは静かに笑った。「きみが好きなようにすればいい」安心させるように言うと、ゾーイをベッドへ連れていった。

翌朝、アレックスはさんさんと降り注ぐ朝陽のなかで目覚めた。ゾーイのベッドでまどろむ幸せを味わいながら、ラベンダーの香りがする枕に顔をうずめたまま、白いシーツの上で腕を伸ばした。だが、隣は空っぽだった。

『ゾーイならキッチンにいる』トムの声がした。

アレックスは目を開け、トムがひとりではないことに気づいてはっとした。若くて華奢な体つきの女性が隣に立ち、トムと手をつないでいた。緩くカールしたブロンドの髪を横分けにしている。ほっそりとした顔は愛らしく、輝く目には知性があふれていた。

アレックスはゆっくりと体を起こし、シーツを腰まで引きあげた。「おはよう」戸惑いながら言った。

女性がちゃめっ気たっぷりの笑みを浮かべた。アレックスがよく知っている笑顔だ。若い姿のエマが彼の知っているのと同じ表情をしているのを見るのは不思議な気がした。

『おはよう、アレックス』

アレックスはふたりへ交互に目をやった。トムとエマの幸せな気分を映しだしているのか、部屋のなかが明るく輝いている。トムがずっと身にまとっていた孤独感はきれいに消え去り、暗かった目には生き生きとした表情が浮かんでいた。

「うまくいったんだな」アレックスは問いかけるようにふたりを見た。

『ええ、そうよ』エマが答えた。『わたしたち、やっと一緒になれたわ』

トムはエマを見つめたあと、アレックスのほうへ顔を向けた。

『別れの挨拶をしに来たんだ。もう行かなければならない』

「なるほど」アレックスは言った。ようやくトムが自分から離れ、お互い自由になる日が来たのだ。だが、うれしさより寂しさのほうが勝った。「やっとあんたがいなくなるのかと思うとせいせいするよ」心とは裏腹な言葉を口にした。

トムがにやりとした。『おれもおまえと離れるのかと思うと悲しいぞ』

アレックスにはトムに言いたいことがたくさんあった。

あんたのことは忘れない。下手な歌も、知ったかぶりの意見も……それにおれの人生を救ってくれたこともだ。友達を欲しいと思ったことはないが、あんたはいいやつだった。それに、人生でいちばん不幸なのは死ぬことではなく、誰も愛さずにこの世を去ることだというのも教えてくれた。

だが、そんな話をする時間はなさそうだったし、それをわざわざ口にするのは野暮に思えた。トムはアレックスが考えている以上に多くのことをわかっているという目をしている。

「また会えるのか？」アレックスは短く尋ねた。

『もちろん』トムが答えた。『だが、まだ当分かかりそうだ。おまえとゾーイは長生きするからな。なかなかの大家族になるぞ。子供は息子がふたりと、娘がひとりだ。そのうちのひとりは将来――』

エマが慌てて口を挟んだ。『アレックス、聞かなかったことにしてちょうだい』トムを見て、とがめるように舌打ちをした。『あなたっていまだに困った人ね。それは話しちゃいけないことになっているのに』

『おれを行儀よくさせておくのが、きみの仕事なのさ』トムが平然と答えた。

『そんなのは無理よ』エマが言い返す。『あなたは手ごわいもの』

トムは腰をかがめ、エマと額を合わせた。『いや、きみにはかなわない』

ふたりは少しのあいだそうしていた。ふたりの幸せがアレックスにもひしひしと伝わってきた。

『そろそろ行くか』トムがささやいた。『失った時間を早く取り戻したい』

『なんといっても六七年分ですものね』エマが答えた。

トムはエマの目をのぞきこんだ。『じゃあ、今すぐに始めないと』エマの肩を抱き、ドアのほうへ向かった。ふたりはドアのところで足を止めて振り返った。

アレックスは視界がぼやけた。声が詰まり、咳払いをした。「いろいろと感謝してるよ」

トムがわかっているという顔で笑った。

『おれもおまえも同じ考え違いをしてたな。愛など長続きはしないと思ってたが……唯一、愛だけが永遠だ』

『ゾーイをよろしくね』エマが静かに言った。

「必ず幸せにする」アレックスはかすれた声で答えた。「誓うよ」

『あなたなら安心して任せられるわ』エマは愛情をこめた目で、しばらくアレックスを見つめていた。『ちゃんと社交ダンスの練習をしなさいね』そう言って、ウインクした。

次の瞬間、ふたりの姿が消えた。

アレックスはジーンズをはき、裸足のままキッチンへ行った。コーヒーメーカーからいい香りが漂っていたが、ゾーイはいなかった。

エマの寝室のドアが少し開いているのを見て、祖母の様子を見に行ったのだと察した。ドアの隙間からなかをのぞくと、ゾーイはエマのベッドに座り、うなだれていた。顔は見えないが、膝に涙のしずくが落ちていた。

「アレックス……」ゾーイは声を詰まらせた。「アプシーが……」

「わかってる」アレックスが両腕を広げると、ゾーイはそのなかに入ってきた。アレックスはゾーイを抱きしめて髪に頬を寄せ、愛してる、いつもそばにいるからとささやいた。彼の胸に顔をうずめ、肩を震わせているゾーイを、涙が止まるまでじっと抱いていた。

しばらくしてから、アレックスはゾーイをエマの寝室から連れだし、そっとドアを閉めた。

「今、エマは幸せだ」ゾーイの肩を抱いたまま言った。「孫娘にそう伝えてほしいと、おれのところへ言いに来た」

「嘘でしょう？」ゾーイが驚いた顔でアレックスを見あげた。

「本当だ」アレックスは真面目な顔で答えた。「トムと一緒にいる」

ゾーイはしばし考えこんだ。「そのトムって人のこと、わたしは何も聞いていないのよね」頬に残っていた涙の跡をぬぐった。「アプシーがわたしの知らない男の人と一緒に行ってしまったのかと思うと、複雑な気分だわ」

アレックスは笑みを浮かべた。「トムのことなら、おれに訊いてくれ」

エピローグ

祖母の葬儀を終えた一週間後、ゾーイはホテル〈アーティスト・ポイント〉の仕事に復帰した。それはよく晴れた清々しい九月の朝だった。農産物の直売所にはリンゴ、カボチャ、ナス、ニンジン、フェンネルなど、さまざまな野菜や果物などが並ぶようになっていた。サケが産卵のため本土の川へのぼってしまったため、シャチの群れは島から遠ざかった。越冬のために南下してきたカモやアビが海で魚を獲る姿が見られるようになり、ハクトウワシはせっせと枝を巣に運んでいた。

ゾーイは朝食の用意をしながら、どうして今朝はホテルのなかがこんなに静かなのだろうといぶかった。ジャスティンはせわしなくキッチンを出たり入ったりしているが、まったく声をかけてこない。アレックスも用事をふたつほどすませたら朝食をとりに立ち寄ると言っていたのに、まだ姿を見せなかった。それに、どういうわけか、いつもならダイニングルームから聞こえてくる宿泊客の話し声やコーヒーカップの音もしなかった。

ゾーイが様子を見に行こうかと思ったとき、ジャスティンがキッチンへやってきた。

「朝食の用意は終わった？」ジャスティンは唐突に尋ねた。

「あと一五分くらいかしら」ゾーイは問いかけるような笑みを浮かべた。「なんだか今朝はホテルのなかがとても静かなんだけど、いったいどうなっているの？」

「気にしないで。それより、玄関にお客が来てるわよ。あなたに会いたいって」

「誰？」

「さあね。エプロンをはずして、一緒に来て」

「それより、ここへ案内してほしいわ」

ジャスティンは首を振り、ゾーイの手を引いて連れだした。廊下を通り、誰もいないダイニングルームを抜けた。

「お客様たちはどうしたの？」ゾーイは当惑した。「あなた、何かしたでしょう？」

玄関ホールへ行くと、その理由がわかった。宿泊客が集まっていたのだ。みんな、ゾーイを見て、にこにこしている。何かサプライズがあるのだと気づき、ゾーイは顔を赤らめた。

「今日は誕生日じゃないわよ」宿泊客が笑い声をあげ、ゾーイのために道を空けた。ゾーイはいったいなんだろうと思いながら、玄関ポーチへ出た。

五つの楽器からなるジャズバンドが演奏を始めたのを見て、目を丸くした。

アレックスが現れ、にこやかな顔でゾーイに小さな花束を差しだした。

「きみと一曲踊りたくて、ジャスティンに頼みこんだのさ」

ゾーイは花束を受けとって香りをかぎ、目を輝かせてアレックスを見あげた。「何か特別な理由でもあるの？」

「社交ダンスの練習をしたいと思ってね」

「いいわ」ゾーイは声をあげて笑い、花束を玄関の前にそっと置くと、アレックスに腕を取られて踊りはじめた。ほかの宿泊客たちが、老いも若きも一緒にダンスに加わった。通行人たちが足を止めて、それを眺めた。二、三人の子供が演奏に合わせて跳ねたり、くるくるまわったりした。「どうして今日なの？」ゾーイは尋ねた。「それに、なぜホテルの玄関ポーチにしたの？」

「みんなの前で宣言したかったから」

「嘘……」

「本当さ」アレックスはいかにも内緒話だというように耳元でささやいた。「きみにプレゼントがあるんだ」

「どこに隠しているの？」

「ズボンのうしろポケットに入ってる」

ゾーイは眉をひそめた。「ブローチじゃないでしょうね。お尻に針が刺さるわよ」

アレックスがにやりとした。「いや、ブローチじゃない。だが、そのプレゼントを渡す前に、ひとつ確かめておかなくてはならないことがあるんだ。もしおれが公衆の面前できみの前にひざまずいて、イエスかノーで答えられる簡単な質問をしたら……きみはなんて返事をする？」

ゾーイはアレックスの優しい淡いブルーの目をのぞきこんだ。永遠に見つめていたいような目だ。踊るのをやめて爪先立ちになり、アレックスにキスをしながら答えた。

「試してみたら？」

もちろん、アレックスはそうした。

訳者あとがき

読者の皆様、お待たせいたしました。《フライデー・ハーバー》シリーズ第三弾をお届けします。

舞台はアメリカ、ワシントン州にあるサンファアン島。

アレックス・ノーランは離婚したばかりでアルコール依存症に陥りかけていました。アレックスは子供のころ、アルコール依存症の両親に育児放棄され、愛情を求めなければ傷つくこともないと信じるようになりました。愛し方も愛され方もわからず、元妻とは最後には憎しみあうだけの関係となり、やがて結婚生活は破綻。そもそも深い愛で結ばれた相手ではなかったものの、身近な人を傷つけることしかできない自分がとことんいやになり、自暴自棄になった結果、酒量が増えていったのです。

そんな折、ゾーイ・ホフマンという女性と出会い、ひと目で惹かれます。しかし、自分が関われば、この純粋で優しい女性を傷つけてしまうことになると思い、決して近づくまいと心に決めます。

ゾーイもまた、つらい境遇を抱えていました。祖母に育てられた彼女は美貌に恵まれ、性的対象として見られることが多かったことから、ずっと男性を避けて生きてきました。高校時代の親友と結婚したものの、あることが原因で離婚。それでもゾーイは明るく、前向きに生きてきました。彼女は傷ついている人を見ると、手を差し伸べずにはいられない性格でした。あるとき知人宅でアレックスと知りあい、その暗い表情が忘れられなくなります。

そんなゾーイのもとへ、祖母が脳梗塞を起こして入院したと連絡が入ります。ゾーイは祖母がサンファン島に所有している別荘を改築して、そこで一緒に暮らすことに決めました。その改築工事を、建築業を営むアレックスに依頼したことでふたりの関係が始まるのですが……。

シリーズを最初から読んでいらっしゃる読者の方はご存じのように、アレックスは、一作目の主人公マーク、そして二作目の主人公サムの弟です。じつはこの三作目、二作目の『虹色にきらめく渚で』とは時間が並行しています。つまり、サムの恋愛と同時進行で、アレックスもゾーイに出会うというわけです。またゾーイは、一作目の主人公ルーシーの親友です。二作目を読まれた方は、ああ、あのときアレックスとゾーイのあいだではこんなことがあったのね、という味わい方をしていただけるのではないかと存じます。

このあと《フライデー・ハーバー》シリーズは第四弾へと続くのですが、この四作目のヒロインは、二作目、三作目に登場するジャスティン・ホフマン、つまりゾーイのまたいとこです。そちらも刊行が予定されておりますので、どうぞ併せて楽しみにしていただけると幸いです。

二〇一四年五月

ライムブックス

忘《わす》れえぬ夢《ゆめ》の湖《みずうみ》で

著　者　リサ・クレイパス
訳　者　水野《みずの》　凜《りん》

2014年6月20日　初版第一刷発行

発行人　成瀬雅人
発行所　株式会社原書房
〒160-0022東京都新宿区新宿1-25-13
電話・代表03-3354-0685　http://www.harashobo.co.jp
振替・00150-6-151594
カバーデザイン　松山はるみ
印刷所　中央精版印刷株式会社

落丁・乱丁本はお取り替えいたします。
定価は、カバーに表示してあります。
　ISBN978-4-562-04459-7　Printed in Japan